クリスティー文庫
27

死者のあやまち

アガサ・クリスティー

田村隆一訳

DEAD MAN'S FOLLY

by

Agatha Christie

Translated by
Ryuichi Tamura
Published 2022 in Japan by
HAYAKAWA PUBLISHING, INC.
This book is published in Japan by
arrangement with
AGATHA CHRISTIE LIMITED
through TIMO ASSOCIATES, INC.

ハンフリー&ペギー・トレヴェルヤンに

死者のあやまち

登場人物

エルキュール・ポアロ……………………私立探偵
ジョージ・スタッブス卿…………………ナス屋敷の主人
ハティ・スタッブス………………………ジョージの妻
フォリアット夫人…………………………ナス屋敷のもと所有者
アマンダ・ブルイス………………………スタッブス卿の秘書
ヘンデン……………………………………スタッブス卿の執事
マイケル・ウエイマン……………………建築家
アレック・レッグ…………………………原子科学者
サリイ・レッグ……………………………アレックの妻
ウイルフリッド・マスタートン…………地方議員
コニイ・マスタートン……………………ウイルフリッドの妻
ワーバートン大尉…………………………マスタートン家の代理人
マーリン・タッカー………………………少女団の団員
マーデル……………………………………村の老人
エティエンヌ・ド・スーザ………………ハティの従兄
ブランド……………………………………警部
アリアドニ・オリヴァ……………………女流探偵作家

第一章

1

電話の応対に出たのは、ポアロの有能な秘書であるミス・レモンだった。速記帳をおいて受話器をとりあげた彼女は、さりげない口調で、「トラファルガー八一三七番でございます」と言った。

エルキュール・ポアロは、椅子によりかかったまま目をとじていた。そして、いかにももの思いにふけっているかのように、指でテーブルの端をコツコツとたたいていた。ちょうどいま、秘書に口述していた手紙の文尾を、どのように見事に結んでやろうかと、頭をひねっていたところなのだ。

ミス・レモンは、手で受話器を覆いながら、ひくい声でポアロにたずねた。

「デヴォンシャーのナスコームから指名通話でかかってきたのですけど、お出になります?」

ポアロは顔をしかめた。そんなところには、なんの心あたりもなかった。

「相手の名前は?」と、彼は用心深くききかえした。

ミス・レモンは、また、電話にとりかかった。

「あら、エアレイド(空襲の意味)とおっしゃいますの?」彼女はとても信じられないといった調子で言った。「あの、おそれいりますけど、もう一度お名前を?」

秘書は、また、ポアロの方をふりかえると、

「アリアドニ・オリヴァ夫人ですわ」

エルキュール・ポアロの眉がピクッとあがった。まるで風に吹きとばされて、ザンバラ髪になったような彼女の髪の毛……鷲のような横顔……ポアロの心のなかに、夫人のイメージが浮かびあがってきた。

彼は椅子から立ちあがると、ミス・レモンから受話器を受けとった。

「エルキュール・ポアロです」と、彼は、いかにももったいぶって電話に出た。

「エルキュール・ポロさんにまちがいございませんね?」交換手の疑わしそうにききかえす声が聞こえた。

ポアロは、まちがいないと答えた。

「ポロさんがお出になりました、どうぞ」と交換手がつげた。

交換手のキンキンひびく声にかわって、どっしりとしたゆたかな女声の最低音がはいってきた。ポアロは、あわてて受話器を二インチばかり耳からはなした。

「ムッシュー・ポアロ？　ほんとにあんたね？」とオリヴァ夫人がたずねた。

「そうですとも、マダム」

「あたし、オリヴァよ。あたしのこと、おぼえていらっしゃるかどうか――」

「なに、よくおぼえていますとも。誰だって、あなたに一度お目にかかったら、忘れることはできませんからね」

「いいえ、そうとはかぎらないわ」と、オリヴァ夫人は言った、「ほんとのところ、よく忘れるものですわ。それにあたしときたら、とくに人目につくような個性なんかありませんもの。まあ、変わって見えるのは、あたしの髪のせいだわ。でも、そんなこと、とるにたりないことじゃない。あら、おいそがしいところ、すっかりお邪魔して」

「いやいや、まだおかしくなってはおりません」

「まあ！　でも、あたし、なにもあなたを怒らせようなどと思ってはおりませんのよ。じつはね、あなたに来ていただきたいの」

「わたしにですか？」

「ええ、それもいますぐに。飛行機にお乗りになれて？」

「いや、飛行機はだめです。酔ってしまうのですよ」

「そう、あたしも苦手なんですの。それに、いちばん近いエクセター空港にしたところで数マイルははなれていますから、飛行機でいらっしゃっても、汽車より早いとは思えませんわ。パディントン十二時発のナスコーム行きの列車がありますわ。いまですとちょうど間《ま》にあうわ。あたしの時計が正確だとすると、まだ四十五分はありますもの――でも、いつも、あたしの時計ときたらあてにならないのよ」

「しかしですね、どこにいらっしゃるのです、マダム？　それに、いったいなんのご用なんですか」

「ナスコームの、ナス屋敷ですの。車かタクシーで、ナスコームの駅までおむかえにあがりますわ」

「でも、なぜわたしが行かなければならないのです？　いったいどういうことなのですか」と、ポアロははげしくくりかえした。

「電話って、ほんとに不便なところにあるものね」とオリヴァ夫人が言った、「この電話、ホールにあるんですけど……まわりで話し声がしたり、人が行ったりきたりするものだから……お話がよく聞こえませんの。では、あたし、お待ちしておりますわ。きっと、みんなが感激しましてよ。では、さよなら」

ガチャンと受話器をおく金属性の音がした。そして、あとはただ、電話のブーンという音がするだけだった。

ひどく困りきった様子で、ポアロは受話器をおくと、なにかぶつぶつつぶやいていた。秘書のミス・レモンは、ただ無表情で、鉛筆を持ったまま椅子に座っていた。彼女は、電話がくる直前に口述の筆記をしていた箇所を、口のなかで読みかえしていた――「たしかに貴方のおたてになりました仮説は――」

しかしポアロは、その仮説から一歩も話をすすめようとはしないで、

「オリヴァ夫人だったよ」と言った、「ほら、アリアドニ・オリヴァ、女性探偵作家の、あなたもきっと読んだことが――」ここまで言うと、ポアロは口をとじてしまった。このミス・レモンときたら、読むものといったら教養書ばかりで、探偵小説のようなくだらないものは軽蔑していたのを思いだしたからである。「いますぐに、デヴォンシャーまで来てくれというのだ、あと――」彼は時計に目をやった、「三十五分しかない」

ミス・レモンは、不服そうに眉をつりあげた。

「まあ、なんて立派なご予定ですこと、で、またなぜですの？」

「こっちでたずねたいくらいだ！　夫人は、なにも言わないのだから」

「そんな話って、聞いたことありませんわ。なぜ理由を言わないんでしょう？」

「そうだね」ポアロは思案顔をして言った、「立ち聞きされたくなかったからだよ。そうだ、彼女の口ぶりでそれをはっきりほのめかしていた」

「まあ、ほんとに」ミス・レモンは、主人の一大事はここぞとばかりにまくしたてた、「世間の人たちの思惑どおりですわ！　そんな、あてずっぽうにとびだしていらっしゃるなんて、気まぐれにもほどがありましてよ。それに、あなたのような社会的な地位のある方が！　芸術家や作家の生活ときたらずいぶんでたらめなものだということは、あたしも知っていましたけど、ええ、調和の観念がまるでないんですものね。〈遺憾ナガラ離京不可能〉と、あたしから電報をお打ちしましょうか？」

彼女は、もう電話に手をのばしていたが、ポアロの手でさえぎられた。

「いや、すぐタクシーをよんで」それから、一段と声をはりあげると、「さあ！　ちいさな旅行鞄に、洗面道具だけいれて大急ぎ！　汽車に乗りおくれたらたいへんだ」

2

二百十二マイルの旅程のうち、百八十余マイルをフル・スピードで走破した汽車は、残りの三十マイルを、まるでゆっくりとあえぐようにのろのろと走って、ナスコーム駅にはいっていった。おりたのは、エルキュール・ポアロだけだった。彼は客車のステップとプラットフォームの割れ目を注意してとびこえると、あたりを見まわした。列車の最後部の貨物車のところで、赤帽がひとり、いそがしそうに立ちまわっていた。ポアロは旅行鞄を手に持つと、駅の出口にむかってプラットフォームを歩いていった。そして、切符を渡して出札口を出た。

駅のまえに、大型のハンバー・サルーン（運転手と乗客のあいだの仕切りのない自動車）が横づけになっていたが、制服の運転手が出てきた。

「エルキュール・ポアロさまでいらっしゃいますか」運転手は丁寧にたずねた。

彼はポアロの荷物を受けとると、自動車のドアをあけた。車は駅を出て陸橋をこえると、両側に高い生垣のある曲がりくねった田舎道をおりていった。いくらも行かないうちに、右側の生垣は切れてなくなり、おぼろげな青につつまれた丘陵を後ろにひかえた美しい河の眺めがあらわれてきた。運転手は車を停めた。

「あれがヘルム河でございます。遠くに見えるのがダートムアの高原です」と運転手は説明した。

義理にでもほめてやらなければならないところだった。ポアロは、フランス語ですばらしい、じつにすばらしいと連発してみせた。だが実際のところ、ポアロは、どんな美しい景色を見たところでべつにどうということはなかったのだ。まだしも、すみずみまで手入れのゆきとどいた菜園の方が、ポアロに賛嘆の声をあげさせるくらいのものだ。

二人の娘が、車のそばを通りすぎて、丘をフーフー言いながらのろのろとのぼっていった。二人ともとても重そうなリュックサックを背負い、ショートパンツをはき、頭には派手なスカーフをかぶっていた。

「となりに、ユース・ホステルがございますんで」デヴォンシャーの案内人になりきった運転手がこう説明した。「フッダウン公園でございます。以前はフレッチャー氏の所有でしたが、ユース・ホステル協会が買収したもので。夏場はかなりこみあいますな。なにしろひと晩に百人以上も泊めるのでございますよ。宿泊者は、二日以上泊まれない規定になっておりまして、ほかへと移動してゆくのです。ま、利用者は男女両方ですが、ほとんどが外国人でございますな」

ポアロは、ただうなずいてみせただけだった。なにもこれがはじめてのことではなかったが、ポアロは娘たちの後ろ姿をつくづく眺めながら、ショートパンツぐらい女性にふさわしくないものはないと思わずにはいられなかった。ポアロはいたましげに目をとじた。ああ、なんだって、若い娘さんたちが、よりによってあんな恰好をしなければならないのか。あの真っ赤なショートパンツときたら！　どうにもこうにも話にならん！

「また、ずいぶん、リュックにしょいこんだものだね」とポアロはつぶやいた。

「まったくそのとおりで。それに、駅やバスの停留所からだって、かなりの道のりがございますからな。フッダウン公園まで、二マイルはゆうにございますよ」そこで運転手は、ちょっとためらってから、「さしつかえがなければ、あの娘たちを車に乗せておやりになりましたらいかがなもので」

「ああいいとも、そうしておやりなさい」とポアロは寛大なところを見せた。大型の車をひとり占めにしている贅沢な彼と、重いリュックを背負って汗水たらし、フーフーあえぎながら、異性の目に自分たちの服装がどううつるかなどと考えてもみない若い娘が二人。運転手は車を徐行させていって、娘たちのそばにガクンと停めた。二人の上気した汗にまみれている顔が、すがりつくようにパッとあがった。

ポアロがドアをあけると、二人の娘たちが乗りこんできた。

「ほんとにどうも、ご親切に」二人のうちの美しい娘が、外国語のアクセントでお礼を言った。「思っていたよりもずっと遠いんです」

もうひとりの方の娘は、陽やけした顔を首筋まで上気させて、頭のスカーフのあいだから栗色の髪のカールをのぞかせていたが、ただ何回もうなずいて、ちらりと白い歯を見せながら、「グラチェ」とイタリア語でお礼を言った。美しい娘の方は、元気に喋りつづけた。

「あたし、英国に、二週間のお休みを利用して来ましたの。国はオランダ。英国、大好きですわ。ストラトフォード・オン・エイヴォン、シェイクスピア劇場、ワーリック城にも行ってきました。それからクロベリイに行って、いま、エクセターの大聖堂とトーキイを見物してきたところですの——とてもすてき、それで、ここの名所見物に来たのですけど、明日は河を渡って、はじめてアメリカ大陸へメイフラワー号が出航したというプリマスへ行ってみますわ」

「それでは、お嬢さん《シニョリイナ》、あなたは?」ポアロはもうひとりの娘の方にむいてたずねた。

しかし、彼女はただ笑うばかりで髪のカールをゆすぶるだけだった。

「このひと、英語がほとんど喋れませんの」オランダ娘が親切気を出して、かわりに答えた、「あたしたち、フランス語なら、いくらかお話しできますわ。それで、汽車のなかでお話ししましたの。このひと、ミラノの近くに住んでいます。英国には、大きな雑貨商のお店を持っている方と結婚した親戚がいるそうですわ。昨日、お友だちとエクセターに来たんですけど、お友だちが、エクセターのお店で買った悪い子牛ハムのパイにあたって寝こんでしまいました。暑い季節にはよくありませんわね、子牛ハムのパイは」

このとき、運転手は、道がわかれているところでゆっくり停車した。娘たちは車からおりると、二つのちがった言葉でお礼を言って、左の道をのぼっていった。一時《いっとき》、運転手は、その尊大ぶった無関心さをすてると、いかにも情をこめて言った。

「子牛ハムのパイだけにかぎりませんよ。コーンウォール地方の肉のパイには用心していただかないといけません。連中ときたら、休暇にはなんでも肉パイに詰めますからな」

運転手はこう言うと、また車を動かして右の道をおりていった。その道は、すぐ深い木立ちのなかにはいっていた。運転手は、なおも言葉をつづけて、フッダウン公園のユース・ホステルの住人に対してとどめの宣告を言いわたした。

「あのユース・ホステルには、なかなか美人もいますがね、他人の地所に、むやみやたらにはいりこむので、手をやいておりますよ。勝手にはいりこんでしまうのですからかないません。他人の地所は神聖にして冒すべからずってのが、てんから頭にないんでございますな。あの連中ときたら、きまってうちの林のなかを無断で通りぬけるんで、こっちの言い分なんかには、まったく馬の耳に念仏でさあ」こう言うと、運転手は、やれやれといった表情で頭をふってみせた。

車は、林のなかの急な坂をくだり、大きな鉄の門を通りすぎると、車寄せを通って、河を見おろしている白堊《はくあ》のジョージ王朝風の邸宅の正面に停まった。

背の高い、黒髪の執事が階段をおりてくるあいだに、運転手は車のドアをあけた。

「エルキュール・ポアロさまでいらっしゃいますか？」と執事がたずねた。

「そうです」

「オリヴァ夫人がお待ちかねでございます。夫人は、砲台の方にいらっしゃいます。道をお教えいたしましょう」

ポアロは、眼下を流れている河面《かわも》のかがやきを反映している木立ちにそって、うねうねと曲がりくねった道を執事に教えてもらった。なだらかな下り道をつたってゆくと、やがて、低い銃座のある胸壁に囲まれた円形の空き地に出た。その胸壁に、オリヴァ夫人が座っていた。

彼女が立ちあがると、リンゴがひざから落ち、四方八方にころがっていってしまった。オリヴァ夫人との出会いには、かならずリンゴがつきまとう。

「あたし、どうしてこうものばかり落とすんでしょう」と、オリヴァ夫人はリンゴを口にくわえたまま、モグモグ言ってから、「ムッシュー・ポアロ、ご機嫌いかが？」

「トレビアン、シェール、マダム」ポアロはフランス語で、丁寧に答えると、「あなたはいかがです？」と挨拶をした。

オリヴァ夫人は、このまえ会ったときとどこか感じが変わっているように見えたが、それは、電話で彼女が言っていたように、またまたあたらしいヘア・スタイルの実験をしたせいだった。このまえ会ったときは、まるで風に吹きとばされたザンバラ髪といった感じだったが、今日は、髪の毛を濃い藍色に染めて、無理にこしらえたちいさなカールを幾重にも上へと積みかさね、まるでヨーロッパの偽侯爵夫人といったスタイルだった。だが、その侯爵夫人の扮装も首から上までの話で、首から下は、それこそ〝実用的な田舎女〟まるだしで、どぎつい卵の黄身の色をした粗いツイードのコートとスカート、それからいかにもいやな感じの芥子《からし》色のジャンパーといったいでたちだった。

「あなたがいらっしゃること、もうちゃんとわかっていたわ」と、オリヴァ夫人は上機嫌で言った。

「どうしてそんなことが、あなたにわかるのです？」と、ポアロは気むずかしそうに言った。

「いいえ、わかってよ」

「わたしはまだ、どうしてこんなところに来たのか、自問自答しているところですからね」

「あたしが答えてさしあげるわ、それはね、あなたの好奇心」

ポアロは、穴のあくほどオリヴァ夫人の顔を見つめた。そして目をパチパチとしばたたいた。「あなたの、その名だたる女性の直感というやつは、まあ、いままでのところ、大過なかった模様ですな」とポアロが言った。

「まあ、あたしの直感をからかうものではありませんよ。いつだって、犯人をピタリとあてるじゃないの」

ポアロは、うやうやしく口をとざしていた。さもなければ、「せいぜい五回に一度というところですが、それだってあてになりませんからな」と答えているところだった。

ポアロは、答えるかわりにあたりを見まわした。

「じつにすばらしいお屋敷をお持ちですな」

「この家？　あら、あたしのじゃなくてよ、ムッシュー・ポアロ。あたしのだと思っていらっしゃったの。とんでもない。スタッブスさんという方のお屋敷ですわ」

「どんな人たちなんです？」

「べつに、なんでもないわ」と夫人はあいまいに言葉をにごして、「ただのお金持ちなのよ。あたしは、ここへ仕事をしにきただけ」

「そうですか、こんどの傑作に地方色をもりこもうというわけなのですね」

「ちがうのよ、いま言ったでしょ、ちょっとした仕事をしにきたのよ。つまりね、殺人のお膳立てをするのに、あたし、やとわれたの」

ポアロは、キョトンとして夫人を見つめた。

「あら、ほんものの殺人じゃないわ」と、オリヴァ夫人はあわてて説明した、「明日、ここで大きなお祭りがあるのよ。で、目新しい趣向に、犯人探しをやろうというわけ。あたしが演出したの。宝探しみたいなものね。ま、あれとおなじようなものだけど、宝探しなんかいままでに何度もやっているから、こんどは趣向をかえて、ちょっと凝《こ》ってみようというのよ。それで、ここの家の人たちが、あたしに報酬をたっぷり払って、犯人探しのお膳立てを依頼したというわけ。ちょっと面白いわね——きまりきった変わりばえのしない生活の息ぬきになりますもの」

「どんなぐあいにやるのです？」

「それはね、ちゃんと被害者がいるのよ。それに手がかり、それから容疑者たち。みんな定石どおりですわ。妖婦、ゆすり、若い恋人たち、それに人相の悪い執事といったところ。入場料は五シリング、それで第一の手がかりを教わって、被害者と凶器を捜しだすの、犯人と動機をあてるわけなのよ。うまくあたったら、ご褒美がもらえるという趣向よ」

「すてきですな！」エルキュール・ポアロは思わず叫んだ。

「だけど、ほんとのところ」と、オリヴァ夫人はなげいて、「あなたが考えているより、ずっと骨が折れるのよ。だって、生身の人間はとてもお利口さんばかりですもの、あたしの探偵小説には、そういう利口な人たちを登場させる心配はないんだけど」

「じゃ、わたしをここへよんだのは、この犯人探しのお膳立てを手伝わせようというこんたんだったのですね」

ポアロはプリプリになって、自分の声から怒気をおさえることができなかった。

「とんでもない、そうじゃないの。もう準備はすっかりできてしまいましたのよ。ええ、なにもかもですわ。あたしがあなたをおよびしたのは、ぜんぜん別のことよ」

「いったい、どんなわけなのです？」

オリヴァ夫人は、両の手を自分の頭の方にやった。そして、昔からよくやる例の仕草でいまにも自分の髪の毛を猛烈にひっかきまわそうとしたが、ごてごてと飾りたてているヘア・スタイルを思いだしたのだ。で、ふりあげた手で、彼女は耳朶《みみたぶ》をひっぱって、自分の気持ちをおしなだめた。

「あたしって、ほんとにおばかさんね、でも、なにか腑に落ちないおかしな点があるような気がしますの」と彼女は言った。

第二章

ポアロが彼女をじっと見つめているあいだ、二人とも、ひと言も口をきかなかった。それから、ポアロはするどくたずねた。「腑に落ちないおかしな点ですって？　どういうふうにです？」

「それがはっきりしないのよ……それで、あなたに調べていただこうと思って。なんだかあたし、自分があやつられているような感じがだんだんしてきたの……あたし、なにかにあざむかれて……ああ、たしかにあたしはお馬鹿さんよ、でも、明日、犯人探しの余興の殺人のかわりに、ほんものの殺人があったとしても、あたしは驚かないわ！」

ポアロは彼女の顔を、食いいるように見つめた。すると夫人も、ポアロの顔をむきになってにらみ返した。

「なかなか興味がありますな」とポアロが言った。

って言った。

「きっと、あたしのことを大馬鹿者だと思っているんだわ」オリヴァ夫人は、弱気にな
「いや、あなたのことを馬鹿だなんて、わたしは思っていませんよ」とポアロ。

「それに、あなたが直感についてどう思っていらっしゃるか、ちゃんと知っているわ」

「いや、ひとつのものも、人によって呼び方がちがうものですよ」とポアロはなぐさめた。「きっとなにか気がかりになるものを、あなたは耳にしたか気づかれたかしたのだということが、わたしにもわかってきましたよ。しかも、聞いたか見たかあるいは気づいたものがなんなのか、あなた自身にとっても、さっぱりわからないということだってありうると、わたしは思うのです。あなたは、ただその結果に気づいているだけなのです。わたし流に言うならば、あなたは、自分が知っていることがなんであるかわかっていないのです。ま、それを直感と名づけてもかまいませんがね」

「でも、はっきりさせることができないなんて、まるで馬鹿みたいじゃない」と、オリヴァ夫人は、さもがっかりしたように言った。

「ま、いまにわかりますよ」とポアロははげますように言って、「たしか、あやつられているような、あざむかれているような感じがするって、あなたはおっしゃいましたね？　そこのところを、もうちょっとはっきり説明していただけませんかな」

「そうね、うまく言えないんだけど……つまりね、明日の余興の殺人は、言ってみればあたしの殺人なのよ。あたしが自分で考えだし計画したもので、寸分のくるいもないようにできあがっているわけ。ところで、あなたが作家というものについてすこしでもわかっていらっしゃれば、作家が人から、自分の仕事にあれこれとくちばしをいれられるなんて、とても我慢できないことがおわかりになるわね。たとえば、『じつにすばらしいけど、ここのところをああしたらもっとよくなるんじゃないか』とか、『被害者をAにしないでBにしたら、犯人がEではなくてDであるようにしたら、グンとすばらしいアイデアになるんじゃないかしら』なんて言われてごらんなさい、そしたら、『ええ、結構でございますわね、そうなさりたければ、そのようにご自分でお書きあそばせばよろしいじゃございません』と言いたくなるじゃありませんか」

ポアロはいかにもといったようにうなずいてみせた。

「そんなことがしじゅう起こっているわけですね」

「しょっちゅうというわけでもないんですけど……でも、いま言ったような馬鹿げたことをはたから言われると、あたし、頭にカッときてしまうでしょう、すると、連中はすぐ取り消しはするの、ところが、なにか目に見えない些細な暗示みたいなものをあたえることにはなるでしょ、で、その連中とあたしが言いあっているうちに、しらずしらずのうちに、目に見えないような暗示を受けいれてしまうことになるのよ」

「なるほど」とポアロは言った、「つまり、その……いささか露骨きわまる途方もない案を示すことも一種の手口ではあるけれど、それはほんとの狙いじゃなくて、それとなくちょっと計画を変えさせるのが、実際の狙いなのですな。あなた、こうおっしゃりたいのでしょう?」

「まったく、そのとおりなのよ」とオリヴァ夫人は言った、「そりゃ、むろん、あたしだけの思いすごしかもしれないけれど、でも根っからの空想だとはどうしても思えないわ。それに、黙ってほっておいていいようにも考えられないの。そうね、どう言ったらいいかしら、雰囲気といったようなものが、あたし、とても気になるんです」

「で、あなたに、そんなくちばしをいれたのは誰なのです?」

「いろんな人たちよ」と、オリヴァ夫人が答えた、「それがたったひとりの人でしたら、あたしにだって自分の考えにもっと確信が持てるんですけど、なにしろひとりではないでしょ——だけど、ほんとのところはやっぱりひとりの人なんだわ。つまりね、ひとりの人が、なんの底意もないほかの人たちをあやつっているのだと思うの」

「その人間が誰であるか、あなたに心あたりでもありますか」

オリヴァ夫人は頭を横にふった。

「ものすごく頭がよく、用心深い人だわ。でも、誰を見てもそう見えるのよ」

「いったい、どんな人たちがその余興に出るのです？　登場人物は、ごくかぎられているでしょうに」とポアロがたずねた。

「ええと――」オリヴァ夫人は説明をはじめた、「まず、ここの持ち主であるジョージ・スタッブス卿。お金持ちの俗物で、仕事以外のことにかけては箸にも棒にもかからないような男だけど、こと仕事となるとたいした切れ者らしいの。それから、スタッブス夫人――ハティという名ですけど――主人より二十歳も若くて、どちらかといえばきれいなひとだけど、とても頭が鈍いの――あたし、うす馬鹿じゃないかしらとにらんでいるの。むろん、お金目あてに結婚したんですよ。とにかく、着るものや宝石のことしか頭にないんだから。おつぎはマイケル・ウエイマン、まだ青年なんだけど、芸術家気質とでもいうのかしら、ちょっといかついのよ。なかなかの好男子で、建築家なの。いま、ジョージ卿のために、テニス場の観覧席の設計と阿房宮の修理をしているわ」

「阿房宮ですって？　いったいなんです、それは？　仮装舞踏会ですか？」

「そうじゃないの、建物のことよ。円柱のたくさんある、白堊のちいさな寺院といったようなものなの。ほら、ロンドンのキュー植物園にあるような建物よ、ごらんになったことあるでしょ。それからミス・ブルイスがいるわ。このひとは秘書兼家政婦で、家のなかのことをなにからなにまできりまわしているの、手紙なんかの代筆までしますわ——ちょっとすごみのあるくらい有能な女性。それに、お手伝いにくる近隣の人たちね。河の下流の方のコテイジに住んでいるアレック・レッグと妻のサリイの若夫婦。マスタートン家の代理人であるワーバートン大尉、それにマスタートン一家と、番小屋だったところに住んでいるおばあさんのフォリアット夫人がいるわ。このおばあさんの旦那さまの一家が、このナス地方の土地を持っていたのですけど、病死したり戦死したりしてしまったものですから、相続税がすっかりかさんで、いちばん最後の相続人がこの土地を売ってしまったのよ」

ポアロは、この登場人物を頭のなかにいれてみたものの、いまのところは、ただ名前以外のなにものでもなかった。彼は、話を本筋にもどした。

「犯人探しの余興を思いついたのは、いったい誰なのです？」

「たしかマスタートン夫人だったと思うわ。彼女は、地方議員の奥さんなので、人をあつめてなにかやるのにうってつけなのよ。ジョージ卿を口説いて、ここでお祭りをやるようにしたのがこのひとなの。なにしろ、もう何年というもの、ここには住んでいなかったのだから、きっとこの土地の人たちは、お金を払っても見たがるだろうと、彼女は考えたのよ」

「まあ、しごくもっともな話ですな」とポアロは相槌をうった。

「そうよ、なにもかも、ごもっともというよりほかないわ」と、オリヴァ夫人は言葉をかさねて、「ところが、そうでもないのよ。ねえ、ムッシュー・ポアロ、どこか、つじつまのあわないところがあるの」

ポアロはオリヴァ夫人の顔を見つめた。すると、彼女も見返した。

「いったいあなたは、どんな口実で、わたしをここへよびよせたのです？」

「そんなこと、お茶の子さいさいよ。あなたが犯人探しの賞を授与することになっているんですもの。みんな、胸をワクワクさせているわ。あたし、あなたのことをよく知っていると言ったの。だから、こちらまで来てくださるようにお願いできるだろうし、あなたのお名前を出せば、きっと客寄せになるわと、言ったのよ、そりゃむろん、有名なムッシュー・ポアロのご来場となれば、みんなあつまってきてよ」とオリヴァ夫人はたくみにつけ加えた。

「それで、あなたの提案はたちどころにきまったというわけですね？」

「それこそ、みんな胸をワクワクさせているのよ」

もっとも、オリヴァ夫人は、若い人たちから、「その、エルキュール・ポアロって、いったい、何者です？」と質問されたことまで話す必要はないと思った。

「みんながみんなですか？　誰も、わたしをよぶことに反対しなかったわけですな」

オリヴァ夫人はうなずいてみせた。

「それは残念です」ポアロが言った。

「それがなにかの手がかりになるかもしれないとおっしゃるの？」

「ええ、犯人がいるならば、わたしが当地に出席するのをよろこぶはずがありませんからな」

「あなたって、みんな、あたしの思いすごしだと考えていらっしゃるのね？」とオリヴァ夫人は、しょんぼりしながら言った。「そうね、あたし、あなたと会ってお話しするまで、自分の論拠がどんなに薄弱なものか、ちっとも気がつかなかったんだわ」

「まあまあ落ちつきなさい」とポアロがやさしくなだめた。「わたしも食指が動いてきましたよ。さ、なにから手をつけましょうか」

オリヴァ夫人は時計を見た。

「ちょうどお茶の時間だわ。家にはいりましょう。みんなにお会いできるわ」

彼女は、ポアロが来たのとちがう道を通った。その道は、まるで正反対の方角へ行くように思われた。

「この道を行くと、ボート倉庫のそばを通りますのよ」とオリヴァ夫人が説明した。

そう言っているうちにボート倉庫が見えてきた。それは河にむかって突きでていて、かやぶき屋根の風雅な建物だった。

「あそこに、死体をおく予定になっているのよ」とオリヴァ夫人が言った。「むろん、犯人探しの死体ですけどね」

「で、誰が殺されることになっているのですか？」

「それはね、女性ハイカーなのよ、ユーゴスラビア人で青年原子科学者の最初の妻という役」とオリヴァ夫人はよどみなく答えた。

ポアロは目をパチクリさせた。

「むろん、原子科学者が細君を殺したように見えるけど、ことはそんなにあっさりしたものじゃないの」

「それはそうでしょうね、なにしろあなたのアイデアなのだから」

オリヴァ夫人は、手をふりながらそのお世辞を受けた。

「ほんとはね、彼女は郷士に殺されるのよ。その動機はちょっと巧妙に仕組まれているの。ま、この動機が見破れる人は、そんなにいるとは思えないな。五番目の手がかりのなかに、動機がちゃんとわかるだけの材料がいれてありますけどね」

ポアロは、オリヴァ夫人の筋書きの巧妙さに聞きいるのを一応そのくらいにして、実際的な質問に移った。

「それはそうと、どうやって、死体のなり手を探しますかね」

「少女団《ガール・ガイド》の女の子になってもらうわ」とオリヴァ夫人は言った。「はじめはサリイ・レッグの予定だったんだけど、みんなが彼女には、ターバンで扮装して占い師の役をやってもらいたがっているの。それで、マーリン・タッカーという少女団の女の子にしたのよ。どちらかと言ったら、頭の鈍い嗅ぎまわり屋さんなの」それから説明するような口ぶりになって、「死体の現場といっても、じつにあっさりしたものなのよ。スカーフとリュックサックがひとつあればいいの。それに彼女のすることといったら、足音が聞こえたとき、床にパタリと倒れて首にコードを巻くことだけですもの。で、見つかるまで、あのボート倉庫のなかに隠れていればいいのよ――ずいぶん退屈な役をひきあてたものだわ。でも、退屈しのぎに、その子には面白い漫画を何冊かあてがっておくの――もっとも、そのうちの一冊には、犯人の手がかりが書かれてあるんだけど――ま、万事、こういった調子でうまくゆくことになっているのよ」

「いや、じつにうまいものですね、かぶとを脱ぎますよ、それに、想像もつかないことを思いつくものですな」

「思いつくぐらいのことは、そうたいしたことじゃないわ。問題は、あまりいろんなことが思い浮かぶものだから、それがこんがらかってしまって、そのいくつかを整理しなければならないことなの。これがなんといってもつらいのよ。ええと、この道をあがるんだわ」

二人はけわしいジグザグの道をのぼっていった。この道は、水面が高さを増してくる河にそってつらなっていた。木立ちを通って曲がり角に来ると、壁柱にささえられた白堊のちいさな寺院が建っているところに出た。おんぼろのフランネルのズボンに、原色のグリーンといっていいようなシャツを着た青年がひとり、こちらに背をむけて、わけありげに寺院を見つめていた。彼は、二人の方にクルッとむきなおった。

「あの、マイケル・ウエイマンさん、こちらがムッシュー・ポアロですわ」とオリヴァ夫人が紹介した。

青年は、ただ簡単にうなずいただけだった。

「まるでめちゃくちゃだ！」彼はいかにもにがにがしそうに言った。「よりによって、こんな場所を選ぶなんて！　いいですか、これをごらんなさい。こいつだって、建ててやっと一年たったばかりです、ま、この種のものとしてはなかなか立派なものだし、現代の建築風潮から見てもおかしくない。しかし、なぜこんな場所なんかに建てたんだろう？　こういったものはね、草の茂ったきれいな道、水仙などをあしらって、小高い丘の上に人目につくように建てるのがあたりまえですよ。ところがどうです、このちっぽけなやつときたら、木立ちにすっかり取りかこまれてしまって、どこからも眺められないじゃありませんか。河の方からこいつを拝もうとするなら、すくなくとも二十本ぐらいの木を切り倒さなければ駄目ですよ」

「きっと、ほかに適当な場所がなかったからじゃない？」と、オリヴァ夫人がとりなした。

マイケル・ウエイマンは、鼻息あらくやり返した。

「屋敷のそばの、あの草のおい茂った土手の上があるじゃありませんか。あそこならおあつらえむきですよ。いやはや、金持ち連中ときたら、どいつもこいつも似たりよったりだ、芸術的センスなど、薬にしたくても持ちあわせていないんだからなあ。ご当人が自分でも言っているように、阿房宮というやつが好きで、そいつを建てさせる。で、その敷地探しとくる。すると、強風で倒れた樫の大木のみにくい残骸がよこたわっている、『そうだ、あそこに阿房宮を建てて、あれをきれいにかたづけよう』と、あの大馬鹿はぬかしやがるんだ。きれいにかたづける！　笑わせやがらあ、金持ち連中の考えつくことといったら、せいぜいこんなところなんだ。家のまわりに、赤いゼラニウムとカルセオラリアの花壇をこしらえなかったのが不思議なくらいさ！　あの大馬鹿が、こんな美しい土地を所有しているのが、そもそもまちがっているんだ！」

　彼はすっかり興奮しているようだった。

〝この男は〟と、ポアロは胸のなかでつぶやいた、〝まちがいなくジョージ・スタッブス卿が嫌いなのだ〟

「土台はコンクリートになってはいるがね、その下はやわらかい砂地だから、建物は沈下しているんですよ。そこらじゅう裂け目だらけだ、これじゃあ、とんでもないことになるにきまっている……いまのうちにこいつをひきたおして、屋敷のそばの土手の上に建てなおした方がいいな。これがぼくの意見だけど、あのもうろくじじいの大馬鹿ときたら、いっこう聞きいれようとはしないんですからね」

「テニス場の方はどうなの？」と、オリヴァ夫人がたずねた。

　青年は、いっそう憂鬱《ゆううつ》そうに顔をしかめて、

「あのじじいときたら、まるで中国の塔《パゴダ》みたいなやつを建てろと言うんですよ」と、彼はうめき声を立てた。「よかったら竜もついでにくっつけてくれと言うんだからな。それも、スタッブス夫人が中国の苦力帽《クーリー・ハット》（幅広の円錐形の麦藁帽子）が好きだというだけなんだから。建築家なんて、くそくらえだ、ちゃんとしたやつを建てたいと思う人間には金がなし、金があるやつは、とてつもない馬鹿げた真似をしたがるんだ！」

「いや、ご同情にたえません」とポアロは、しかつめらしく言った。

「あのジョージ・スタッブスなんてじじいは、いったい自分のことをなにさまだと思ってやがんだろう、戦時はウエールズ地方の安全な奥地にひっこんで、のんびりと海軍省なんかの勤務をし、まるで護衛任務かなにかの実戦にでも参加したといわんばかりにあご髭なんかをはやしやがって、いや、自分たちでもそう吹聴しているんですからな。金のにおいをプンプンさせていやがる、ああ、ゲロが出そうだ！」と、吐きだすように言った。

「といっても、あなたのような建築家は、誰かお金をつかってくれる人がいなかったら、それこそあがったりじゃないの」と、オリヴァ夫人はいかにももっともなことを言った。彼女が家の方に歩きだしたので、ポアロと、すっかりくさりきっている建築家は、そのあとについてゆくことになった。

「お殿さま連中ときたら」と建築家は、いかにもにがにがしそうに、「原則がわからないんだからな」こう言って、かたむきかかっている阿房宮に最後の一撃を加えた、「土台がいかれていたら、なにからなにまでいかれていることとおなじですからね」

「なるほど、まさにそのとおりですな」とポアロが感にたえないように言った。「なかなか意味深長ですよ」

道は木立ちの外に出た。前方に、うっそうとした木を背景に、白堊の美しい建物があらわれた。

「これはこれは、じつに美しい」と、ポアロは口のなかでつぶやいた。

「じじいは、撞球室《ビリヤード》まで増築したがっているんですよ」とウエイマンは、いまいましそうに言った。

足もとの土手のところで、小柄な初老の婦人が、灌木の茂みにさかんに刈りこみバサミをいれていた。彼女は、いくぶんせわしそうな息づかいをしながら、挨拶するためにこちらの方にのぼってきた。

「なにもかも、もうずいぶん長いこと手もつけないでほったらかしになっていたのですからねえ」と、彼女が言った、「それに当節じゃ、灌木のことがわかるような男のひとってめったにおりませんもの。丘のこちら側は、三月と四月には、まるで燃えあがるようなきれいな色になるのですけど、今年はすっかり駄目ですわ。この枯れきった木は、去年の秋にすっかり切り倒しておかなければならなかったのですよ」

「こちら、エルキュール・ポアロさんですわ、フォリアット夫人」と、オリヴァ夫人が紹介した。

その初老の婦人は、にっこりと笑った。

「まあまあ、あの有名なポアロさんでいらっしゃいますの！　ご親切に、わたしたちのためにわざわざおいでくださいましたのね。オリヴァ夫人が、とてもむずかしい問題をお考えになりましたのよ、とても頭のいい方ですわ、ほんとにいままでにない余興ですわね」

ポアロは、この小柄な婦人の物腰の優雅さに、かすかなとまどいさえ感じたくらいだった。むしろ、このひとが女主人だったら、それこそぴったりくるだろうに。

彼は丁重に答えた。

「オリヴァ夫人とは、昔からのおつきあいでしてね、おもとめに応じられたことをうれしく思っております。いや、じつに美しいところですね。それに気品のある立派なお屋敷です」

フォリアット夫人は、それが当然のことのようにうなずいてみせた。

「はあ、わたしの主人の先祖が、一七九〇年に建てたものでございますよ。それ以前はエリザベス朝風の屋敷でございましたが、荒れ放題になっておりまして、一七〇〇年ごろの火事で燃えてしまいました。わたしたちの一族は、一五九八年以来ここに住みついておりますの」

彼女の口調は、おだやかでたんたんとしたものだった。ポアロは、あらためてじっくりと彼女の様子を観察した。もう何年も着ふるしたツイードをまとった、なみはずれて小柄な、キリッとひきしまっている婦人。いやでもまっさきに目につく特徴は、まるで中国の陶器のように、青々とすみきった瞳だった。灰色の髪は、ヘアネットできちんとつつまれていた。一見いかにも無造作に見える彼女の身のこなしにも、なにか説明しがたい感じがただよっていた。

四人は家の方に足をむけたが、ポアロは遠慮がちに口をひらいた。「奥さん、他人がお屋敷に住んでいるなんて、ほんとにつらいことでしょうな」

夫人はしばらく黙っていたが、やがてそれに答えた。その口調には、なんのよどみもないばかりか、不自然なくらい感情の影というものがなかった。

「つらいことと申しましたら、もっとたくさんございますよ、ポアロさん」と彼女は言った。

第三章

ポアロを屋敷のなかへ案内してくれたのは、フォリアット夫人だった。優美な建物で、美しく調和がとれていた。フォリアット夫人は、左側のドアを通ってこぢんまりした豪華な居間をすぎ、それから大きな客間にはいっていった。その部屋には人がいっぱいはいっていて、足をふみいれた瞬間、まるでひとりのこらず、いちどきにガヤガヤ喋りあっているような感じだった。

「ジョージ」とフォリアット夫人が声をかけた。「わざわざお力ぞえにお見えになったポアロさんですわ、こちらはジョージ・スタッブス卿」

ジョージ卿は大声で話をしていたが、ポアロの方にクルッとふりかえった。目立つほどの赤ら顔に、ちょっと不釣合いな感じがするあご鬚をはやした大男だった。まるで、この鬚のおかげで、田舎紳士の役をやろうか、それとも植民地がえりのダイヤモンド成り金の役をやろうか、どっちつかずの決心をつけかねている役者といった印象だった。マイケル・ウエイマンのさっきの言葉にもかかわらず、海軍といった感じはすこしもなかった。彼の態度と声はいかにも陽気ではあったが、目だけはちいさく鋭くて、人を射抜くような薄青色をたたえていた。

彼は快活に挨拶をした。

「お友だちのオリヴァ夫人のおかげであなたをお招きすることができて、たいへんうれしく思っておりますよ。まったく、夫人の霊感はすばらしいものです。あなたがお見えになればしめたものです。たいへんな客寄せになりますからな」

彼はそれとなくあたりを見まわした。

「ハティ？」彼はちょっと語調を強めて、くりかえしてよんだ、「ハティ！」

スタッブス夫人は、みんなからすこし離れたところで、大きな肘掛椅子にもたれていた。彼女の様子ときたらまるで、周囲にいっこうおかまいなしといった感じだった。肘掛けにのばした自分の手を、いかにもうれしそうに見おろしている。そして、薬指にはめている大石のエメラルドの指輪が、緑色の深みからキラリと光を放つように、その手を左右にうごかしていた。

自分の名前をよばれて、まるで子供のようなあどけなさで、ビクッとしながら彼女は顔をあげた。「あら、いらっしゃいませ」

ポアロは、彼女の手の上に身をかがめた。

ジョージ卿は紹介をつづけた。

「マスタートン夫人です」

夫人は、どことなく警察犬を思わせる、一度見たらとても忘れられないような感じの女《ひと》だった。下顎がグッと突きでていて、その目はいささか充血して大きかった。

彼女は挨拶をすませると、すぐ、みんなとの議論にもどっていった。ふとくてよくとおる彼女の声は、ポアロにもう一度、警察犬の吠え声を思いださせた。

「もういいかげんに、お茶飲み場のテントのつまらない論争には、けりをつけなくちゃなりませんわ、ジム」と、彼女は強く言った。「センスというものがどういうものか、あの連中にはっきり見せてやらなくちゃ。あの馬鹿げた女たちのとるにたりない口争いのおかげで、余興全体をめちゃくちゃにしてしまうわけにはいかなくてよ」

「そうだ、まったくですよ」と相手の男が言った。

「ワーバートン大尉です」とジョージ卿が紹介した。

チェックのスポーツコートを着ている、なんとなく馬のような印象をあたえるワーバートン大尉は、ちょっと狼のような真っ白な歯並みをむき出して笑ったかと思うと、話にもどった。

「なあに心配することはありませんよ、私が解決しますからね。私が行って、こんこんと言いきかせますよ。それはそうと、占い師のテントはどこにします？　マグノリアの花のそばの空き地にしますか？　それとも芝生のはしっこの方のシャクナゲのそばにするんですか」

　ジョージ卿が紹介をつづけた。

「レッグ夫妻です」

　すっかり陽にやけて顔の皮がむけた、背の高い青年がさわやかに微笑をもらした。かわいい赤毛の、顔にそばかすのある彼の細君が、かるく頭をさげると、すぐさまマスタートン夫人との話に夢中になった。彼女のここちよくひびく最高音部《ソプラノ》の声と、マスタートン夫人ののぶとい、犬の遠吠えに似た声とは、まるでちょっとした二重唱の観を呈している。

「マグノリアのそばは駄目よ、とてもせまくて——大勢あつまりますもの」

「——それじゃ分散させなくちゃね——列をつくらせたらどうかしら——」

「——ずっと涼しくてよ、太陽は家の真上から照りつけますもの——」

「ココナッツ・シャイ（やしの実を落とす遊び）は、家のそばでは駄目ですよ。男の子ときたら、見さかいもなく球を投げますからね――」

「こちらが」とジョージ卿が言った、「家のなかをいっさいきりまわしているミス・ブルイスですよ」

ミス・ブルイスは、大きな銀製の茶盆のむこうに腰をおろしていた。

彼女は痩せぎすで、気持ちのいいくらいてきぱきした、いかにも働き手といった感じの四十女だった。

「よくおいでになりました、ポアロさん」と彼女は挨拶をした、「汽車は混みませんでして？　ちょうど、いまのシーズンは、とても混むことがあるものですから。お茶はいかがでございますの？　ミルク、それともお砂糖をおいれしますか」

「では、ミルクをほんのちょっぴり、それからお砂糖を四ついれてくださいませんか、マドモアゼル」ポアロは、ミス・ブルイスがお茶をいれているあいだに、言葉をかけた、「なかなか、ご活躍ですな」

「ええ、たいへんですの。いつも土壇場になってから大騒ぎするんですからね。それに、最近ではなにもかもひとまかせですわ。大天幕のほかにもテント、椅子、調理道具と、仕事は山ほどあるんですもの。それこそつききりでないとらちがあきませんわ、午前中ときたら、電話から、ほんのちょっとでも離れられない始末ですもの」

「それからゴルフ用の予備のパターの方は？」

「アマンダ、杭の準備はどうかね？」とジョージ卿がたずねた、「それからゴルフ用の予備のパターの方は？」

「みんな、そろっておりますわ、ゴルフ・クラブのベンソンさんがとてもよくやってくださいましたの」

彼女はポアロにお茶を渡した。

「ポアロさん、サンドイッチを召しあがります？　トマトとパイがありますけど、でも」彼女はお砂糖を四つと所望されたことを思いだして、「あなたは、クリーム・ケーキの方がよろしいようですわね」

たしかにポアロは、クリーム・ケーキの方がよかった。彼は遠慮なく、どろどろの舌のとろけるような甘いやつを頂戴《ちょうだい》した。

彼は、ケーキを受け皿にとってそろそろと運びながら、この家のホステスのそばに行って腰をおろした。彼女はまだ、さっきとおなじように、手を動かしては指輪の光を愉しんでいたが、ポアロの方に顔をあげると、あのあどけない笑顔を見せた。

「ほら、とてもきれいじゃなくて？」と彼女は言った。

ポアロは、ずっと彼女の様子を観察していた。彼女は、赤色アニリン染料であざやかに染めた麦藁《むぎわら》の、中国の苦力《クーリー》スタイルの帽子をかぶっていた。すきとおるような彼女の顔の皮膚に、帽子の色が赤くうつっていた。彼女は、英国風ではない、なにか異国的な感じのする派手なお化粧をしていた。あくまでぬけるように白いなめらかな肌、シクラメン色のあざやかな唇、マスカラをおしげもなくたっぷりつかっているそのまつ毛。帽子の下からのぞいている彼女の髪の毛は、なめらかな黒髪で、ヴェルヴェットのキャップのようにぴったりと整えられていた。彼女の顔には、非英国的なもの憂い美しさがただよっていた。彼女は、いってみれば、なにかの偶然のいたずらでこの英国の客間に連れてこられた、熱帯の強烈な太陽の子なのだ。しかし、なんといってもポアロをびっくりさせたのは、彼女の目だった。まるで子供のようにうつろなのだ。

彼女は、あの子供のようななれなれしい口調でものを言うものだから、ついポアロも、子供にむかって返事をするような調子になってしまった。

「ほんとうにきれいな指輪だね」とポアロは言った。

彼女は、さもうれしそうだった。

「ジョージが昨日、あたしにくれたのよ」彼女は、まるでひそひそ話でもするかのように、声をひそめて言った。「あたしにいろんなものをくれるの。とてもやさしいわ」

ポアロは、あらためてその指輪と、椅子の肘掛けにさしのべられている彼女の手に目をやった。爪を長くのばして、濃い暗褐色のマニキュアがしてあった。

〝彼らは額に汗もせず、はたまた糸を紡ぎもしなければ……〟という聖書の言葉が、ポアロに思いだされた。

ほんとのところ、あくせく働いたり布を織ったりするスタッブス夫人など、とうてい想像することなどできるものではなかった。それかといって、彼女を野の百合の花に見たてることなど、できるものじゃなかった。あまりにも、人工の美をよそおいすぎているのだ。

「このお部屋はまた、たいへん美しいですな、マダム」鑑賞するような目つきであたりを見まわしながら、ポアロは言った。

「そうですわね」と夫人はいかにも気のなさそうに答えた。

まだ彼女の心は、指輪にすいよせられているのだ。頭を一方にかたむけて手をうごかしながら、深みから発する緑色の光に、じっと見いっているのだ。

彼女は、まるでひめごとのようにささやいた、「ほら？　あたしにウインクしていてよ」

彼女は、突然ゲラゲラと笑いだした。ポアロは、あまり突然のことなのでガクンときてしまった。たしなみのない大きな笑い声だった。

「ハティ！」むこうの方から、ジョージ卿が声をかけた。

その口調にはやさしさがあふれていたが、かすかにたしなめるようなひびきがこもっていた。彼女は笑うのをやめた。

ポアロは、さりげない態度で言った。

「このデヴォンシャーは、じつに美しいところですな、いかがです！」

「昼間はとてもいいところですわ。でも雨が降っちゃだめ」それからスタッブス夫人は、つくづくうらめしそうに、「でも、ナイト・クラブが一軒もないんですもの」

「なるほど、あなたはナイト・クラブが好きなんですね」

「ええ、大好き」スタッブス夫人は、熱をこめて言った。

「また、どうしてナイト・クラブがそんなにお好きなのです？」

「音楽、それにダンスが踊れるんですもの。あたし、いちばんいいドレスにブレスレットと指輪をつけて、ほかの人たちも、きれいなドレスに宝石をつけてくるけど、でもあたしのにはかなわないわ」

彼女は、いかにも満足そうに笑ってみせた。ポアロは、なんだか可哀相な気持ちになってきた。

「そんなことが、とても愉しいのですね？」

「そうよ、それにあたし、カジノも大好き。どうして、英国にはカジノがないのかしら?」

「そうですね、わたしもときどきそう思いますよ」ポアロはホッと溜息をもらした、「ま、英国人の気性にあわないのじゃないでしょうか」

彼女は、よくのみこめないといったような顔をして、ポアロを見た、それから、すこしからだをまえにかがめると、

「あたしね、一度モンテ・カルロで六万フランも勝ったことがあるのよ。二十七番に賭けたら、ピタリッときたの」

「ずいぶん興奮なさったでしょうね、マダム」

「ええ、たいへんだったわ、ジョージが賭けをするお金、あたしにくれるんですけど、いつもとられてばかりいたの」

彼女は不機嫌になった。

「それはがっかりですね」

「でも、そんなこと問題にならないわ。ジョージはたいへんなお金持ちですもの。お金持ちってとてもいいことね、そうじゃなくて?」

「なかなかいいですね」ポアロはしずかに言った。

「きっとあたしがお金持ちでなかったら、アマンダみたいになってしまうわ」彼女は視

線を、ティー・テーブルのところにいるミス・ブルイスの方にそそぐと、じろじろと眺めた。「あのひと、とてもきたないわね、そうでしょ？」

と、ちょうどこのとき、ミス・ブルイスが顔をあげ、ポアロたちの方に視線を走らせた。スタッブス夫人は、大声で喋ったわけではなかったが、ミス・ブルイスの耳に聞こえたのじゃないかと、ポアロは思った。

ポアロは目をほかにそらせると、ワーバートン大尉の目にぶつかった。大尉のまなざしは、いかにも皮肉たっぷりで、面白がっているみたいだった。

ポアロは、話題を変えるのにひと汗かいた。

「お祭りの準備で、さぞおいそがしかったでしょうな？」

ハティ・スタッブスは頭を横にふった。

「とんでもない、それこそ死ぬほど退屈だったわ、ほんとに馬鹿げきっている。それに、召使いたちや庭師たちがいますもの。お祭りの準備なんて、だいたいあの人たちのする仕事じゃなくて？」

「まあまあ、あなたという方は」こう言ったのは、フォリアット夫人だった。彼女は、すぐそばのソファーに腰かけようと、すぐ目のまえに来ていたのだ。「そういう考えはね、あなたが植民地の島で育てられたときにしみこんだものですよ。でも、いまどきの英国の暮らしときたら、そんな余裕など、薬にしたくともありませんからね、ああ」夫人は大きく溜息をついて、「いまは、もうなにからなにまで自分の手でしなければなりませんもの」

　スタッブス夫人は肩をすくめた。

「自分でやるなんて、愚の骨頂だわ。それじゃ、お金持ちになっても、なんにもならないじゃないの」

「でもね、なかには自分でするのが愉しいひとだっているんですよ」フォリアット夫人は彼女に微笑を浮かべながら言った。「わたしがそうですもの。ま、なにからなにまでとは言えないけれど、自分でやって面白い仕事がありますよ。たとえば、お庭の手入れだとか、明日のお祭りのような準備などね」

「お祭りは、パーティのようなものになるのね」と、スタッブス夫人は希望をこめて言った。

「パーティみたいなものですよ、とにかくたくさんの人があつまってまいりますもの」

「じゃ、アスコット競馬場みたいになるわね？　みんな、大きな帽子をかぶって、すばらしくシックな人たちばかり？」

「そうね、アスコット競馬場のようなわけにはゆきませんよ」それからフォリアット夫人はしんみりとした口調で言った。「でもね、ハティ、あなたは田舎の行事を愉しむようにつとめなければいけませんわ、今朝だってそうですよ、お茶の時間になるまで寝てなんかいないで、わたしたちのお手伝いをしてくれなくては」

「あら、あたし、頭が痛かったのよ」ハティはちょっとすねてみせたが、気分が変わって、フォリアット夫人にやさしくほほえみかけた。

「明日は大丈夫よ、あなたの言うことだったら、なんでもするわ」

「まあまあ、うれしいことね」

「明日のお祭りに着るあたらしいドレスができたのよ。今朝届いたの。上に行って見てくださらない」

フォリアット夫人は、ちょっとためらった。スタッブス夫人はさっさと立ちあがると、せきたてるように、

「さ、いらっしゃいってば、とてもきれいなドレスなのよ、早く！」

「じゃ、そうしましょ」フォリアット夫人はなかば笑いながら立ちあがった。

大柄のハティのあとについて、部屋を出ていくちんまりしたフォリアット夫人の顔を見て、ポアロは思わずハッとした。いままで見せていた笑顔は消えうせて、ぐったりと疲れきった表情が浮かんでいたからだ。一瞬、人前をはばかってはりつめていた気持ち

がゆるんで、もう社交上の仮面を無理してまでかぶっていられない、といった感じだった。いや、なにか、もっと深いわけがあるのかもしれない。きっと、多くの婦人とおなじように、ひとには言えない病気でもあるのだろうか。夫人は、ひとの憐みや同情を得たがるような人相には見えないな、とポアロは心のうちで思った。

ワーバートン大尉が、ハティの座っていた席にどっかと腰をおろした。彼もまた、二人が出ていった戸口の方を眺めたが、フォリアット夫人のことにはふれずに、ニヤッと歯をむき出すと、遠まわしな言い方をした。

「ちょっといけるじゃありませんか、あの女は」それから、ジョージ卿が、マスタートン夫人とオリヴァ夫人を連れてテラスのガラスドアから出てゆく後ろ姿を目で追って、「あのジョージ・スタッブスのじいさんときたら、あの女にすっかりのぼせきっているのですからな。あんな女に、宝石やミンクなんか、いくらつぎこんだって無駄というものですよ。あの女の頭がいかれているのを、あのじいさん、気がつかないのかな。もっとも、そんなことはとるにたりないことだと思っているのかもしれませんがね。金持ちときたら、知的なつきあいなど求めませんからな」

「彼女の国籍はどこなのですか?」とポアロはたずねた。

「南米のような感じはしますがね、たしか、西インド諸島の生まれのようです。砂糖やラム酒の産地ですよ。ま、そこの旧家のひとつです。クリオール人（西インド諸島、南米に移住したフランス人、スペイン人の子孫）ですね、ええ、混血ではないのです。あの島は、血族結婚のさかんなところでしてね。ま、そんなところから、彼女が低能なのかもしれませんな」

若いレッグ夫人が二人の話にはいってきた。

「ねえ、ジム、あなた、あたしに味方してくれなくちゃ駄目よ。どうしてもあのテントは、あたしたちがきめたところに立てるの――ほら、シャクナゲの花畑につづいている芝生の端よ。立てるとしたらあそこだけしかないわ」

「でも、マスタートン夫人は、そう思ってはいないですよ」

「だから、あなたがそれを説得するんじゃないの」

彼は、ずるそうに笑った。

「マスタートン夫人は、私の主人ですからな」

「議員のウイルフレッド・マスタートンが、あなたの主人じゃありませんか」

「それはそうですが、夫人だって私の主人ですよ。なにしろ、男まさりのひとですからな、とても駄目ですよ」

ジョージ卿が、ガラスドアからもどってきた。

「ああサリイ、そこにいたの、あなたを探していたんだ。パンにバターをつけるのは誰、ケーキを焼くのは誰、小間物の売場になっているところが、どうして栽培品の陳列場になったんだなんて、みんな、わいわい騒いでいるのです。ええと、エイミイ・フォリアットはどこにいるかな？　あのひとでなかったら、とてもさばききれるものじゃない」

「ハティと一緒に二階へ行きましたわ」

「ああ、そう――」

ジョージ卿は、まるで迷子になったみたいに、あたりを見まわした。すると、ミス・ブルイスが、入場券をつくっていた手を休めて、サッと立ちあがった。「およびしてまいりますわ、ジョージ卿」

「ああ、頼むよ、アマンダ」

ミス・ブルイスは部屋から出ていった。

「柵の針金がもっとなければならんな」と、ジョージ卿は口のなかでつぶやいた。

「なににおつかいになりますの、お祭り？」

「いやいや、森のなかのフッダウン公園との境目をつくらにゃならん。古い垣根はぼろぼろにくさってしまったし、そこからはいってくるからな」

「はいってくるって、いったい誰ですの？」

「家宅侵入者だよ！」ジョージ卿が声をあげた。

サリイ・レッグが、いかにも面白そうに言った。

「じゃ、まるで驢馬《ろば》の侵入を防いでいるベシイ・トロットウッドみたい」

「ベシイ・トロットウッド？　いったい誰のことだね？」とジョージ卿がききかえした。

「ディケンズにありますわよ」

「ああディケンズね、まえに一度、『ピックウィック・ペーパーズ』を読んだことがある。なかなか面白かった、いや、奇想天外な小説でしたな。しかし、真面目な話、ユース・ホステルとかいうやつができてからというもの、うちの土地へ勝手にはいりこんでくる連中がいるのは困ったものだ。あの連中ときたら、わけのわからないシャツなんかを着こんで、どこからでもあらわれるんだからな。今朝、はいりこんできた若い男のシャツの模様ときたら、はいまわっている亀やなんかをべたべた描きちらしたやつだ。まるで、私の方が酔っぱらっているのじゃないかと思ったほどだ。それに、あの連中は、ほとんど英語のわからないやつらだ。なにを喋っているのかチンプンカンだ」卿は、その口真似をやってみせた、「あの、オネガイ、助けて、教えて、これ、舟着場行く道？そこで私がちがうと怒鳴りかえしてやるのだ、そして追いかえしてやるのだが、ただ目をパチクリさせながらこっちを見つめているだけで、私がなにを言っているのかさっぱりわからないんだ。女の子たちときたら、ニヤニヤしている。イタリア、ユーゴ、オランダ、フィンランド、ありとあらゆる国からあつまってきている。エスキモーが来たって、私は驚かんよ！　きっと、あの連中は共産党なんだ」

「さ、ジョージ、もう共産党の講義はけっこうですわ」とレッグ夫人が言った。「一緒に行って、大騒ぎしているご婦人連中をなんとかなだめてきましょ」

彼女は、卿をガラスドアから連れだしながら、肩ごしに言った。「ジム、あなたもいらっしゃいよ、やらなくちゃだめ」

「いやね、ポアロさんは賞品を渡すことになっていますから、私は犯人探しのことをここで説明しておきたいのですよ」

「じゃ、それがすんだらすぐ来てね」

「いや、わたしは、ご用がすむまではここでお待ちしていますよ」と、ポアロはにこにこしながら言った。

そのあと沈黙がつづいたが、アレック・レッグが椅子の上で背のびしながら、ホッと溜息をついた。

「やれやれ、女というやつは、まるで蜂の大群みたいなものだ」

彼は、頭をまわすと、窓の外を眺めた。

「いったい、この騒ぎときたら。たかが田舎のお祭りだというのに」

「しかし、なかには、それだけですまない人たちもおりますよ」とポアロがはっきり言った。

「どうして、こうみんな良識がないのかな、頭でものを考えるということができないのかな？　世界が大混乱におちいっているさまが目に見えないんですね、地球上の全人類が、いまや自殺に走っているのがね」

　ポアロは、こういう質問にはとりあわないのが、いちばん賢明だと思っていた。で、納得がゆきかねるといった調子で、ただ頭をふるだけだった。

「とにかく、手遅れにならないうちに、なんらかの手をうたなければ……」そこまで言うと、アレック・レッグはピタッと言葉を切った。そして、一瞬、怒気を表情にあらわすと、「わかっていますよ、あなたがどう思っているか知っていますとも、ぼくが神経質でノイローゼにかかっているんだと思っているんでしょ。あなたもやぶ医者どもとそっくりおなじなんだ、休養と転地と海の新鮮な空気というきまり文句なんだ。よくわかっていますよ、ぼくとサリイはここに来て、三カ月もミル・コテイジを借りて、医者の言うとおりにしたんです。魚釣り、入浴、散歩、日光浴といったぐあいにね——」

「ああ、それで陽にやけたのですね」とポアロが丁重に言った。

「ああ、これですか」アレックは皮のむけた自分の顔をなぜた。「イギリスの夏にしては、めずらしくカラッと晴れあがりましたからね、そのおかげですよ、しかし、陽にやけたって、いったい、それがどうしたというのです？　たんなる逃避では、いずれは厳然たる事実に直面せざるをえませんからね」

「そのとおりです、逃避はなんの役にも立ちませんよ」

「それに、こんな田舎の空気にひたっていると、もっと鮮明に事態を認識するようになるし、この地方の人たちが持っているおそろしい無関心さというやつを、いやというほど見せつけられるだけなんです。教養があるあのサリイでさえ、ここにいる連中とまったくかわらないんですからね。クヨクヨすることなんかないわよ！　と、こうですからね。ほんとにぼくは気が狂いそうだ、クヨクヨすることなんかないわよ！」

「でも、いったいどうしてそんなにあなたは悩むのです？」

「こいつは驚いた、あなたまでおっしゃるのですか」

「いやいや、なにもわたしは忠告しているわけじゃありませんよ。ただ、あなたに、おききしたかったからです」

「だって、こういう時代には、誰かがなにごとかをなすべきじゃないでしょうか」

「すると、その誰かというのは、あなたなのですな」

「ちがいますよ、べつにぼく、個人的なことを言っているんじゃない。こんな時代には、個人なんか、問題じゃありませんもの」

「どうしてそういうことになるのです、あなたがおっしゃる〝こんな時代〟だって、人間は、ちゃんとした個人じゃありませんか」

「いや、個人のことなんかにかかずらっていられるときじゃありませんよ！　いいですか、人類が生きるか死ぬかというストレスの時代に、自分個人のとるにたりない病気や偏見などにかまってなんかいられませんからね」

「あなた、それはとてもまちがった考え方ですよ。あの戦時のことですが、わたしは猛烈な空襲下で、死という想念よりも、足の小指にできたタコの痛みに、ずっと気をとられていましたからね。そのとき、わたしは、その事実に驚いたものです、〝ま、考えてもみたまえ〟わたしは、こう自分に言いきかせました、〝いつ、いかなる瞬間にだって、死に見舞われるかもしれないのだよ〟とね。しかし、そう言ってみても、タコの痛みは、わたしの頭からは去りませんでした。いや、正直なところ、死の恐怖だけでもたくさんなのに、そんなタコのことで苦しまなければならないなんて、わたしはほんとに腹が立ちましたね。いわば、わたしの人生におけるとるにたりないようなことが、深い意味を持ってきたのは、むしろわたしが死に直面していたからなのですよ。わたしは、婦人が交通事故で、路上にたたきつけられたのを見たことがあります。足まで折ったというのに、その婦人はストッキングがやぶけたと言って、大声をあげて泣きだしたのですよ」

「それこそ、女というやつが手におえない馬鹿者だという、いい見本じゃありませんか！」

「では、人間が、と言いかえるべきですね。人間が、個人の生活に専心、生きてきたということが、これまで人類を生存させてきたのではないでしょうか」

　アレック・レッグは、嘲るように笑った。

「ぼくはね、人類が生存してきたことを、よく残念に思いますがね」

「それは自己卑下の一形態ですよ」と、ポアロはくじけずに言葉をつづけた、「たしかに卑下するということは、価値があることです。戦時、あなたのお国の地下鉄に、こんなスローガンがかかっていたことをおぼえていますよ。〈すべてはあなたにかかっている〉これは著名な、ある聖職者の言葉だったと思いますが、わたしに言わせると、きわめて危険な歓迎できない教義ですね。なぜなら、それは真実ではないからです。つまり、某所の某夫人に、すべてがかかっているのではありません。もし彼女が、そのように教えこまれたとしたら、不幸なことですよ、彼女が世界的な問題に首をつっこんで、自分の果たす役割なんかに没頭しているあいだに、赤ちゃんが湯わかし器をひっくりかえしたりしますからな」

「それはどうも、ちょっと古風なお考えですね。じゃ、あなたのスローガンはいったいなんです？」

「なにも、あらためてつくる必要はありませんな。わたしの気持ちにぴったりくる言葉が、あなたのお国の古い諺《ことわざ》にあるじゃありませんか」

「なんです、それは」

「〝神を信ぜよ、而《しか》して常に備えよ〟です」

「これは驚いた……」アレック・レッグはひざを乗りだして、「まったく意外なお言葉ですな。ぼくがイギリスにどんなことが起こるのを期待しているか、あなたはご存じですか？」

「きっと、力ずくの不愉快なことではないですかな」ポアロは微笑しながら言った。

アレック・レッグは、あいかわらず真剣な面持ちで、

「ぼくはね、低能な人間がいなくなればいいと思っているんですよ、いま、すぐにでも一掃するんです！　そういうやつらに子供を産ませちゃいけないんだ！　そういうやつらを一代かぎりで断種してしまって、知能のすぐれた人たちだけに子供を産ませたら、どんなすばらしいことになるか、考えてみてくださいよ」

「ま、精神病院の患者が急増することだけはうけあいますよ」と、ポアロはそっけなく

言った。「レッグさん、植物には、花とおなじように根も欠くことはできないのです。どんなに見事な花を咲かせても、ひとたび地下の根が腐ってしまったら、もう花は咲かなくなってしまうのです」それから、彼はうちとけた口調になって、「あなたは、スタッブス夫人を、無痛ガス室送りの立派な候補者だと、にらんでいるのですか？」

「そうですとも、あんな女なんかに、生きている値打ちがあるもんですか。いったい、社会にどんな貢献をしたというんです？　着るものや毛皮や宝石にしか目がないんだ。そうじゃないですか、あんな女がなんの役に立つんですか？」

「あなたとわたしは」と、ポアロはものやわらかな口調で言った、「たしかに、スタッブス夫人よりは、いくらかましな知能を持っていますよ。しかしですね」ここでポアロは頭を悲しげにふってみせた、「わたしたちが装飾というものに無頓着だということは、事実じゃないでしょうか」

「装飾ですって」アレックが、鼻息ものすごく、まさに食ってかかろうとしたら、テラスのガラスドアから、オリヴァ夫人とワーバートン大尉がもどってきたので、すっかり出鼻をくじかれてしまった。

第四章

「さ、ポアロさん、犯人探しの手がかりや道具立てを見にきてよ」と、オリヴァ夫人がせきこんで言った。

ポアロは椅子から立ちあがると、おとなしくついていった。

三人はホールを渡って、いかにも事務室らしい簡素な小部屋にはいった。

「左手にあるのが、凶器です」ワーバートン大尉が、粗羅紗《ラシャ》のかかっているちいさなカードテーブルの方を指して言った。そこには、小型ピストル、ひとところ無気味に錆ついている鉛のパイプ、毒薬と書かれた青い小瓶、それに物干綱と皮下注射器がならんでいた。

「これが凶器なのよ」とオリヴァ夫人が説明した、「それから、これが容疑者なの」

そういって、彼女は印刷したカードをポアロに手渡した。

彼は興味深く読んだ。

容疑者一覧表

エステル・グリン……謎の美女、ブラント大佐の客
ブラント大佐…………地方の大地主
ジョーン………………その娘
ピーター・ゲイ………ジョーンの夫、青年原子科学者
ミス・ウイリング……家政婦
クワイエット…………執事
マヤ・スタヴィスキイ…女性ハイカー
エステバン・ロヨラ……招かれざる客

ポアロは目をパチパチさせながら、まるで狐につままれたような顔をして、だまってオリヴァ夫人の顔を見ていた。それから、
「すばらしい登場人物ですな」と彼は丁重に言った。「それで、犯人探しをする人たちはどんなことをするのですか」

「そのカードを裏がえしてみてください」とワーバートン大尉が言った。
ポアロは、裏がえしてみた。
そこには、つぎのように印刷してあった。

氏名・住所――
〈解答〉
犯人の名前――
凶　器――
動　機――
時と場所――
解答の理由――

ワーバートン大尉は、てきぱきと説明していった。「犯人探しに参加するものは、このカードと、手がかりを書きとめる手帳と鉛筆を受けとります。手がかりは六つです。ちょうど宝探しのように、ひとつの場所から順次に、他の場所へと移っていって、凶器は、疑わしい場所に隠されているのです。これが第一の手がかりですよ。スナップ写真です。こいつから、犯人探しのスタートをきるわけですよ」

ポアロは、ちいさな写真を受けとると、顔をしかめて、丹念に見てみた。それから、さかさまに持ちなおした。それでも、なにがなんだか、彼にはさっぱりわからない。ワーバートン大尉が笑いだした。

「ちょっと、巧妙な写真のトリックでしょう」と、すっかり悦にいって言った。「タネをあかせば、いとも簡単なものですがね」

さっぱり見当もつかないポアロは、いよいよ頭をひねった。

「ちょっと見ると、横のさんがたくさんはまっている窓みたいでしょ」と、大尉が口を出した。「たしかに、そういうふうに見えますがね、しかしこれはテニスのネットの一部分なんですよ」

「あ、そうか」ポアロは、あらためて写真を見なおした。「なるほど、おっしゃるとおりですな——そう言われてみると、はっきりする！」

「ま、あなたのものを見る気持ちいかんで、こんなにも変わって見えるのですよ」ワーバートン大尉は声を立てて笑った。

「いや、じつに深遠な真理ですね」

「第二の手がかりは、テニスのネットの真ん中へんの下にある箱のなかにはいっているのです。からっぽの毒薬の瓶と、ぬかれているコルクの栓です」

「ほら、これがそうなのよ」と、オリヴァ夫人がまだるこしそうに言った。「この薬瓶のふたは、ネジ式になっているの、だから、このコルクの栓は、ちゃんとした手がかりになるのよ」

「驚きましたな、マダム、あなたがトリックの独創にかけては、すばらしい天才だとは思っていましたが、さすがに——」

オリヴァ夫人は、ポアロの言葉をさえぎって、

「それから筋書きみたいなものもあるのよ、雑誌の連載小説によくついている、前号までのあらすじ、ああいったものですの」彼女は、ワーバートン大尉の方にむいて、「事件の筋書きのリーフレット、持っていて？」

「まだ、印刷屋からとどいていないのです」

「まあ、約束がちがうわ」

「いや、あの連中ときたら口約束ばかりで。でも、今夜の六時にはできるでしょう、私が車でとりにいくことになっていますから」

「ああよかった」

オリヴァ夫人は、大きく溜息をつくと、こんどはポアロの方に顔をむけた。

「じゃ、あなたに事件のあらすじを説明するわ。でも、あたし、話すのって、とても苦手なのよ。書くんだったら、ちゃんと筋道が通ったものになるんだけど、話すとなるとね、ゴタゴタしてしまって、なにがなんだかわからなくなってしまいますの。だからあたし、小説のプロットは、誰とも相談したことないわ。だって、かりに相談してみたところで、相手は、ぼんやりあたしの顔を見たまま、『ああそう、でも、あなたのお話聞いていると、なにがなんだかさっぱりわからないわ、そんなの、とても探偵小説なんかにはならなくてよ』こういうのが関の山。ほんとにがっかりだわ。でもね、おあいにくさま、あたしが書けば、ちゃんと立派な探偵小説になるんですもの！」

ここまで喋ると、オリヴァ夫人はひと息いれて、それから、

「ええと、じゃお話しするわね、ピーター・ゲイという、青年原子科学者がいるの。共産党のひもつきだとにらまれているのよ。この青年は、ジョーン・ブラントと結婚しているわ。彼の先妻は死んだことになっているのだけど、じつは生きていて、ある日、姿をあらわすの。彼女は密使なのよ。でも、ひょっとしたら、密使なんかじゃない、それはね、たんなるハイカーかもしれないという意味だけど。ところで、この先妻は恋愛しているのよ。そこへ、ロヨラという男が、マヤ（先妻の名前よ）に会うためか、それとも彼女をスパイするために登場してくるの。それから脅迫状が出てくるわ、差出人は、

家政婦とも執事ともとれるの。ピストルの紛失、それから、いったい、この脅迫状が誰あてのものかわからないままに、晩餐の食卓に皮下注射器があったかと思うと、それがいつのまにか消えうせて……」

オリヴァ夫人は、そこまで言いかけると、ポアロの反応をはっきり見さだめようと、言葉を切った。

「そうね、お察しするわ」と、さも同情したように夫人は言った、「まるで支離滅裂だわね、でも、あたしの頭のなかでは、整然としたものなのよ。とにかく筋書きのリーフレットを読めば、はっきりしてよ。ええと、それにしても、事件の筋書きなんか、どうだっていいじゃないの。そうよ、あなたは、賞品さえ犯人をあてた人にあげればいいんですもの。一等賞には、ピストルの形をした銀のシガレット・ケースよ。とにかく、あなたは、受賞する人に、おほめの言葉をおくればいいの、とても頭がいいとか言ってね」

ポアロは、胸のなかでつぶやいた。いや、たしかに、これで犯人があてられたら、たいした頭だ。いったい、こんな支離滅裂な筋書きであてられる人間がいるかどうか、そもそもあやしいものじゃないか。まったく五里霧中というやつだ。

「それではと」ワーバートン大尉が、腕時計を眺めながら元気に言った、「印刷屋に行ってきましょうかな」

オリヴァ夫人がわめいた。

「そうよ、リーフレットがまだできてなかったら――」

「いや、大丈夫ですよ。さっき電話をしておきましたから。じゃ、行ってきます」

大尉は部屋から出ていった。

するとオリヴァ夫人はすぐにポアロの腕をとり、まるで喉がつまったみたいな声を出してささやいた。

「ね、どうだった？」

「どうだったって、いったいなんのことです？」

「なにか発見なさって？ それとも、誰か怪しい人物は？」

ポアロは、やんわりと、とがめるような口調で答えた。

「いや、怪しいものなど、なにもありませんね、完全にノーマルです」

「ノーマル？」

「そうですな、この言葉は、あまりピッタリしないかもしれないが。あなたのおっしゃったように、スタッブス夫人は、ノーマル以下だし、レッグ君は、アブノーマルの方かもしれませんね」

「まあ、あの人はちゃんとした人よ」とオリヴァ夫人がじれったそうに言った、「ただ、神経が故障しているだけじゃないの」

ポアロは、夫人の怪しげな言葉づかいを訂正してやろうという気になるよりも、むしろ、その言葉どおり受けとった。

「みんな、気が高ぶり、興奮しきって、疲れている、そしていらいらしているのは、こういうお祭り騒ぎの準備にはつきものですからな。ただ、あなたに教えていただきたいのは——」

「シーッ」オリヴァ夫人は、ポアロの腕をギュッとつかんだ。「誰か来たわ」

これじゃ、まるで出来の悪いメロドラマみたいじゃないか。むしろポアロの方がいらいらしてきたくらいだ。

ミス・ブルイスの、おだやかな愛想のいい顔が、ドアからあらわれた。

「ま、ここにいらっしゃいましたの、ムッシュー・ポアロ。あなたのお部屋にご案内しようと思いまして、探しておりましたの」

彼女は、ポアロの先に立って階段をのぼると、廊下を通って、河を見おろす風通しのいい大きな部屋に案内した。

「バス・ルームは、ちょうど真むかいにございますわ。ジョージ卿は、もっとバス・ルームをふやすようにおっしゃっているのですけど、そうなりますと、お部屋の配分がひどいことになってしまいますからね。お気に召していただければ、うれしいんですけど」

「いや、じつに結構ですな」ポアロは、いかにも満足そうに、寝台のそばにあるちいさな書見台と、読書用のスタンド、それに〈ビスケット〉というラベルがはってある小箱を眺めた。「お宅は、なんとも申し分ないほど、なにからなにまでゆきとどいておりますよ。あなたにお礼を申しますよ、それとも、あの美しい奥さまかな？」

「夫人は、朝から晩まで、ご自分がチャーミングであるための研究に夢中ですわ」ミス・ブルイスは、ちょっとトゲをふくんだ口調で答えた。

「なかなか身なりに気をくばっていらっしゃる方ですな」

「ご明察ですわ」

「しかし、ご自分のお洒落以外のことではあまり……」ポアロはあわてて口をつぐんだ、「これはこれは、どうも失礼、うっかり、口をすべらしてしまって」

ミス・ブルイスは、ポアロの顔をじっと見つめていた。それから彼女は、つきはなすような口調で、

「スタッブス夫人は、なにからなにまで、ご自分のなさっていることをよくご存じなん

ですわ。あなたのおっしゃるように、夫人はとてもお洒落な方ですけど、それにおとらずとても抜け目のない方ですわ」

ポアロが、びっくりして眉毛をつりあげるまえに、彼女はクルッとふりかえると、サッサと部屋から出ていってしまった。いま言ったようなことを、ほんとにあの有能な女が自分でも信じているのだろうか？　それとも、彼女には、自分なりになにか理由があって、わざとあんなことを言ってみたものか。なぜポアロに、新来者の彼に、あんなことをわざわざ口に出して言ったのか。いや、きっと新来者だからこそなのだ。それに、彼は外国人でもあるからなのだ。しかもポアロの経験では、英国人というやつは、外国人のまえでは、平気でなんでも喋るくせがある！

彼はどう考えたらいいか途方にくれて、顔をしかめたまま、ミス・ブルイスが出ていったドアを放心したように眺めていた。それから窓に歩みよると、外に目をやった。ちょうどそのとき、スタッブス夫人がフォリアット夫人と連れだって家から出てきて、二人はマグノリアの大木のそばで、一、二分立ち話をした。やがて、フォリアット夫人がうなずきながらスタッブス夫人からはなれると、園芸用のバスケットと手袋をとりあげて、車寄せをそそくさと立ちさった。スタッブス夫人は、フォリアット夫人の後ろ姿をしばらく見送りながら、心ここにあらずといった感じでマグノリアの花をちぎってそのかおりをかいでいたが、森をぬけて河に通じている小道をゆっくりと歩いていった。彼女の姿が森のなかに消えてしまうまえに、夫人は一度、後ろをふりかえった。すると、マグノリアの木蔭からマイケル・ウエイマンがそっとあらわれ、一瞬ためらってから、ほっそりした夫人のあとをおって森のなかへはいっていった。

なかなかハンサムで、ダイナミックな青年だ、とポアロは心のなかでつぶやいた。あのジョージ・スタッブス卿なんかにくらべたら、ずっと魅力がある……

だが、いったい、それがどうしたというのだ？　こんなことは、人生にはつきものじゃないか。お金持ちだが、中年でなんの魅力もない夫と、頭の程度はひとまず問題外として、若くて美しい妻、そして魅力的で感受性の強い青年。こんなことぐらいで、なにもオリヴァ夫人が、電話で来てくれと、まるで頭から言ってよこすほどのことではないじゃないか。いや、たしかにオリヴァ夫人の想像力というものは、いきいきとはしているさ、しかし、なにもそれが……

〝とにもかくにもだ〟エルキュール・ポアロは、自分に言いきかせた、〝このわたしは姦通事件の、いやそれがほんの発端にしろ、そんなものの相談役なんかじゃないからな〟

どうも気になってしかたがない、こう夫人は言っていたけれど、この並はずれた彼女の第六感は、ほんとにあたっているのだろうか？　どうにもこうにも手に負えない支離滅裂な頭脳の持ち主のオリヴァ夫人に、どうしてまた、あんなに緻密な探偵小説が書けるのだろう、ポアロにはさっぱりわからなかった。しかも、あの支離滅裂な頭のくせに一瞬のうちに真実をつきとめる彼女に、彼は再三びっくりさせられてきたのだ。

〝とにかく急を要するのだ〟ポアロは、胸のなかで自分に言いきかせた。〝オリヴァ夫人が感じとったように、なにか気になるところがあるか？　そうだ、たしかに怪しいとわたしも考えなければいけないのだ。だが、じゃ、なにがいったい怪しいのだ？　わたしに、いろいろなことを教えてくれる人はいないか？　この家の人たちのことを、もっと、わたしは知る必要があるのだ。わたしに、教えてくれる人はいないか〟

しばらく考えこんでから、ポアロは帽子をつかむと、（彼は、夕方帽子をかぶらずに出歩くような真似は、一度もしなかった）足早に部屋を出て、階段をおりていった。遠くの方から、マスタートン夫人の、あののぶとい居丈高《いたけだか》に吠えている声がした。すると、こんどはすぐそばで、ジョージ卿の好色じみた声が聞こえてきた。

「ほら、あの回教徒がする二重ベールは、とてもよく似合うよ。おまえさん、わしのハーレムにはいらないかね、サリイ。明日は、その運勢をたっぷり占ってもらうよ。おまえさん、どう思うね」

もみあっている音がかすかにしたかと思うと、サリイ・レッグの息もたえだえになった声が、「いけないわ、いけない、ジョージ」

ポアロは眉をつりあげると、ちょうど手近にあったサイド・ドアから、おもてにそっとぬけだした。そこからなら、きっと正面の車寄せに出るだろうと思ったので、彼は裏側の車寄せをまっしぐらにかけおりていった。

これは図にあたった。彼はハアハア息をきらせながら、フォリアット夫人のそばまでくると、彼女が持っていた園芸用のバスケットを、やさしく自分の手に持ちかえてあげた。

「わたしがお持ちしますよ、マダム」

「ま、ご親切に、ありがとうございます、ムッシュー・ポアロ。でも、そんなに重くありませんから」

「どうか、お宅まで持たせてください。お近くですか」

「表門のそばの、番小屋に住んでおります。ジョージ卿は、ご親切にわたしに貸してくださいましたの」

以前には、自分の持ちものだった邸宅の番小屋に住んでいるなんて……夫人は、内心どう思っているのだろう？　だが、その落ちつきはらった態度から彼女の本心をうかがうことは、ポアロにはとてもできなかった。で、彼は話題を変えた。

「スタッブス夫人は、ご主人よりも、ずいぶん若くていらっしゃいますな」

「二十三もちがうんですよ」

「なかなか、魅力的なひとですな」

フォリアット夫人はしずかに言った。

「ハティは、まるで子供みたいなものですもの」

それは、ポアロが内心期待していた言葉ではなかった。フォリアット夫人はつづけて、

「わたしは、あのひとをよく知っておりますわ。なにしろ、しばらくのあいだですけど、わたしが面倒をみていたのですからね」

「それは初耳ですね」

「それはそうでしょうね。ちょっと身につまされる話なんですけど。彼女の一家は、西インド諸島で、サトウキビの畠を持っていたのですけど、地震のおかげで、家は焼け、ご両親からご兄妹までみんな亡くなってしまったのです。あのひとだけは、パリの修道院にいたのですけど、一朝にして、身寄りひとつない孤独な身になってしまいました。遺言執行人は、ハティを外国にしばらく住まわせてから、だれか年輩の婦人につきそわせて、社交界に送りだすのが賢明だと考えたのです。それで、わたしがあのひとを社交

界に出す面倒をみたのですよ」フォリアット夫人はさびしげに笑ってみせた。「わたしだって、ときにはおめかしをするんですよ。それに、社交界にはつながりがありましたの――前知事は、わたしのごく親しい友人でございました」

「そうでしょうとも、マダム、よくわかりますよ」

「ちょうどわたしには、都合がよかったのです、とても苦しい時代だったものですから。わたしの主人は、戦争の直前に亡くなり、海軍に行っていた長男は艦が沈没して戦死、ケニヤにいた次男は帰国してから特別攻撃隊員になって、イタリアで戦死しました。それで、三人の相続税がいっぺんにかかってきて、この家を売りに出さなければならなくなったのです。わたし自身、とても生活が苦しかったのですけど、若いひとのお世話をしたり、一緒に旅行したりして、気をまぎらわすことができるのを、よろこんだものですわ。わたしは、ハティをとてもかわいがるようになりました。そうですわね、ハティには自分の頭の上の蠅もおえないのだということがわたしにわかってから、なおいっそうかわいがるようになったと言えるかもしれませんわね。ねえ、ムッシュー・ポアロ、ハティという子は、べつに低能でもなんでもございませんのよ。ただ、田舎の人たちが〝単純〟と言う、あれなんですわ。とにかく、あのひとときたら、すなおすぎて、だまされてばかりいるんですもの、他人の言葉をこれっぽちも疑おうなどとしないんですから。ま、あのひとに、財産がなかったのが、ほんとに幸せですわ。遺産でも継いでいようものなら、あのひとは、もっとひどい目にあいましたよ。ハティは男好きのするタイプだし、それに、あのひとのように情のある女は、すぐ恋をしたりしますからね。ですから、あのひとには、誰かがいつもつきっきりでいなければならないのです。ご両親の財産を整理してみましたところ、サトウキビ畠はすっかり駄目になってしまっていて、遺産はおろか、借財ばかり残っていたのですから、ジョージ・スタッブス卿のような方が、彼女をお気に召して結婚を申し出られたときなど、わたしはほんとに肩の荷がおりたような気がして」

「そうでしょうとも――たしかに、それもひとつの解決方法ですね」

「ジョージ卿という人は、ま、いわば成り上がり者で、はっきり申しますと、俗物にはちがいございませんが、根はとてもやさしい親切な人で、それに大金持ちですからね。あのジョージ卿なら、妻に、知的なまじわりなど求めようとは思えませんもの。彼は、ハティに、それはもう首ったけなのですよ。それに、ハティは着るものや宝石類には目がありませんし、あのひとが身につけると、またとてもよくひきたつんですからね。あのひとが、ジョージ卿と結婚できたことは、ほんとに幸せというものです。わたしはほんとに安心しましたよ、じつのところ、わたしがそれとなく、ジョージ卿と結婚するように彼女をしむけたのですけど、もし、それが悪い結果にでもなろうものなら――」夫人は、いくらかふるえ声になった、「親と子ぐらいも年のちがう人と結婚をすすめた、わたしの責任になりますからね。ま、いまも申しましたように、ハティという子は、人の意見にすぐ左右されるたちなんですよ。それが誰だろうと、そばにいる人から影響されてしまいますの」

「いや、あなたは彼女のためにほんとにいいことをなさいましたよ。わたしも英国人のように、ロマンチックな方ではないのです。良縁を得るためには、ロマンスよりも分別というものが肝心です」とポアロは、いかにももごもっともといった口調で言った。

それからさらに言葉をつけ加えた。

「話はちがいますが、このお屋敷は、じつに美しいですな。まるで諺にあるように、この世のものとはとても思われない」

「この家も、売りに出さなければならなかったのですから、ジョージ卿に買っていただいてほんとによかったと、わたし、思っております」夫人の声は、かすかにふるえていた。「戦時は、軍に徴収されていたのですけど、戦後、あるいは買いあげられて、旅館か学校に改造されていたかもしれませんわ。そうなったら、お部屋もこまかく区切られて、自然の美しさなど、すっかりゆがめられて台なしになってしまったことでしょう。

おとなりのフッダウンにいたフレッチャーさんも、家を売らなければならなかったのですけど、それがいまでは、ユース・ホステルになってしまいました。おかげで若い人たちが愉しめるのはとてもいいことですわ。さいわい、フッダウン公園のあの建物は、末期のヴィクトリア王朝風のもので、建築としてはこれといって見るべきところもありませんから、ま、建てかえたところで、たいしたこともなかったのです。ユース・ホステルの若い人たちのなかにはこちらのお庭まではいってくる人がいるものですから、ジョージ卿はカンカンになっているんですのよ。ところきらわず、木の枝をへしおったり、珍種の灌木をすっかり駄目にしてしまったことも事実なんです。はいりこんでくる連中は、舟着場まで近道しようとするからなんですよ」

二人は表門のところまで歩いてきた。ちいさな番小屋は、白い一階建ての建物で、車寄せからちょっとひっこんだところにあって、そのまわりは、柵をしたちいさな庭になっていた。

フォリアット夫人は、お礼を言いながら、バスケットを受けとった。

「この小屋が、まえからとても気に入っていたのです」夫人は、いとおしむように、その番小屋を眺めながら、しみじみと言った。「三十年間も、うちの庭師頭だったマーデルが、ここに住んでいたのです。わたしは、上の方のコテイジよりも、ずっとこの小屋の方が好きですわ。上の方は、ジョージ卿が増築したり、ずいぶんモダンな造りにかえましたけど。現在は、庭師頭はまだ若い人で、夫婦で住んでいますのよ――いまどきの若い奥さんは、電気アイロンとかモダンな料理道具、それにテレビなどがそろっていなければなりませんのね。ほんとにご時世には勝てませんわ……」彼女はホッと溜息をついた、「もういまでは、昔の人は誰もおりませんわ。みんな、あたらしい人たちばかりです」

「奥さん」とポアロが言った、「わたしは、奥さんがせめて安息の場所を見出されたことをうれしく思います」

「スペンサーの詩をご存じですか？　〝労苦のあとの眠り、荒海のあとの港、戦いのあとの平和、いのちのあとの死、それらはともにはてしなき喜びをあたえるもの……〟」

そこで彼女は言葉を切ると、やがておなじ口調でつづけた、「ポアロさん、いやな世の中ですね。そして、いやな人たちがおりますわね。あなたもきっとご同感だと思いますけど。わたし、若い人たちのまえでは、こんなことは口にいたしませんわ、気をおとさせるようなものですもの、でも、まぎれもないことですわね、ほんとに腐りきった世の中ですわ……」

彼女はかるくうなずいてから、むきをかえると、小屋のなかにはいっていった。ポアロは、しまったドアを食いいるように見つめたまま、じっと立ちつくしていた。

第五章

1

とにかく、この屋敷のまわりを探検してみようと、ポアロは表門を通って、すぐ舟着場に出るけわしく曲がりくねった道をおりていった。〈渡し舟にお乗りの方は、鳴らしてください〉と書いてある、鎖のついた大きな鐘があった。舟着場には、いろとりどりの舟がもやってあった。さっきから繋船柱によりかかっていた、目のうるんでいる老人が、のろのろとポアロの方に近づいてきた。

「旦那、舟がお入用で？」

「いや、そうじゃないんだ、ナス屋敷から、ちょっと散歩にきただけだから」

「ああ、あのお屋敷にご滞在ですかい。あたしも若えときは、あそこで働いていたもんでさあ。あたしの息子というのは、昔、庭師頭をしておりましてな。もっともあたしの方は舟番をしておりましたんで。フォリアットの大旦那さまは、ほんとに舟に夢中でしてな、そこへいくと少佐の若旦那は、舟には見むきもなさらないで、この方は、馬に凝っていらっしゃった。そのうえたいへんな女道楽ですよ、それにお酒ときてまさあ、奥さまのご苦労も並大抵なものじゃありません。お会いになったでしょう、ほら、いまは番小屋に住んでいらっしゃいますがね」

「そう、いまそこで会ってきたばかりだよ」

「奥さまのお宅は、もともとフォリアット家でして、ティヴァートン家の遠縁にあたる方でしてな。庭仕事のめっぽうお好きな方ですわい、いまがさかりと咲いているあの灌木も、みんなご自分がお植えになったんでますよ。あの戦争中に、お屋敷を接収され、二人の息子さんが戦争に行ったあとでも、手入れを一度だっておこたったことはなかったし、荒らされねえように、大事にしてきたんでさあ」

「二人も息子さんが戦死して、夫人もたいへんだったね」

「そうですとも、奥さまはまるで苦労しに、この世にお生まれになったみてえな方だ。ご主人のご苦労から、息子さんたちのご苦労までしょいこまれたんですからなあ。いえ、ヘンリイさまはちがいますだ、たいへん立派な息子さんで、お祖父さんに似て舟がお好きでしたな、この方は海軍にはいられましたよ。ところがジェイムズさまときたら、それこそ奥さまの苦労の種でございました。借金と女の問題ばかりでさあ、おまけに気性のめっぽうあらい方でしてな、あれでは、とてもまともな暮らしは無理というものですよ、たしかに戦争にはおあつらえむきのお人ですがね。いいチャンスでしたよ。まったくだ、平和なときにまともに暮らせねえ人にかぎって、戦争じゃ勇敢にたたかって戦死してるんですからな」

「それじゃ、このナス屋敷には、フォリアット家の人は、ひとりもいないということになるね」とポアロが言った。

老人のとめどのないお喋りがピタッととまった。

「そのとおりでさあ、旦那」

ポアロは、しげしげと老人の顔を眺めた。

「そのかわり、ジョージ・スタッブス卿だというわけだね。この土地の卿の評判はどうなの？」

「そりゃ、たいへんなお金持ちだと思っています」

老人の口調はとてもあっさりしていたが、内心面白がっているようなところがあった。

「夫人の方は？」

「ああ、ロンドンからお嫁に来たべっぴんですか、園芸の方はからきし駄目で、おつむが少々足りねえんじゃねえかと、言ってますだ」

老人はいかにも意味あり気に、こめかみのあたりをたたいてみせた。

「どうも、評判はあまりよくねえだ。あの一家がこのお屋敷に移ってきてから、ちょうど一年になりますかな。お屋敷を買って、見ちがえるようにあたらしくしましただ。引っ越してきたのが、まるで昨日のことみてえだ。その日は、もう何年もないような大嵐のあった翌日の夕方でしてな、大木が、あっちこっちにぶったおれて、なかには、車寄せの上にでんところがっているのもありましてな、そりゃもう、大急ぎで、車が通れるように、みんなでその大木を鋸で切ったものですよ。樫の大木が倒れたときに、ほかの木もごろごろ、みんなぶったおれたんで、目もあてられねえ始末でさあ」

「ところで阿房宮というのはどこにあるの？」

老人は顔をそむけると、いかにも不快げにペッと唾を吐いた。

「阿房宮というが、たしかにその名前のとおりでさあ、ばかばかしい代物ですわい。昔のフォリアットさまの時代には、あんな化けものなんぞ、薬にしたくともありませなんだ。その阿房宮というのは、若奥さまの思いつきでしてな。あの一家が、ここへ移ってきてから、三週間もたたないうちにおっ建てたんでさあ。きっと、べっぴんさんが旦那さまにねだったのにちげえねえんだ。まるで異教の寺みたいに、森のなかに突っ立っているなんて、まったくあきれてものが言えねえ。もっともステンドグラスつきのサマー

・ハウスだと思えば、なにも言うことはねえですがね」
ポアロは、かすかに微笑を浮かべた。

「ロンドンのご婦人方には、あの人たちの趣味があるのでしょう。フォリアット家の時代が過ぎさってしまったことは、残念なことだ」

「冗談言っちゃいけねえ、旦那、このナス屋敷は、やっぱりフォリアット家のものですわい」老人は、喉のおくの方で、クックックッと笑った。

「だって、お屋敷は、もうジョージ・スタッブス卿のものではないかね」

「そりゃそうですが、フォリアット家の人間がちゃんといますだ。フォリアット家というのは、めずらしいくらい抜け目のない人たちでさあ！」

「いったい、なんのことだね？」

老人は、意味ありげに、流し目でポアロを見た。

「フォリアット夫人が番小屋に住んでいますだ」老人は強情に言いはった。

「そう、そうだね」とポアロはゆっくりと言った。「フォリアット夫人は小屋のなかに住んでいて、世の中は腐りきっていて、生きているものといえば、悪意にみちたいやな人間ばかりか」

老人は、穴のあくほど、ポアロの顔を見つめていた。

「ああ、なにか旦那にあったんですね」

そう言うと、また老人は足をひきずって、もといた場所にひきかえしていった。

「いったい、わたしにどんなことがあったというのだ？」ポアロは、帰りの坂道をゆっくりとのぼっていく途中、いらだちながら、自分にたずねた。

2

ポアロは、念入りに身ごしらえをした。口髭には香水入りのポマードをつけ、先の方をピンとはねあげた。それから鏡から二、三歩さがって、とっくりと自分の姿に見入った。

銅鑼の音が、家のなかにひびきわたると、彼は階段をおりていった。

執事は、その銅鑼を、強弱緩急たくみにとりあわせて、いとも芸術的にうちならして、ちょうどフックに銅鑼の打ち棒をかけるところだった。あの、いつも憂鬱そうに沈んでいる顔が、いかにもいきいきとしていた。

ポアロは、ふと胸のなかでつぶやいた、〝家政婦か、それとも執事が書いたかもしれない脅迫状……〟いや、あの執事だったら、脅迫状ぐらい出しかねないぞ。ポアロは、オリヴァ夫人が、実在の人物からモデルをえらんだのではないかと思った。

ちょうどこのとき、不似合いな花模様のシフォンのドレスを着こんだミス・ブルイスがホールを通ったので、ポアロは彼女に追いつくと、たずねてみた。

「お宅には、家政婦がいるのですか？」

「いいえ、もう当節は、昔とちがって、いちいち家政婦までおくようなところはないと存じますわ。もっとも、大邸宅は別でございましょうけど、そうですわね、ま、あたしが家政婦というところでしょうか、この家では、あたし、秘書というよりも、家政婦に近いのですもの」

彼女は、フッと苦笑をもらした。

「それでは、あなたが家政婦というところですな」ポアロは、ミス・ブルイスのことをいろいろと考えてみた。

脅迫状を書くミス・ブルイスなど、とても考えられるものじゃなかった。だが、匿名の手紙となると、話はちがってくる。ポアロの知っているかぎりでは、ミス・ブルイスのようなタイプの女性でも、書くことはあるものだ。きわめて信用があって、誰からも疑われないような女性が、匿名の手紙を書くということを、これまでポアロは目で見てきたのだ。

「執事の名前は？」と、彼はたずねた。

「ヘンデンと申しますわ」ミス・ブルイスは、いささか意外だという表情をしめした。

ポアロは、あわてたが、わざと落ちつきはらって、とっさに説明した。

「いや、まえにどこかで会ったような気がしたものですから、おたずねしてみたわけですよ」

「そういうことは、よくあるものですわ。執事というものは、おなじ家に四カ月以上いるということはないようですものね。あの調子ですと英国中を一周するのは、わけもありませんですわ。こういうご時世では、執事とコックを両方つとめることのできる人なんて、めったにございませんものね」

二人は客間にはいってくると、ぎこちなさそうにディナージャケットを着たジョージ卿が、シェリイ酒をすすめた。オリヴァ夫人は鉄灰色のサテンの服を着ていたが、まるで旧式の戦艦みたいだった。スタッブス夫人は、なめらかな黒髪を見せてうつむきながら、《ヴォーグ》のファッションに夢中だった。

アレックとサリイの夫妻と、ジム・ワーバートンは食事に招かれていた。

「今夜は、仕事がたっぷりありますよ」と、ワーバートンはみんなに警告した。「ブリッジはおあずけですからね。みんなで、ひとつ、精を出してください。刷りものや、占い用の大きなカードが山とあるんですよ。占い女の名前は、どうしますかな、マダム・ズレイカ、エスメラルダ、それともローマニイ・ライ、ジプシイ・クイーン？」

「東洋風の名前がいいわ」とサリイが言った。「田舎の人たちは、みんなジプシイを毛嫌いしていますもの。ズレイカというのがいいんじゃない。あたし、絵の具箱を持ってきたのよ、マイケルが、占い師の看板の装飾に、くねった蛇でも描くといいと思うんだけど」

「それじゃ、ズレイカよりもクレオパトラの方がぴったりきますよ」

そのとき、執事のヘンデンがドアにあらわれた。

「奥さま、お食事の仕度ができました」

みんなは、食堂にはいった。長いテーブルには蠟燭がともされていた。食堂のなかには、みんなの影法師がゆらめいていた。

ワーバートンとアレック・レッグが、スタッブス夫人の両隣りに座った。ポアロはオリヴァ夫人とミス・ブルイスのあいだ。ミス・ブルイスは、明日の準備の、もっともこまごましたことを、みんなとてきぱきした口調で話しあっていた。

オリヴァ夫人は、なにかしきりに考えこんでいるのか、口もきかずに座っていた。

ようやっと、彼女は口をひらいたが、なにかわけのわからない弁明だった。

「あたしのこと、気になさらないでね」と彼女はポアロに言った。「なにか忘れているものはないか、ちょっと思いかえしているところなのよ」

ジョージ卿が愉快そうに声をたてて笑った。

「なにか致命的な欠陥ですかな」と言った。

「ええ、それなんです、いつも一つはあるものですわ。本になってしまうまで気がつかないことがよくありますの。そのときの気持ちったら！」彼女はにがにがしそうに、顔をしかめてみせた。そして、ホッと溜息をもらした。「それが不思議なくらい、たいていの人が気づかないんですよ。『でもコックなら、カツレツを二つなんか食べられなかったことに気がつくはずなんだけど』と自分に言いきかせたりしますの。だけど、誰もそんなこと、考えてみようともしないんだわ」

「そいつは面白いや」と、マイケル・ウエイマンがからだを乗りだして、「二つ目のカツレツの秘密か、もう、この先は言わないでくださいよ、ぼく、風呂のなかで考えるんだから」

オリヴァ夫人は、彼に放心したような微笑をおくると、そのまま、またもとの考えに沈みこんでいった。

スタッブス夫人も、ひと言も口をきかなかった。ときどき、あくびをもらした。ワーバートンと、アレック・レッグ、それにミス・ブルイスの三人は、彼女をあいだにおいたまま、いろいろと喋りあっていた。

みんながゾロゾロと食堂から出てくると、スタッブス夫人は階段のところで立ちどまった。

「あたし、もう休むわ、とてもねむいの」

「まあ、奥さん、しなければならないことがたくさんございますのよ、お手伝いしてくださるものとばかり、あたしたち、あてにしていましたのに」とミス・ブルイスが思わず声をあげた。

「それはよく知っているんだけど、でもあたし、休むわ」

まるで彼女は、ご飯を食べおわって、すっかり満ちたりた子供のような口調で言った。

彼女は、ちょうど食堂から出てきたジョージ卿の方をふりむいて、

「ジョージ、あたし、とても疲れたわ。もう休もうと思うんだけど、いいわね」

卿は妻に近づくと、肩をやさしくたたいて、

「ハティ、もう休んでもいいよ、ぐっすり寝てね、明日もきれいになっておくれ」

彼はかるくキスをした。彼女は階段をのぼりながら、みんなに手をふった。

「みなさん、おやすみ」

ジョージ卿は、微笑をたたえながら、見上げた。ミス・ブルイスは、きっと唇を噛むと、クルッとハティに背中をむけてみんなの方にむきなおった。

「さ、みなさん、あっちへ行きましょう」まるでわざととってつけたみたいにほがらかな口調で言った。「お仕事にかかりましょう」

そこでみんなは、明日の準備にとりかかった。ミス・ブルイスは、一度に見てまわるわけにはゆかなかったので、すぐに怠けものが出てきた。マイケル・ウエイマンは、看板にとてつもない大蛇と、〈マダム・ズレイカがあなたの運勢を占います〉という文句を書きつけると、ソッと姿をくらましてしまった。アレック・レッグは、つまらない雑用をしていたかと思うと、輪投げ遊びの距離をはかってくるからと言ったまま、もどってこなかった。婦人連だけが、例によって例のごとく、せっせと脇目もふらずに働いた。

さてエルキュール・ポアロは、ホステスにならって、早々に寝室にひきあげた。

3

ポアロは、翌朝の九時半に、朝食におりていった。朝食は、戦前のしきたりのままだった。電気ヒーターの上には、ポカポカと湯気をたてているお料理がズラッとならんでいる。ジョージ卿は、スクランブル・エッグとハム、それにインゲン豆という、正式の英国風の朝食をとっていた。オリヴァ夫人とミス・ブルイスの朝食は、それに似たりよったりのものだった。マイケル・ウエイマンは、コールド・ハムをたっぷりお皿にとって、もぐもぐ食べていた。ただスタッブス夫人だけが、肉には目もくれず、薄いトーストを噛みながら、ブラック・コーヒーをすすっていた。彼女は、朝の食卓には似合わないような、大きな薄紅の帽子をかぶっていた。

ちょうど、郵便がきたばかりのところで、ミス・ブルイスは、目の前にうずたかくつまれた手紙の山を、手さばきもあざやかにえりわけて、束にしていた。ジョージ卿あての〝親展〟は、彼に渡して、ほかのものは、自分で開封して、用向きにしたがって分類した。

スタッブス夫人の手紙は三通あった。そのうちの二通はあきらかに請求書で、開封するなり、横の方にほうりだした。三通目をあけると、彼女は突然声をあげた。

「まあ！」

あまりにびっくりした声だったので、みんなはいっせいに夫人の方を見た。

「エティエンヌからよ、従兄のエティエンヌよ、ヨットで、こちらへ来るところですって」

「どれ、お見せ、ハティ」ジョージ卿が手を出した。彼女は、手紙をテーブルごしに卿に渡した。彼は手紙をひろげると、一読した。

「このエティエンヌ・ド・スーザというのは、いったい誰なんだね？　従兄だと言ったね？」

「ええ、また従兄にあたるらしいの。あんまり、そうね、ぜんぜんといっていいくらいおぼえていないわ、あの人――」

「え？」

彼女は肩をすくめてみせた。

「どうだっていいことよ、ずっと昔のことですもの、あたしがまだほんの子供のときよ」

「あまり、その人のことをおぼえていないらしいね。ま、どっちにしろ、歓迎をしてやらなくちゃ」とジョージ卿はあたたかく言った。「今日がお祭りだというのは残念だな、とにかく晩餐には招待して、一日二日、泊まってもらって、田舎見物にでもご案内するんだね」

ジョージ卿は、すっかり親切な郷士になっていた。

スタッブス夫人は、なんにも言わずに、ただコーヒーカップをジッと見おろしていた。

みんなの会話は、またお祭りの話にもどった。ポアロだけは、ひとりだけ離れて、テーブルの上席に腰をおろしている、ほっそりしたエキゾチックな姿態に見いっていた。いったい、この女はどんなことを考えているのだろう、ポアロがそんなことを思っているとき、彼女は目をあげると、テーブルごしに、すばやくポアロに視線をあびせた。それは、ハッとするほど鋭く、まるで矢のように見抜くまなざしだった。二人の目と目が、かちあった瞬間、彼女の鋭い表情は消えさって、またもとの無表情にかえった。そこには冷たい、おしはかるような、なにかを警戒する影がのこっていた。

いや、これはポアロの思いすごしではないか？　とにかく精神的におくれている人は、一種の生まれつきのずるがしこさを持っていがちなもので、彼らをもっとも理解している人でさえ、ときにはびっくりさせられることがあるくらいだからだ。

スタッブス夫人というのは、たしかに謎の女性だと、ポアロは胸のなかでつぶやいた。彼女に関するかぎり、みんなの評価はまちまちだし、まるで反対なのだ。ミス・ブルイスの意見では、夫人は自分の行動を一から十までちゃんと承知しているというのだ。これに対して、オリヴァ夫人は、彼女を根っからの馬鹿だと思いこんでいるし、長いあいだ、彼女と一緒に暮らしてきて、親しく知っているフォリアット夫人は、誰かがいつもついて面倒をみてやらなければならないような口吻ではなかったか。

ミス・ブルイスは、おそらく偏見を持っているにちがいない。彼女は、夫人が怠け者のくせに、お高くとまっているというので嫌いなのだ。ポアロは、ミス・ブルイスがジョージ卿の結婚前からの秘書だったのかもしれないと思った。もしそうなら、あたらしい政権の出現をよろこばないのは当然の話だ。

ポアロ自身の考えはといえば、フォリアット夫人の意見に両手をあげて賛成したいところだった——それも今朝までの話だが。が、とにかく、つかのまの印象だけで、かれこれ判断することは危険なことだ。

突然、スタッブス夫人が立ちあがった。

「あたし、頭痛がするの。お部屋にかえって横になるわ」

ジョージ卿は、おろおろして椅子からとびあがった。

「いったいどうしたんだね、おまえ」

「ただの頭痛だわ」

「午後になったらなおってしまうよ」

「あたしもそう思うわ」

「アスピリンをお飲みになったらいかがですの」ミス・ブルイスがてきぱきした口調で言った。「お持ちでして？　なんなら、持ってまいりましょうか」

「あるわ」

彼女は、ドアの方へ歩いていった。ちょうどそのとき、指のあいだににぎりしめていたハンカチを床に落とした。ポアロは、ソッとからだをまえによせると、気づかれないように、それを拾った。

妻についていきかけたジョージ卿が、ミス・ブルイスに呼びとめられた。

「お祭りのときの、駐車場のことなんですけど、ジョージ卿、あたくし、これからミッチェルに指図しようと思いますが、いちばんいい計画は、あなたがおっしゃいましたように……」

部屋から出ていったポアロには、それ以上聞こえなかった。

彼は、階段の途中で、夫人に追いついた。

「マダム、これを落とされましたよ」

彼は頭をさげながら、ハンカチを差しだした。

夫人はさっと受けとった。

「まあ、ありがとう」

「おからだが悪いなんて、ほんとにいけませんな、それも、従兄の方がお見えになるというのに、マダム」

彼女はそっけなく、いや、まるで吐きだすような口調で、

「あたし、エティエンヌなんかに会いたくないわ。好きじゃないの。悪い人よ。昔からそうなの。あたし、あの人がこわいわ。ろくなことをしないんですもの」

食堂のドアがあくと、ジョージ卿がホールを渡って、階段をあがってきた。

「ハティ、さ、おまえを休ませてあげるからね」

夫妻は階段をあがっていった。ジョージ卿はやさしく妻の肩をだいていたが、その顔はすっかりおろおろしていた。

ポアロは二人の後ろ姿を見上げていた。それから、ふりむくと、手紙の束をしっかりとつかんで、足早に通りすぎるミス・ブルイスにぶつかった。

「スタッブス夫人の頭痛は――」と、ポアロが言いかけると、

「あたしの足ほど痛くなんかありませんわ」ミス・ブルイスは木で鼻をくくったような挨拶をしたまま、彼女の部屋にはいって、バタンとドアをしめてしまった。

ポアロはホッと溜息をつくと、玄関からテラスの方へ出ていった。ちょうどそこへマスタートン夫人が小型の車で乗りつけたばかりのところで、あの元気旺盛な大声をはり

あげて、お茶用の大天幕を張る采配をふっていた。

彼女はふりむくと、ポアロに声をかけた。

「ほんとにやっかいな役目をおおせつかってしまいましたわ、てんやわんやですもの、あら、ロジャー、駄目よ、そんなところに張っては。もっと左の方！　左！　右じゃないのよ。ねえ、ポアロさん、今日のお天気どうでしょうかしら、怪しいような気がしますけど、雨が降ったらそれこそ台なしですわ。今年の夏は、ほんとにすばらしいお天気つづきでしたものね、ええと、ジョージ卿はどこにいらっしゃるのかしら？　駐車場のことで、ご相談したいんですけど」

「夫人が頭痛なので、休ませに行きましたよ」

「午後になれば、よくなりましてよ」と、マスタートン夫人は確信ありげに言った。「あのひと、お祭り騒ぎが大好きなんですもの。うんと着飾って、子供みたいにはしゃぎまわるにきまっている。あの、あそこにある杭を持ってきていただけません？　ゴルフの番号をうたなくちゃ」

こんなわけで、ポアロはいやおうなしに、夫人の徒弟にされてむちゃくちゃにこきつかわれてしまった。この重労働のあいまにも、彼女はご親切なことにポアロに話しかけるのだ。

「そうですとも、なにからなにまで自分でやらなくてはね、しようがありませんわ……それはそうと、たしか、あなたはエリオット家とはお近づきでしたわね」

英国に長いこと住みついていたおかげで、こう言われることは自分が社会的なお仲間いりをさせてもらった証拠だということが、ポアロにはわかった。いわばマスタートン夫人は、〝あなたは外国人だけど、あたしたちのお仲間なのよ〟と言ってくれたのだ。

夫人は、うちとけた態度で、おしゃべりをつづけた。

「このナスに、また人が住むようになって、ほんとによかったですわ。あたしたち、ここもホテルになるんじゃないかしらと心配しておりましたの。当節ときたら、あなたにもおわかりでしょ、田舎をドライブでもしようものなら、〝高級旅館〟だの、〝温泉ホテル〟だの、温泉マークばかりじゃありませんか。それがみんな、娘時代に滞在したり、踊りにいったりしたお屋敷のなれのはてなんですからね、ほんとに、いやになってしまいますわ。ま、このナスが、そんなことにならなくて、あたし、よろこんでいますの、あの可哀相なエイミイ・フォリアットだって、おなじ気持ちですわ。あのひと、そりゃ、ずいぶん苦労なさったでしょうけど、一度だってぐちをこぼさないんですもの、えらいわ。ジョージ卿は、このナスに奇蹟を行なってくださったんですわ、それも、なにひとつ俗化するようなこともなくね。ま、それがエイミイ・フォリアットの影響でそうなったのか、卿のご趣味がいいせいなのか、あたしにはわかりませんけどね。とにかく、卿のご趣味がぐんとよくなったことだけはたしかですわ、ああいうような方がね。とても信じられませんよ」

「卿は、地主階級ではないでしょうな」と、ポアロは用心深くたずねた。

「ほんとのところはね、ジョージ卿でさえないんですよ、自分でそう言っているだけなのじゃないかしら。ジョージ・サンガー卿のサーカス団から思いついたんですよ。きっとそうだわ、ずいぶん面白いじゃありませんか。むろん、ご本人は、そんなこと、おくびにも出しませんけどね。ま、お金持ちなんだから、そのくらいの紳士気どりぐらい、ゆるされてもいいんじゃないかしら？　あんな生まれなくせに、ジョージ・スタッブスで、どこへでも通ってゆけるんだから、おかしなものですわ。あの人は、先祖返りというところよ、十八世紀の郷士の、純粋なタイプといったところじゃありませんか。先祖からご立派な血が流れているんでしょうよ、父君はエセ紳士、母君はバーのホステスさんというところですわ」

マスタートン夫人は、そこで話をやめると、庭師たちに怒鳴った。

「そこのシャクナゲのそばじゃないわよ。九柱戯をやる場所を、右の方にとっておかなくちゃ、右よ！　左じゃないわ」

それから、またポアロに、「とにかく、この連中ときたら、左右の区別がつかないんだから、お話になりませんよ。ミス・ブルイスというひとは、なかなかの働き手ですわ。でも、あのハティのことが嫌いなんですの。まるで殺してしまいたいとでもいうように、ミス・ブルイスときたらハティのことをにらみつけていることがよくあるわ。主人に恋している有能な秘書なんて、世間にはザラにあることですもの。それはそうと、ジム・ワーバートンのこと、どうお考えになって？　自分で、〝大尉〟なんて言っているけど、ほんとにおかしな話ですよ。あの人は正規の軍人ではないし、ドイツへだって行ったことはないんですからね。むろん、いまの世の中で暮らしてゆくには、我慢しなければなりませんけど――ええ、あのひとはなかなかの勤勉家ですよ――でもね、どこかうさん臭いところがあるような気がしますの。あら、レッグ夫妻が来ましたわ」

スラックスに、黄色いセーターを着たサリイ・レッグが、ほがらかに声をかけた。

「お手伝いに来たわ」

「さあさあ、山ほどあってよ」と、マスタートン夫人は鼻息あらく言って、「それではと、なにをお願いしようかしら……」

ポアロは、そのすきに、これさいわいと、その場から逃げだした。彼は屋敷の角を曲がって、正面テラスへ出ようとするところで、またまた面白いことにぶつかった。

あかるいブラウスに半ズボンをはいた二人の若い女性が森のなかから出てきて、キョロキョロしながら屋敷の方を見上げているところだった。そのうちのひとりは、昨日、車に乗せてやったイタリア娘だと、ポアロは見てとった。スタッブス夫人の寝室の窓から、ジョージ卿がからだを乗りだして、二人に怒鳴っていた。

「不法侵入だぞ！」

「あの――」グリーンのスカーフをした女の子が言いかけた。

「通りぬけはできないんだ、ここは私邸だ」

するとこんどは濃いブルーのスカーフをしている女の子が元気よく言った。

「あの、ナスコームの舟着場へ行くのですけど」彼女はいちいち区切るように発音してみせながら、「この道でいいのですか」

「他人の家へはいっているんだ、あんたたちは」とジョージ卿が吠えた。

「あの――」

「不法侵入だ、通りぬけはできん、もどりなさい、いま来た道をかえりなさい」

二人の女の子は、卿がさかんに手をふっているのを眺めていた。それから、外国語でペチャペチャと相談をはじめた。やっとのことで、あやうげな口調で、ブルーのスカーフをかぶっている方の女の子が、

「かえるのですか？　ホステルへですか」

「そうだ、その道をもどるんだ、その道、あそこを曲がって」

二人は、しぶしぶ、いま来た道をひきかえしていった。ジョージ卿は、額の汗をぬぐいながら、ポアロの方を見おろした。

「追っぱらうのにひと苦労ですよ。以前は、正門を通ってきたものだが、そこに南京錠をかけたものだから、柵をこえて、森の方からやってくるんですよ。こっちから行くのが舟着場への近道だと思っているんだ、そりゃあたしかに近道にはちがいないがね。しかし、他人の領地ですよ、そんなことがあってたまるものか。それもそろいもそろって外国人ときておる――こっちの言うことなんか、ひとつも通じないんですからな。オランダ語かなにかで、ペラペラやりおって」

「そうですね、いまの女の子たちは、ひとりはドイツ人で、もうひとりのはイタリア人ですな。イタリア人の女の子は、昨日、駅から来るところを、見かけましたがね」

「ここでは世界中の言葉に不自由せんですよ。ああ、なんだね、ハティ？」卿は窓から姿を消した。

ポアロが後ろをふりむくと、オリヴァ夫人と、十四歳にしては柄の大きい、少女団のユニフォームを着た女の子が立っていた。

「マーリンよ」オリヴァ夫人が紹介した。

その女の子は、挨拶するかわりに、鼻をクンクンとならしてみせた。ポアロは丁寧に頭をさげた。

「この子が被害者になるのよ」とオリヴァ夫人が言った。

マーリンはクスクス笑った。

「あたし、ものすごい死体になるんです。でも、血をつけないんですって」なんだか不服そうな口調だった。

「そうですか」

「ただ頸を絞められているだけなの、刀かなんかでグサッとさされて、赤ペンキがダクダクと流れていた方がいいんだけどなあ」

「ワーバートン大尉は、それだと、あんまり真に迫りすぎるからと言って、反対したのよ」とオリヴァ夫人が言った。

「でも、殺人には血はつきものよ」と、マーリンがすねて言った。彼女は、ポアロの顔を穴のあくほど見つめて、「ずいぶん、殺人の現場を見たんですってね、オリヴァ夫人がそう言いましたわ」

「ええ、一つか二つはね」ポアロはひかえ目に言った。

　驚いたことに、オリヴァ夫人は、その女の子を置いたまま、スタスタと行ってしまった。

「色情狂には、会ったことがあって？」マーリンはむさぼるようにたずねた。

「さあ、ないですね」

「色情狂って、面白いわ。本で読んだことがあるの」マーリンは、目をキラキラさせながら言った。

「まあ、そんなものにお目にかからない方がいいですよ」

「そんなことないわ、あのね、この近くに色情狂がいるにちがいないと思うの、うちのおじいちゃんが森のなかで見たことがあるんですって。こわくなって逃げだしてから、しばらくたってまたそこへ行ってみると、もういなかったの。婦人の死体があったんですって。でも、うちのおじいちゃん、頭がちょっとおかしいものだから、誰も本気にしてくれないの」

　やっとのことでポアロは彼女から逃げだすと、遠まわりしながら屋敷にたどりついて、寝室に避難した。なによりも休息がとりたかったのだ。

第六章

昼食はすこし早目にして、冷たいもので手軽にあっさりとすました。二時半に、三流どころの映画女優によって、お祭りが開幕されることになっていた。どんよりと雨模様だったお天気は、あかるく晴れはじめた。三時ごろには、お祭りはいまやたけなわとなってきた。おびただしい人たちが半クラウンの入場料を払い、たくさんの車が、長い車寄せの片側に行列をつくっていた。ユース・ホステルからは、学生たちが外国語をペチャクチャやりながらあつまってきた。マスタートン夫人の予言どおり、スタッブス夫人は、シクラメン模様のドレスに黒い麦藁でこしらえた大きな苦力帽をかぶって、二時半寸前に、寝室からあらわれた。大きなダイヤをたくさん身につけている。

ミス・ブルイスは、いかにも皮肉そうに、

「まるで、アスコット競馬場の王室用座席においであそばしたとでも思っているようね」

　しかし、ポアロは荘重な面持ちで賛辞を呈した。

「マダム、じつに美しいですな」

「いいでしょう」とハティはうきうきしながら言った、「アスコット競馬場へ行くとき着たのよ」

　映画女優がついたというので、ハティは挨拶に、そっちの方へ歩いていった。

　ポアロは、目立たぬところへ退却した。そして、あてもなくそこいらを歩きまわってみた。万事が、ありきたりのお祭りなみに進行していっているようだった。上機嫌のジョージ卿が受けもっている九柱戯と輪投げの遊び場。土産の果物、野菜、ジャム、ケーキの陳列場、それに珍しい趣向品などの展示場など。それから、ケーキやバスケット入りの果物を景品に出している籤《くじ》引場、どうも豚まで景品にはいっているらしい。それに、一回二ペンスの子供用〝宝探し袋〟もある。

　もう場内はすっかり満員になって、子供のダンス大会がはじまった。オリヴァ夫人の姿は、ポアロには見あたらなかった。ただスタッブス夫人のシクラメンのピンク色のドレスが、群衆のなかをただようようにおしながされていくのが目についた。しかし、衆目をあつめているのは、どうやら、フォリアット夫人のようだった。彼女は、まるで別人のようだった。紫陽花《あじさい》色のブルーの薄絹のフロックに、スマートなグレイの帽子をかぶって、入場してくる人たちに挨拶をしたり、いろいろな余興場へ案内したりして、まるでお祭りの進行を一手に引きうけているような観があった。

ポアロは夫人のそばに近よっていって、彼女がさかんにかわしている会話に耳をかたむけた。

「まあエイミイ、お元気？」

「あら、パメラ、ティヴァートンから、エドワードとご同伴でわざわざ来てくださったのね」

「お天気がよくてなによりだったわ。戦争の前の年のこと、おぼえていて？　四時ごろになったら、どしゃ降りになってしまって、すっかりおじゃんになってしまったわね」

「でも、今年の夏は、めずらしいくらい上天気ですよ。ま、ドロシイ！　何年会わなかったかしら」

「どんなことがあっても、このナスのお祭りには、来ずにはいられませんもの。あの堤のバーベリイを刈りこんでしまったのね」

「ええ、その方が、紫陽花をずっとひき立たせますもの、そうでしょう？」

「そうね、ほんとにきれいだわ。あの花の色！　昨年は、ずいぶん丹念に手入れをなさったのね。このナスが昔にかえったみたい」

ドロシイの夫がのぶとい声で、

「戦争中の私の指揮官に会いにきたんですよ。胸もはりさけるような感じです」

フォリアット夫人は、おずおずした声の方にふりかえった。

「まあまあクナッパーじゃありませんの、お会いできてうれしいですよ。まあ、ルーシイですの？　ずいぶん大きくなったこと」

「この子も来年は卒業ですの。奥さまがお達者なご様子なので、とてもうれしいですわ」

「ありがとう、わたしはこのとおりピンピンしていますよ。さ、ルーシイ、輪投げ遊びをしてごらん。ではあとで、お茶のテントのところでまた会いましょうよ、わたしが接待していますからね」

クナッパーのご亭主らしい初老の男が、遠慮がちな物腰で言った。

「奥さまが、またこのナスにおもどりになって、ほんとうになによりでした。まるで、昔にかえったような気がいたします」

フォリアット夫人の返事は、ワッと押しよせてきた二人の婦人とたくましい大男のために、かきけされてしまった。

「エイミイ、ずいぶんひさしぶりね、お祭りは大成功じゃないの！　さ、薔薇園がどうなっているか話してちょうだいよ。ミュリエルに聞いたんだけど、新種のフロリバンダにすっかりいれかえてしまったんですってね」

大男が口をはさんだ。

「女優のマリリン・ゲールはどこにいるんです？」

「レッグときたら、彼女に会いたくて死にそうなんですよ。なんですか、いちばんあたらしい映画を見たんですって」

「あの大きな帽子をかぶっているのがそうですか？　これはまた、たいした身なりですな」

「まあ、あなたったら、あれはハティ・スタッブスじゃないの。ねえ、エイミイ、あのひとを、まるでマネキンみたいにぶらぶら歩かせておいてはいけないわ」

「エイミイ」ほかの友だちが夫人に声をかけた、「エドワードの子供のロジャーですよ、あなたがこのナスにかえってきてうれしいわ」

ポアロはゆっくりとその場から離れると、ひょっとしたら豚があたるかもしれないと思って、一シリング出して籤を買ってみた。

まだ、後ろの方から、「よくいらっしゃったわね」という夫人の挨拶が、かすかに聞こえていた。あのフォリアット夫人は、自分がいつのまにか女主人のお株をうばっているのを知っているのだろうか、それとも無我夢中でやっているものか、ポアロは、ふといぶかってみた。今日のフォリアット夫人は、まぎれもなくナス屋敷の女主人になりきっているのだ。

ポアロは、〈マダム・ズレイカが、二シリング六ペンスであなたの運命を占います〉という看板が出ているテントのそばに立っていた。ちょうど、お茶のサーヴィスの時間がはじまったところだったので、この運勢占いテントのところには、誰も行列をつくっていなかった。ポアロは頭をかがめてテントのなかにはいると、半クラウンの料金をサッサと払って椅子にふかぶかと腰をおろして、痛む足を休めさせてもらった。

マダム・ズレイカは、ゆったりと垂れさがっている黒い僧服みたいなものをまとい、金箔を織りこんだスカーフを頭にまきつけ、目から下の方をベールで隠していた。そのために、彼女の言葉はすこしくぐもって聞こえた。マダムがポアロの手をとると、彼女の腕についている金のブレスレットがチャラチャラと音をたてた。いまに予期しないような大金がはいってきて、黒髪の美人を手にいれ、事故死を間一髪のところ奇蹟的なところでまぬがれるというのが、彼女が口早に語ってくれたポアロの運勢だった。

「いや、じつにありがたいお告げですな、マダム・レッグ、ピタリとあたってくれることを祈っていますよ」

「まあ！　バレちゃったのね」とサリイが言った。

「まえもって、教えられていたのですよ――オリヴァ夫人の話ですと、あなたは、はじめのうち〝被害者〟になるはずだったのが、占い師に突然変更されたそうですな」

「あたし、〝死体〟になりたかったのよ、その方がずっと楽ですもの。みんな、ジム・ワーバートンのせいよ。まだ四時になりません？　あたし、お茶が飲みたいんですもの。四時から四時半までが、あたしの休憩時間ですわ」

「まだ十分ありますよ」ポアロは旧式の大型の腕時計を見ながら言った。「じゃ、お茶をここまで持ってきましょうか」

「いいえ、結構ですわ、早くお休みになるといいんですけど、このテントのなかにいると息がつまりそうなんですの。外で待っているお客さん、まだたくさんいまして？」

「いや、みんなお茶を飲みにゆきましたよ」

「ま、ありがたい」

ポアロがテントから出てくると、頑固な婦人にとっつかまって、六ペンス払わされて、ケーキの重さあてをさせられてしまった。

輪投げ場の係りをしている、いかにもお母さんタイプの肥った婦人から、さかんに運試しをやってごらんなさいとすすめられたあげく、たまげたことにポアロは大きなキューピー人形をあててしまった。すっかり照れながらキューピーをかかえて歩いていると、会場のはずれの舟着場へおりてゆく道のあたりに、憂鬱そうな顔をして突っ立っているマイケル・ウエイマンにパッタリぶつかった。

「ずいぶん愉しそうじゃありませんか、ポアロさん」彼は皮肉な笑いを浮かべながら言った。

ポアロは、自分の賞品をつくづく眺めた。

「いや、じつにたいへんな代物ですよ」彼は悲しそうに言った。

ポアロのそばにいたちいさな子供が、急にワッと泣きだした。彼はかがみこむと、子供にキューピーを抱かせた。

「ほら、お嬢ちゃんのだよ」

泣き声はパタッとやんだ。

「さあ、ヴァイオレット、とてもやさしいおじさんね、あんがと、言いなさい」

「子供さんの仮装大会ですよ」ワーバートン大尉がメガフォンで怒鳴った。「さあ、並んでください、並んでください」

ポアロは屋敷の方に歩いてゆくと、射的場で狙いをつけながら後ずさりしてきた青年にドシンとぶつかってしまった。青年がものすごい形相をしたので、ポアロは思わずあやまった。そして、その青年の、さまざまな模様のついているシャツに目をすいつけられた。ははあ、これがジョージ卿が言っていた〝海亀〟のシャツなんだな、海亀、亀の子、ありとあらゆる種類の亀が、シャツ一面にはいまわっているのだ。

ポアロが目をパチクリさせているところへ、昨日、自動車に乗せてやったオランダ人の女の子に声をかけられた。

「おや、お祭りに来ていたのですか、お友だちは？」とポアロは言った。

「ええ、彼女も来ていますわ。でも、まだ会っていません、あたしたち、五時十五分のバスで、ここを出発します。トーキイに行って、そこでプリマス行きのバスに乗りかえます。それが便利ですね」

これで、このオランダ娘がリュックサックをわざわざかついで、汗をかいているわけがポアロにはわかった。

「今朝、お連れのひとに会いましたよ」

「そうです、エルザというドイツ人の娘さんと一緒でした。彼女、あたしに言ってました、二人で森を通って舟着場へ行こうとしたら、ここのご主人にとても怒られて、追いかえされてしまったって」

彼女は、射的場でさかんにお客をよんでいるジョージ卿の方を見やりながら、

「でも、いまはとてもやさしいのね」

ポアロは、それが同一人であろうと、不法侵入と二シリング六ペンスの入場料を払って、堂々とお祭りのナス屋敷と庭を歩きまわるのとでは、たいへんなちがいがあるということを説明しようと思ったが、ワーバートン大尉のメガフォンから流れてくる怒鳴り声を聞いているうちに、その気もなくなってしまった。大尉は、なんだかいらいらしているみたいだった。

「ポアロさん、スタッブス夫人を見かけませんでしたか、誰か、会った人がおりませんかね。夫人は、この仮装大会に立ちあうことになっているんですけど、見つからないんです」

「わたしは見ましたがね、ええと、そうだ、三十分ばかりまえのことです。それからわたしは、占い師のところへ行ってしまいましたからね」

「ほんとに困ったひとだな」ワーバートン大尉は腹を立てて言った。「いったい、どこへもぐりこんでしまったんだ、子供たちがさっきから待っているんですよ、しかもスケジュールよりおくれているんですからね」

大尉はあたりを見まわした。

「アマンダ・ブルイスはどこにいます?」

そう言えば、ミス・ブルイスも見あたらなかった。

「こんな馬鹿げた話があるもんか」と、ワーバートンが言った。「ショーをやるなら、相棒がいなきゃらちがあきませんからな。いったい、どこにいるんだろう、ハティは? 屋敷のなかへでもはいったのじゃないかな」

大尉はそそくさと立ちさった。

ポアロは、ロープで仕切ってある空き地へそろそろと行ってみた。大天幕のなかでお茶の接待をやっているのだが、ひとびとが長い行列をつくっているので、それもあきらめてしまった。

彼は、小間物売場をのぞいてみたが、そこで、執拗な老婦人からプラスチック製のカラー入れをあやうく買わされそうになったが、やっとのことで庭のはずれをまわって、誰にも邪魔されずに遠くから静観できる場所へたどりつくことができた。

いったい、オリヴァ夫人はどこへ行ったのだろうと、ポアロは考えてみた。

すると、背後に足音がしたので、彼はふりかえった。舟着場の方から、若い男が道をあがってくるところだった。一分《いちぶ》のすきもないヨット用の服装で、色のあさ黒い青年だった。彼は目のまえのお祭り騒ぎに度胆をぬかれたかのように、そこに棒立ちになった。

彼はためらいがちに、ポアロに話しかけた。

「失礼ですが、ジョージ・スタッブス卿のお屋敷ですか」

「そうです」ポアロは、そう答えてから、この人物をあててみた。

「スタッブス夫人の従兄の方ではありませんか」

「ええ、エティエンヌ・ド・スーザです」

「わたしはエルキュール・ポアロと申します」

二人は、おたがいに挨拶をかわした。ポアロは、お祭りのことを説明してきかせた。ちょうど話しおわったとき、ジョージ卿が射的場から芝生をよこぎって、二人の方にやってきた。

「ド・スーザ？　ああ、よくおいでになった。ハティが今朝、あなたのお手紙をいただいたのですよ。あなたのヨットは？」

「ヘルマスにつなぎました。この舟着場まで、ランチで河をのぼってきたのです」

「ハティを捜さなくちゃならん。ええと、このあたりにいると思ったが……私たちと一緒に夕食をしていただけますね」

「ありがとうございます」

「泊まってゆかれたらどうです？」

「ご親切はうれしいんですけど、ヨットで寝ることにしておりますから。その方が楽なんです」

「長く滞在なさるかな？」

「ことによっては、二、三日いるつもりです」ド・スーザはしなやかな肩をちょっと動かした。

「ハティはきっとよろこびますよ」とジョージ卿は丁寧に言った。「それにしても、どこへ行ったんだろう？　ちょっとまえに見たんだが」

卿は、途方に暮れたようにあたりを見まわした。

「子供たちの仮装大会の審判に立ちあうことになっていたのだが、いったい、どうしたというのだろう。ちょっとごめん、ミス・ブルイスにきいてみましょう」

彼はそそくさと立ちさった。ド・スーザは、卿の後ろ姿を見送った。ポアロは、ド・スーザの様子を眺めていた。

「夫人とは、ずっとお会いになっていなかったのですか」とポアロはたずねた。

ド・スーザは肩をすくめた。

「彼女が十五のとき会ったのが最後でしたよ。それからすぐ外国へ——フランスの尼僧院の学校へあげられてしまいましたからね。子供のときから、彼女は美人でしたけど」

彼はもの問いたげにポアロを見た。

「たいへん美しい婦人ですよ」とポアロは答えた。

「いまの方が彼女の夫なんですね？　なかなかよさそうな人だけど、あまり洗練されているようには見えませんね。もっともあのハティにあうような旦那さまを見つけるということは、ちょっと骨が折れますがね」

ポアロは、相槌をうちかねて、あいまいな表情を浮かべたまま黙っていた。ド・スーザは笑って、

「いや、なにも隠しだてするようなことじゃありませんよ。あのハティは、十五歳になっても、精神的に発育がおくれていましたからね。ま、精神薄弱とでもいいますかな、いまでもそうですか？」

「ええまあ、そうらしいのですが」ポアロは注意深く答えた。

ド・スーザは肩をすくめてみせた。

「いやまったく！　どうして女は賢くなければいけないなんて、世間のやつは言うのかな。そんなことは、どうだっていいことなのに」

ジョージ卿がプリプリしながらもどってきた。一緒についてきたミス・ブルイスは、息をきらしながら、

「あたくし、夫人がどこにいらっしゃるのか見当もつきませんですもの、あの占い師のテントのところで、お見かけしたのが最後なんです、それも、二十分か三十分ぐらいまえですわ。お屋敷のなかにもいらっしゃいませんの」

「犯人探しの様子でも見にいかれたのではないですかな」とポアロが口を出した。

ジョージ卿がホッとしたような顔をして、

「いや、そうかもしれん。しかし、わしは射的場をほうっておくわけにもいかんし、アマンダの手もふさがっている。恐縮ですがポアロさん、あなた、あれを捜していただけませんかな、犯人探しのコースでね」

しかし、ポアロはコースを知らなかった。そこで、ミス・ブルイスからあらましのところを教わった。ミス・ブルイスは、てきぱきした態度でド・スーザの世話を引きうけ、ポアロは、まるで呪文でも読むように、コースをぶつぶつつぶやきながら捜しに出かけた。「テニスコート――椿の花壇――阿房宮――上の養樹園――ボート倉庫……」

ポアロが射的場を通りかかると、ジョージ卿が満面に笑みをたたえて、今朝追っぱらったばかりのイタリア人の娘に木製のボールを差しだし、当のイタリア娘が卿の豹変ぶりにあきれていたので、彼はクスクス笑ってしまった。

彼はテニスコートの方へ歩いていった。しかしそこには、軍人らしい老紳士がひとり、顔の上に帽子をのっけたまま庭園ベンチの上でグウグウ眠っているほかには、誰もいなかった。そこで彼は屋敷の方に向きを変えて、椿の花壇の方におりていった。

オリヴァ夫人はそこにいた。彼女は深紫色の派手なドレスを着て、いかにももの思いにふけっている体《てい》で、庭園ベンチに腰をおろしていた。英国の女優サラ・シドンズのような感じだ。夫人は手をあげて、ポアロにとなりの席をしめした。

「ここはね、まだ二番目の手がかりにすぎないんだけど、問題がむずかしすぎたんじゃないかしら。お客さん、誰もこないのよ」と、ささやくように言った。

ちょうどこのとき、半ズボンをはいた、いやに喉仏のとびだしている青年がはいってきた。歓声をあげて、その青年は花壇の隅にある一本の木にかけよると、またワッと歓声をあげた。どうやら、つぎの手がかりを見つけたようである。夫人とポアロのまえを通りながら、彼は自分の感激を二人にわけてやりたくなったのか、

「みんな、コルクの木に気がつかないんですね」得意満面で言った。「はじめの手がかりの写真は、じつに巧妙にできていますけど、テニスのネットの一部であることが、すぐわかりましたよ。それから毒薬の空瓶とコルクの栓がありましたね。たいがいの人は、空瓶の方の手がかりを追ってゆくでしょうけど、こいつはくさいぞと思ったんです。コルクの木というやつは、とてもデリケートな木ですから、この地方でしか育ちませんよ。

ぼくは珍しい灌木に興味を持っていたんです。それはそうと、こんどは、どこへ行ったらいいかな」

青年は、手にしている手帳をしかつめらしく読んだ。

「つぎの手がかりは、ここにちゃんと写したんですけど、さっぱり意味がわからないんですよ」彼は二人の方に、疑わしげな視線をむけた。「あなた方も捜していらっしゃるんですか？」

「いいえ」とオリヴァ夫人が答えた、「あたしたちは、ただ見物しているところなのよ」

「ええと、こうなんですよ、〝麗しの女身《ひと》をあやまちて《フォリィ》（When lovely woman stoops to folly. ゴールドスミス作「ウェークフィールドの牧師」のなかに出てくる十四行詩の一節）〟どこかで聞いたような気がするんですがね」

「有名な引用句ですね」とポアロが口を出した。

「フォリィというのは、過失という意味のほかに、建物をさす場合がありますわね、ほら、白堊の——円柱がたくさんある」オリヴァ夫人が助け舟を出した。

「ああわかった！　どうもありがとう、ええと、アリアドニ・オリヴァ夫人がこちらに見えているそうですね。ぼく、夫人にサインをしてもらおうと思っているんですけど、どこかで見かけなかったですか？」

「いいえ」とオリヴァ夫人がきっぱり言った。「ぼく、会いたいんですよ。夫人の探偵小説はすばらしいですからね」それから声をひくくして言った。「ですけど、たいへんな大酒飲みなんですってね」

青年はあわただしく立ちさると、オリヴァ夫人はプンプンしながら、

「まあひどい！　あたしはレモネードしか飲まないのに、ずいぶん不公平だわ」

「あなただって、あの青年につぎの手がかりのヒントをあたえたくせに、これはもっと不公平な話ですよ」

「でも、ここまでたどりつけたのが、いまの人だけだと思うと、助け舟ぐらい出してやりたくなりますもの」

「だけど、サインをしてあげませんでしたね」

「それとこれとは話がちがってよ、シッ！　誰か来たわ」

しかし、やってきたのは、犯人探しのお客さんではなかった。入場料を払ったからには、地所内をすみからすみまで見て歩かなければ、損をするとでも思いこんでいる二人の女だった。

二人ともひどくうんざりしたような顔をしていた。

「ねえ、これがご立派な花壇だって言うのね」とひとりの方が言った。「やたらに木が

あるばかりじゃないの、こんな花園ってあるかしら」

　オリヴァ夫人がひじでポアロをつついた。二人は、その場からいなくなった。

「ねえ、死体を発見する人がひとりもいなかったら、いったいどうなるのかしら？」オリヴァ夫人が自棄《やけ》になって言った。

「マダム、ま、気長に待つことですよ、そして元気をお出しなさい、まだ、午後になったばかりですからね」

「それもそうね」オリヴァ夫人は顔をあかるくすると、「四時半から入場料も半額になるから、きっとお客さんがワンサとおしよせてきてよ。死体のマーリンがどうしているか、ちょっと見にいってみましょうよ。あたしね、あの子のこと信用してないのよ。責任感なんてものが、まるっきりないんですもの。きっと、おとなしく死体になっていないで、ソッとぬけだしてお茶かなんか飲みにいっているわ。お茶のことになると、みんな目がないんですものね」

　二人は連れだって、木立ちのあいだの道を歩いていった。ポアロは、ここの地形について、ひとくさり意見をのべた。

「いや、迷路みたいなものですな。道がやたら多いうえに、どこにどう通じているのか、さっぱりわからないんですから。おまけに、どこもかしこも木ばかりだ」

「まあ、まるでぶつぶつ言ってたあの女の人みたいね」

二人は例の阿房宮を過ぎ、ジグザグの道をたどって、河の方へおりていった。眼下にボート倉庫の輪郭が見えてきた。

ポアロは、もし犯人探しの連中が、偶然ボート倉庫に出てひょっこり死体でも発見したら、いままでのコースなんかぜんぜん無駄になってしまうのではないかと、夫人に言ってみた。

「そうね、あたしもそのことは考えたのよ。それでね、いちばんおしまいの手がかりを鍵にしておいたのよ。その鍵がなかったら、ボート倉庫の戸があけられないというわけ。鍵はエール錠だから、内側からしかあかないの」

短い急な坂をおりると、ボート倉庫の戸口に出た。この建物は河の上に突きでていて、ちいさな波止場とボートの置き場がついていた。オリヴァ夫人は、深紫色のドレスのひだのあいだにかくれているポケットから合鍵をとりだすと、倉庫の戸をあけた。

「マーリン、あなたのお見舞いにきたのよ」

夫人は戸口にはいりながら、ほがらかに言った。とたんに、夫人は、マーリンがきっとサボッているなどと、あらぬ疑いをかけたことをちょっと後悔した。というのは、〝死体〟に仕立てられたマーリンは、忠実に自分の役をつとめていたからである。彼女は、窓側の床の上に、手足をひろげて倒れていた。

マーリンは、ウンともスンとも言わなかった。そして身じろぎひとつしないで、横になったままだ。ひらいた窓からはいってくる微風が、テーブルにひろげられている漫画の頁を、パサパサとうごかすだけだった。

「さ、起きていいのよ」オリヴァ夫人がじれったそうに言った、「ここにいるのは、あたしとポアロさんだけなのよ。まだ、ここまで来るようなお客さんは、ひとりもいないんだから」

ポアロは眉をひそめた。彼はしずかにオリヴァ夫人をおしのけると、床の上の少女にかがみこんだ。押し殺された叫びが、彼の唇からもれた。ポアロはオリヴァ夫人を見上げた。

「どうです……あなたの悪い予感があたりましたな」

「まさか……」オリヴァ夫人の目は、恐怖にカッと見ひらかれた。彼女は、籐細工の椅子をつかむと、その上にどすんと腰をおろした。「そんなはずはないわ……まさか、ほんとに死んでるなんて……？」

ポアロはうなずいてみせた。

「そうです、この子は死んでいますよ、そんなに時間は経過してはいませんがね」

「でもどうして——？」

ポアロは、少女の頸にまきついている派手なスカーフのはじっこをつまみあげた。そこで、物干綱がどんなぐあいになっているか、夫人は見ることができた。

「あたしの筋書きどおりじゃないの。だけど、いったい誰が？　なぜまたこんな真似を？」

「それが問題ですよ」とポアロは言った。

いま言った夫人の質問も、夫人の犯人探しの質問事項のなかにそっくりあるじゃありませんか、こうポアロは言おうと思ったが思いとどまった。

しかし、現実の答えは、彼女の案出した犯人探しの解答とはちがうのだ。被害者が原子科学者のユーゴスラビア人の先妻ではなくて、とにかくわかっているかぎりでは、この広い世の中にひとりの敵も持っていない、十四歳の田舎娘マーリン・タッカーなのだから。

第七章

ブランド警部は、書斎のテーブルのまえに腰をおろしていた。出迎えに出たジョージ卿が、ボート倉庫に警部を案内して、いまちょうど屋敷にひきあげてきたところだった。ボート倉庫では、鑑識課の写真班がおおわらわだったし、指紋班と警察医がいま着いたところだ。

「こちらでよろしいですか」ジョージ卿がたずねた。

「ああ、結構です」

「それにしても、いまやっている余興はどうしますかな、真相を話して、なにか手でもうたないと」

ブランド警部は、しばらく考えこんでいた。

「私たちが来るまでに、なにかなさいましたか」

「いいえ、あのままですし、まだひと言も言っておりませんよ。ただ、なにか事故があったのじゃないかというような噂がひろがってはいますがね。いまのところ、それだけです。その――殺人があったなどと嗅ぎつけているものはいないはずですよ」

「それではもうしばらく、そのままにしておいてください」と、ブランド警部は裁断をくだした。「ニュースというものは、じつに早く伝わるものですからな」彼は、ちょっとシニカルな口調でつけ加えた。それから、またちょっと考えてから、「このお祭りに、何名ぐらい入場しておりますかな？」

「二百人ぐらいだろうと思います」とジョージ卿が答えた。「それに、いまもぞくぞくと入場しておりますからな。ずいぶん遠方からも来ているようです。いや、この祭りは大成功と言っていいところなのですが、まったく運が悪い」

ブランド警部は、これは殺人であって、ジョージ卿が言ったような大成功などではないと思った。

「二百人ね」ブランドはつぶやいた、「そのなかの誰かが、殺人をやったのだ」

彼はホッと溜息をついた。

「じつに厄介ですな」とジョージ卿が同情をこめて言った。「いったい、誰が殺人の動機を持っていたんでしょうかね、なにからなにまで、さっぱり見当もつきませんよ。誰があんな小娘なんかをわざわざ殺そうとするのでしょうか」

「その子のことですが、なにか話していただけますか？　たしか、この土地の娘だという話ですが」

「そのとおりです。家族は、舟着場の近くのコテイジに住んでいるのですよ。父親というのは、この土地の農場で働いています、ええと、パターソンと言いましたかな。母親は、今日の祭りに来ておりますよ。ミス・ブルイス、これは私の秘書ですがね、私より、その子のことについてはずっとくわしいです。いま、母親をどこかに連れだして、お茶でも飲ましているところですよ」

「なるほど」警部は、いかにもという口ぶりで、「ええと、私にはまだ状況がはっきりのみこめていないのです。そのボート倉庫で殺された女の子はなにをしていたのですか？　たしか犯人探しのような余興をやっている最中だったのですね」

ジョージ卿はうなずいた。

「そうなんですよ、こいつは面白い趣向だと、私たちは思ったのですがね。いまになってみると、とんでもないことになりました。ミス・ブルイスだったら、私なんかより犯人探しの余興のことをうまく説明できますよ。あとで、あなたのところへやりましょう。いますぐにとおっしゃるのではないのでしたら」

「ええ、結構です、あとになれば、いろいろとおたずねしなければならないことが出てくるでしょうからね。お目にかかりたい人たちがいるんですよ、あなたとスタッブス夫人、それに死体を発見された人たちですね。そのなかに、この犯人探しの計画を立てた女性作家がいるようですな」

「そのとおりです。アリアドニ・オリヴァ夫人です」

警部の眉がビクッとはねあがった。

「オリヴァ夫人ですか！　ベストセラー作家ではありませんか、私は夫人の探偵小説をずいぶん読んでおりますよ」

「夫人は、すっかり興奮しているのです。ま、無理もありませんが。あなたが会いたがっていると、伝えましょうかな？　妻は、いまどこにいるのか、わからないのですよ。ぜんぜん姿を見かけないんですからな。あの二、三百人のお客さんのなかに、まぎれこんでいるとは思いますがね、しかし、家内に会っていただいても、お役には立つまいと思いますよ。いや、その殺された女の子のことなどについてはですがね、まっさきにお会いになりたいと思うのは誰です？」

「そうですね、あなたの秘書のミス・ブルイス、それに被害者の母親ですね」

ジョージ卿はうなずくと、書斎から出ていった。

この土地の巡査のロバート・ホスキンズが、出ていく卿のためにドアをあけると、そのあとでまたしめた。彼は卿の話を自分で補足したいらしく、たずねられもしないのに警部に説明してきかせた。

「スタッブス夫人は、ここのところが弱いのです」そう言いながら自分の額のあたりをたたいてみせた。「それで会っても役に立たないと卿は言われたのですよ。脳が弱いのです」

「夫人は、この土地の生まれなのかね？」

「いいえ、外国人ですよ。有色人種だとも言われていますが、私はそう思いません」

ブランド警部はうなずいた。彼は黙ったまま、テーブルの上に鉛筆で落書きしていたが、突然ホスキンズ巡査に質問した。もっとも、これはあきらかに非公式のものだったが。

「ホスキンズ、いったい、誰がやったものかね？」

これまでの出来事について、なんらかの考えを持っている人間がいるとすれば、それはこのホスキンズ巡査以外にはないと、ブランドは思ったのだ。このホスキンズは、人間であろうとものごとであろうと、あらゆることに鼻をつっこみたがる強い好奇心の持ち主であるうえに、ゴシップ好きの女房を持っていて、しかもこの土地の巡査なのだから、他人の個人的なことについても豊富な知識をたくわえているからだ。

「あえてお答えするとすれば、犯人は外国人だと思います。この土地のものではないですね。タッカーの一家は、ちゃんとしたもので、みんなから尊敬されているのです。家族は全部で九人ですが、上の娘二人は結婚し、息子のひとりは海軍、もうひとりの息子は陸軍に行っております。下の方の娘はトーキイの美容院で働いています。家にのこっているのは下の方の三人で、息子が二人に娘がひとりだったのです」そこまで言って、しばらく考えこんでいたが、「みんな頭がいいとは言えませんが、タッカー夫人というひとは、なかなかきれい好きなちゃんとした人でしてね、十一人兄妹の末っ子なのですよ。いまは年とった父親を自分の家にひきとって世話をしています」

ブランドは、無言のうちに聞いていた。ホスキンズ独特の説明の仕方ではあるが、これだけ聞いても、タッカー一家の様子があらましわかってくる。

「ですから、犯人は外国人だと思うのです」とホスキンズはつづけた。「フッダウン公園のユース・ホステルに泊まっている連中のなかにいるかもしれませんな。いかがわしいやつもいますし、ずいぶん変な真似をするやつもおりますよ。草むらや森のなかで、やつらがどんなことをしているか、一度ごらんになったら、びっくりなさいますよ！　原っぱなんかに停まっている車のなかなんか、見られたもんじゃありませんからな」

喋っているうちにホスキンズ巡査は、この性的な問題に関する権威になってしまっていた。実際の話、このホスキンズが非番のときに、〈ブル・アンド・ベア〉などという飲み屋で、酒をきこしめしているときなど、出てくる話といったら、みんなこれなのだ。

ブランドが口をひらいた。

「いや、私には、そういった種類の事件だとは思えないね。とにかく、検屍がすめば医者が教えてくれるだろう」

「はあ、そのとおりです、医者にまかせておけばいいことです。ただ、私の申しあげたいことは、警部が外国人というものをよくご存じないということなのです。あの連中ときたら、アッという間に逆上するんですからね」

いやいや、この事件はそんななまやさしい問題じゃないんだ、ブランド警部は胸のなかでそうつぶやきながら、大きく溜息をついた。たしかに、ホスキンズ巡査のように、犯人は外国人だとかたづけてしまうのだったらしごく簡単な話だ。ドアがあいて警察医はいってきた。

「検屍は終わりましたよ。死体を運ばせますか？　ほかの班の連中も、すっかり仕事はすみましたが」

「コットリル巡査部長にまかせてください、それで、どうですか、なにかわかりましたか」

「いや、じつに簡単明瞭ですな」と医者が答えた。「問題はぜんぜんありませんよ、洗濯物を干す紐で頸をしめられたのです。このぐらい簡単にあっさりやっつけられる方法はありますまい。抵抗した形跡もなし、あの子は、頸をしめられるまで、自分が殺されるなどと夢にも思ってはいなかったのですな」

「暴行の形跡は？」

「ありませんな。暴行、強姦などのあとは、ぜんぜんみとめられません」

「すると、性犯罪ではないわけですね」

「そのとおりです。それに、あの子はそれほど男好きのするタイプではありませんからな」と警察医。

「あの子の異性関係はどうだったのかね？」

ブランド警部はホスキンズ巡査にたずねた。

「たいしてなかったと思いますな、もっとも、男から興味を持たれれば、あの子だって好きになったかもしれませんがね」とホスキンズ。

「ま、そうだろうな」ブランドもこれには同意した。警部の頭のなかには、ボート倉庫にあった漫画と、その余白の落書きが浮かんできたのだ。〝ジョニイはケイトと出かける〟〝ジョージイ・ポーギイは森のなかでハイカーとキスする〟たしかに、彼女のささやかな願望がここにあらわれている、こう警部は思った。しかし、全体から見て、マーリン・タッカーの死には、性的な問題はからんでいそうもなかった。むろん、真相はまだ誰にもわからないが……そうだ、いつの時代にも殺人に人知れぬ喜びを持ち、とりわけ未成熟の女性を獲物にねらう変態犯罪者がいるからだ。こんな人間が、この休暇シーズンに、この地方に流れこんできているかもしれないのだ。いや、きっとこいつだ、ブランドは思わずこう信じこもうとした。そうでもしないかぎり、こんなきめ手のない犯罪をどう説明していいか、彼にはわからなかったからだ。しかし、事件はいま発見されたばかりなのだ、ブランドはこう思いなおした。それよりも、ここの人たちの話をもっと聞いてみることだ。

「死亡時間は？」

医師は柱時計と自分の腕時計を見くらべてみた。

「いま、ちょうど五時半ですな。私が現場に行ったのは五時二十分だから、その一時間まえに死亡しています。おおよそのところですがね。ま、四時から四時四十分のあいだでしょう。解剖すれば、もっと正確なところがわかるはずです。のちほど、はっきりした報告書をさしあげますよ。じゃ、これで私は失礼します、患者を診察しなければなりませんので」

医師は出ていった。ブランド警部はホスキンズに、ミス・ブルイスを連れてくるように命じた。彼女が書斎にはいってくると、警部にもいささか元気が出てきた。ひと目でそれとわかるように、彼女はまるで能率の権化みたいなものだった。このぶんだったら、てきぱきと質問に答えてもらえるだろうし、だいいちモタモタするようなことはあるまい。

「タッカー夫人は、あたしの部屋におりますわ」ミス・ブルイスは椅子に座ると、そう言った。「とにかく娘さんのお話だけはして、お茶など出してあげましたの。なにしろ、すっかり取り乱しているものですから。無理もない話ですけど。娘の死顔をひと目見たいと、夫人はしきりに言っていましたけど、あたし、それはやめた方がいいからと言って、とめましたの。ご主人は六時に仕事を終えてから、こちらに見えるはずですわ。おいでになったら、すぐお連れするように、家のものに申しておきました。タッカーさんのほかの子供さんたちも、まだお祭りにいますけど、目をはなさないようにしてありますわ」

「いや、なにからなにまで、じつによく気がつかれますな」ブランド警部は思わず賛嘆の声をあげた。「じつは、タッカー夫人に会うまえに、あなたとスタッブス夫人のお話をおうかがいしたいと思っているのですが」

「あの、スタッブス夫人はどこにいらっしゃるのか、あたし、存じませんの」ミス・ブルイスは、とげとげしく答えた。「お祭りにすっかりあきあきしてしまって、どこかをぶらついていらっしゃるんですわ。もっとも夫人がおいでになったところで、あたしがお話しする以上のことが、あの方におできになるとは思いませんけど。いったいどんなことをおたずねになりたいんですの？」

「そうですね、はじめに、この犯人探しの催物のお話をこまかく説明していただきたいのです。それから、あのマーリン・タッカーが、どういういきさつからあの役を受けもつようになったか、それを話していただけませんか？」

「まあ、そんなことですの、わけはございませんわ」

ミス・ブルイスは、きわめて要領よく、この犯人探しがお祭りの最大のよびものであることから、有名な女性探偵作家のオリヴァ夫人を招いて、この催物を一任したこと、そして犯人探しのストーリーや道順などをことこまかく説明してきかせた。

「はじめのうちは、アレック・レッグ夫人が、被害者の役をすることになっておりましたの」

「アレック・レッグ夫人ですか？」警部が反問した。

ホスキンズが説明を買ってでた。

「レッグ夫妻は、ローダーさんのコテイジを借りて住んでいるのです。河下の水車小屋のそばのピンク色をした家がそうですよ。ひと月ばかりまえに、こちらへ移ってきたのです。二、三カ月、そのコテイジを借りたようですな」

「なるほど、それでレッグ夫人がはじめの予定では、被害者の役をすることになっていたのですね？　で、どうしてそれが変更されることになったのです？」

「それはこういうわけですの、ある晩、レッグ夫人があたしたちみんなの運勢を見てくださったことがありましたのよ、それがとてもお上手だったものですから、このお祭りの余興のひとつに、テントを張って運勢占いをやることにきめましたの。夫人に東洋風の衣裳を着てもらって、その名もマダム・ズレイカ、見料半クラウンで、お客さんの運勢を占わせることにしたんです。べつに、こうしたって法律に触れるようなことはございませんわね、警部さん？　お祭りのときなんかには、よくこうした余興がございますもの」

ブランド警部はかすかな微笑を浮かべた。

「運勢占いだとか籤《くじ》引販売というやつには、眉つばものがよくありますからね、それで、ときどき、その、なんですな、取り締まらなければならないのですよ」

「そんなことおっしゃって、あなたは話のよくわかる方じゃございません？　ま、そんなわけですの。で、レッグ夫人がそれを引きうけてくださったので、被害者になる人を探すことになったのです。この土地の少女団の女の子たちがお祭りのお手伝いに来ていたのですが、誰だったか、その少女団のなかから、被害者の役をやってもらえばいいと言いだしたような気がしますわ」

「ミス・ブルイス、そう言いだした人は誰なんです？」

「ええと、誰だったかしら？　マスタートン夫人だったような気もしますけど、そうじゃない、ワーバートン大尉……やっぱり、はっきりおぼえておりませんわ。でも、たしかに誰かが言いだしたのです」

「とくにあの娘がえらばれたのには、なにか理由があるのですか？」

「いいえ、べつにこれといってございません。あの子の両親がここの借地人で、母親のタッカー夫人がよくお台所のお手伝いに来ておりましたの。どうして、あの子にきまったのか、あたし、ぜんぜん存じませんわ。たぶん、あの子の名前がはじめに浮かんできたからじゃないかしら。あたしたちがあの子に頼んでみましたら、あの子、とてもよろこんでいましたわ」

「心からその役をやりたがっていましたか？」

「ええ、そうですとも、あの子、すっかり有頂天になってしまって。あの子は頭がおかしいにちがいない子でしたの。ですから、ほかの役はとても無理でしょうね。被害者の役ならとても簡単なものですし、それに自分が大勢のなかからえらばれたと思っていたので、とてもよろこんでいましたわ」

「あの子は、どんなことをすればよかったのです?」

「ただ、ボート倉庫のなかにいさえすればよかったのですよ。誰かがドアのところまで来たら、床の上に横になって、紐を頸にまきつけて、死んだ真似をしていればいいんですもの」ミス・ブルイスの口調はしごく冷静で、事務的だった。死んだふりをすることになっていた娘が、ほんとの死体となって発見されたことなど、彼女にはなんのショックもあたえないらしかった。

「にぎやかなお祭りを見にいけたというのに、あの子はまた、ずいぶん退屈な午後をすごしたものですな」とブランド警部が言った。

「たしかに、それはそうですわね。でも、一度になんでもするわけにはゆきませんわね。それに、あのマーリンは、死体になれるのがとても愉しそうでしたわ。えらくなったような気がしたんですよ。退屈しのぎに漫画を持っていきましたわ」

「それに、なにか食べるものも持っていったのでしょう?」と警部、「あそこに、お皿とグラスをのせたお盆がおいてありましたからね」

「そうでした、大きなお菓子にラズベリー・ジュース、あたしが持っていってやったのですわ」

ブランドは鋭い視線をあげた。

「あなたが持っていった？　それはいつです？」

「午後の中ほどでしたかしら」

「時間をおっしゃってください、いかがです？」

ミス・ブルイスは、一瞬、考えこんだ。

「そうですわね、子供たちの仮装大会があったのですけど、それがちょっとおくれて——審判をすることになっていたスタッブス夫人がどこかへ行ってしまったものですから、フォリアット夫人にかわってもらって、無事にそれが終わって……そうだわ、それからですから、あたしがケーキとジュースをとりよせたのが、たしか四時五分ごろでした」

「それから、あなたがボート倉庫にそれを運んだのですね。そこまで何分ぐらいかかりますか」

「ボート倉庫まで五分ぐらいですわね。ですから四時十五分すぎごろでしたわ、そこに着いたのは」

「すると、四時十五分には、マーリン・タッカーはピンピンしていたわけですな」

「そうですとも。それに、犯人探しがどんなぐあいに進行しているか、とても熱心にきいたりしました。あたしははっきりしたことを教えられませんでしたわ。なにしろ、芝生のところでやっていた売店にかかりきっていたものですから。でも、犯人探しにたくさんの人が参加したぐらいのことは、あたしにもわかっていました。二、三十人ぐらいかしら。いいえ、もっと多かったはずですわ」

「あなたがボート倉庫に行ったとき、マーリンはどうしていました？」

「いま、お話ししたとおりですわ」

「いやいや、私の言うのは、あなたが倉庫のドアをあけたとき、彼女は死んだふりをして床の上に横たわっていましたか？」

「ああ、そうじゃありませんの。あたし、倉庫にはいるまえに、おもてから声をかけたものですから。で、あの子がドアをあけてくれて、あたしがお盆を持ってなかにはいりましたの、そして、テーブルの上においたんです」

「四時十五分には」ブランドはつぶやきながら書きとめた、「マーリン・タッカーに異常なし。ミス・ブルイス、この点がとても重要だということは、よくおわかりでしょうな。時間の点は大丈夫でしょうな？」

「さあ、時計を見ていませんでしたから、はっきりしたことは申しあげられませんわ。でも、そのすこしまえに時間を見ていますから、その前後だということは申せますわね」と、突然、警部の言った重要という言葉の意味に彼女は気づいて、「では、そのすぐあとで――」

「そうですね、ずいぶんあととは申せませんな、ミス・ブルイス」

「まあ、たいへん」ミス・ブルイスが思わず声をあげた。

これは、その場にふさわしい表現とは思われなかったが、すくなくとも、ミス・ブルイスの恐怖と心配を示すにはあまりあった。

「それで、ミス・ブルイス、ボート倉庫の往復の途中で、誰かに会いませんでしたか？あるいは倉庫の近くをうろついているような人でも」

ミス・ブルイスは考えこんだ。

「ええ、誰にも会いませんでしたわ。今日の午後は、庭全部がお客さんのためにすっかり開放されていたのですから、会いそうなものでしたけどね。でも、たいてい、お客さんたちは芝生のまわりや売店などにあつまりがちでしたからね。みなさん、菜園や温室のまわりを歩きたがりますけど、あたしが思っていたほど、森のなかにははいりませんでしたわ。こういうお祭りですと、みなさん、一カ所にむらがりたがるものですわ、そうじゃありません、警部さん？」

　ま、そんなところでしょうな、と警部も相槌をうった。

「そうだわ」突然、なにか思いだしたのか、ミス・ブルイスが言った、「阿房宮に誰かいたような気がしますの」

「阿房宮？」

「ええ、ちいさな白堊の寺院のような建物ですわ。一、二年前に建てられましたの。ボート倉庫へおりてゆく道の右手にありますわ。そこに誰かいました。恋人同士じゃなかったかしら、ひとりが笑うと、もうひとりが、『シッ！』って口で合図をしていましたわ」

「その二人が誰だったか、あなたにはわからなかったのですね？」

「ええ、さっぱり。道からは阿房宮の正面が見えませんの。それに両側と裏は囲まれていますから」

　警部は、一、二分、考えこんでいたが、阿房宮にいた二人連れが誰であれ、そのこと自体はさして重要なことだとは思えなかった。むしろ、この二人を捜しだした方がいい、この二人が、ボート倉庫に行くかもどってきたかした人間を目にしているかもしれないからだ。

「その道では誰にも会わなかったのですね、ぜんぜん？」警部は念を押した。

「警部さんのお気持ちはよくわかりますけど、ほんとに、誰ひとり見かけませんでしたわ。それに第一、そんなこと、できっこなかったと思いますの。なぜって、あたしに姿を見られたくない人なら、シャクナゲ、シャクナゲの茂みのなかにとびこめばそれでいいんですからね。道の両側には、シャクナゲや灌木の茂みがいっぱいつづいていますもの。人に見られたら怪しまれるような人間なら、人のくる足音を聞けばすぐ姿を隠すじゃありませんか」

警部は、話題を変えた。

「殺された子のことで、われわれの捜査に役立ちそうなことをなにかご存じありませんかな」

「ほんとに、なにも知りませんの」とミス・ブルイス、「このお祭りのまえまで、口をきいたことさえないくらいですもの。道などでよく見かける近所の娘さんで、顔もうすらおぼえ程度でしたもの、ほんとにそれだけですわ」

「じゃ、なにもご存じないんですな」

「いったいぜんたい、なぜ、あの娘を殺さなければならなかったのでしょうね、あたしには、さっぱりのみこめませんわ。あたしの言いたいこと、わかっていただけると思いますけど、ほんとうのところ、こんなことが起こるなんて夢にだって考えられないことですわ。ただ考えられることといったら、あの子が被害者になって横になっていたものだから、精神異常者に、ほんとにあの子を殺してやろうという気を起こさせたのかもしれないということですわ。でも、この考え方にしたって、ずいぶん、馬鹿げていますわね」

ブランドはホッと溜息をついた。

「それではと」彼は言った、「こんどは母親に会ってみた方がいいでしょう」

タッカー夫人は痩せぎすの女で、狐のようにとんがった顔をしていた。ゴワゴワしたブロンドの髪の毛ととがった鼻。目を真っ赤に泣きはらしていたが、どうやら落ちつきをとりもどしたらしく、警部の質問に答えられるまでになっていた。

「こんなことが起こるなんて、あんまりです。新聞にはよくこんな記事が出ていましたけど、まさかうちのマーリンの身に——」と夫人が言った。

「いや、じつにお気の毒です」とブランド警部はなぐさめるように言った。「あなたにお願いしたいことは、お嬢さんをこのような目にあわせるような理由を持っている人間がいるかどうか、ひとつじっくりと考えて、お答えいただきたいのです」

「わたしもそのことはずっと考えていたんです」夫人は鼻をすすりながら言った。「考えて考えぬきましたけど、わたしには思いあたりません。学校で、先生から叱られたりお友だちと喧嘩したことは、一度や二度はございますけど、いずれにせよ、こんなとんでもないことになるようなものではありません。あの子のことを心底憎んでいたり、悪意を持っているような人など、誰ひとりいるものですか」

「お嬢さんは、誰か目の敵《かたき》にしているような人間のことを、あなたに話したこともありませんか？」

「あの子は、馬鹿げたことはよく申しましたけど、そのようなことはいっさい言いませんでした。話といえば、お化粧やヘア・スタイルのことばかり。若い女の子がどんなものか、警部さんだってよくご存じだと思います。あの子は、口紅をつけたりごてごてお化粧などするには、まだまだちいさすぎるんですから、主人もわたしも口がすっぱくなるほど言ってやったんですけど、あの子ときたら、お金さえあれば香水や口紅を買って、こっそり持っているんですよ」

ブランド警部はうなずいた。手がかりとなるようなものは、なにひとつ聞きだせなかった。頭がいかれていて、映画スターやお化粧のことばかりしか考えていない女の子——こういう娘なら、英国中にくさるほどいるじゃないか。

「主人はなんと言うかわたしにはわかりませんけど、お祭り気分になって、もうじきこちらへ来るころですわ。主人は射的の名人なんですよ」

夫人は突然、ワッと声をあげると泣きはじめた。

「そうですとも、犯人は、あのユース・ホステルに泊まっている外国人たちのなかにいますわ。外国人がどんなやつらだか、警部さんにはおわかりにならないんですよ。あの連中ときたら、ベチャベチャわけのわからないことばかり喋って、連中の着ているシャツなんか、見られた代物じゃございませんよ。なにしろ、ビキニスタイルの女が描いてあるシャツなんですからね。おまけに、シャツさえ着ないで、そこらじゅうごろごろしているときがあるんですからね、だいたい、それが騒ぎのもとですよ、そうですとも！」

タッカー夫人は泣きじゃくりながら、ホスキンズ巡査におくられて出ていった。だいたい、この地方の人たちは、なにか事が起こると、ただ漠然と外国人に罪をなすりつけて、それで気がすむという昔からの根づよい考え方があるのではないかと、ブランド警部は胸のなかで思った。

第八章

「まったく口のうるさい女ですな」ホスキンズが書斎にもどってくると、こう言った、「亭主を頭からガミガミ言うかと思うと、年とったおやじさんに八つあたりするんですからな。きっと、殺された娘にもうるさいことを言っていたんですよ、いまになって後悔しているのです。なに、いまどきの娘ときたら、母親の小言なんぞ、まるで馬の耳に念仏ですよ」

ブランド警部は、ホスキンズ巡査のおしゃべりを中断させると、オリヴァ夫人を連れてくるように言いつけた。

警部はオリヴァ夫人をひと目見て、いささかびっくりした。まさか、こんなにヴォリュームのある派手な深紫色のドレスを着ている婦人だとは夢にも思わなかったからだ。おまけに、精神的にすっかりまいっているのだ。

「あたし、おそろしいわ」まるで真っ赤なブラマンジュ（牛乳をゼラチンでかためたもの）みたいに、夫人は警部のまえの椅子に、身をなげるように腰をおろした。「ああ、おそろしい」まるで大文字で書いたような強い口調で、夫人はかさねて言った。

警部があいまいに受けながしていると、夫人の方から喋りはじめた。

「だって、あたしが組みたてた殺人なんですよ、あたしが考えだしたものなんですもの！」

警部はあっけにとられたまま、きっとこれは、オリヴァ夫人がこんどの事件のことで自責の念にかられているのだと思った。

「ああ、どうして原子科学者のユーゴスラビア人の奥さんを被害者になんかしたんでしょうね」夫人はきれいに整えられている髪を、逆上したように両の手でかきむしった。まるで酔っぱらっているような感じだ。「馬鹿よ、ほんとにあたしは馬鹿よ。そのくらいなら、被害者を庭師にするんだった。そうすれば、せめて半分ぐらいはあたしの気持ちだって休まったんだわ、だって男なら自分のことぐらい気をつけられますものね。なんといったって、男には自分で気をつける責任があるんですからね、あたしだって、それほど気に病むことはなかったんだわ。男なら殺されたって、誰も困らなくてよ、ま、その人の奥さんや恋人や子供のほかにはね」

ここまで聞いているうちに、警部は、こいつは様子がちょっと変だぞと思いはじめた。と、彼の鼻先にブランディのにおいがプーンとただよってきた。屋敷にひきあげてから、エルキュール・ポアロが、夫人にショックの特効薬をむりやりに飲ませたのだ。

「あら、あたし、気が狂ったわけでも、酔っぱらっているわけでもないのよ」夫人はいちはやく警部の胸中を見抜いたのか、「世間では、あたしのことを大酒飲みだと言っているなんて、それをまともに受けている男の人がいるけれど、冗談じゃない、あなただって、そう思っているんでしょ」

「男の人って、いったい誰です?」おやおや、庭師が登場してきたと思ったら、こんどはまた、わけのわからない男がとびだしてきたぞ。

「そばかすだらけの顔に、ヨークシャー訛りの男」と、夫人は言って、「ねえ、警部さん、ほんとにあたし気はたしかなのよ、それに素面《しらふ》だわ。ただね、気が顚倒《てんとう》しているのよ」この顚倒という表現も、あきらかに大文字だ。

「いや、あなたのお気持ちはお察しいたしますよ」と警部がとりなした。

「なんといってもおそろしいことは、あの子が異常性欲者の手にかかりたがっていたことだわ、それがほんとになってしまって、そうじゃありません?」

「いや、性犯罪の心配はないですよ」と警部が答えた。

「まあそうですの。ああよかった。でも、あの子にしてみれば、どうだったかわからないわ。だけど犯人が異常性欲者でないとすると、いったいなんだってあの子を殺したんでしょうね、警部さん？」

「ですから、あなたにご協力していただきたいのです」

たしかに、オリヴァ夫人は事件の核心にふれているのだ。そうだ、異常性欲者でないかぎり、どんな目的であの子を殺すだろう。

「とてもお力になんかなれませんわ」と、オリヴァ夫人が言った。「誰がやったものか、さっぱり見当もつかないんですもの。そりゃあ想像をたくましくするぐらいならできるわ、それがあたしの悪い癖ですけどね、そりゃあ、いまだって、いろいろなことは想像できてよ、もっともらしい解釈ならおてのものだわ、むろん、真相とはかけはなれているでしょうけどね。たとえばこうよ、女の子を殺したくてむずむずしていた犯人にやられた（ちょっとイージーすぎるかな）、そんな人間がちょうどお祭りに来ていたなんて、話がうますぎるわね。では、マーリンがボート倉庫のなかにいることを、犯人はいかにして知ったか？　考えようによっては、あの子は犯人の情事の秘密を嗅ぎつけていたのかもしれない、それとも、犯人が夜中に死体を埋めているところを目撃したのかもしれないな、あるいは犯人の素姓を見破ったか、ひょっとしたら戦争中に埋蔵した宝物の場所の秘密を手にいれたか、それともランチに乗っていた男が、誰かを河のなかに投げこんだところを、ボート倉庫の窓から見ている、いや、マーリンは、自分ではそれとも知らずにとても重要な機密文書を持っていたのかもしれない」

「ま、待ってくださいよ」警部は手で制した。頭がグラグラしてきたのだ。

オリヴァ夫人は、あっさり言うことをきいた。とにかく、それがあたっていようがいまいが、警部には、夫人がありとあらゆる想定をくだしたように思われたけど、このままほうっておいたら、どこまでつづくかわからなかった。とめどもなく列挙された夫人のご高説のなかから、警部はひとつだけえらんだ。

「ねえ、オリヴァさん、〝ランチに乗っていた男〟というのはどうなんです？　これはたんなるあなたの想像なのですか」

「いいえ、ランチに乗ってきた男がいるって、誰かが言っていましたのよ。その男が誰だったかはっきりしないけど。たしか、そのひとのこと、朝食のときみんなで話していたんだけど」

「それで？　さ、話してくださいよ」警部の口調は哀願にかわってきた。彼は、探偵作家という代物が、いったいどういうものか、会ってみるまでぜんぜんわからなかった。オリヴァ夫人に四十以上の作品があることは知っていた。だが、このぶんでいったら、百冊よけいに著書があったところで不思議ではないとさえ思った。「ランチに乗って、朝食に訪ねてきたという男とは、いったいなんのことです?」こんどは、警察官の口調になりきって、警部がたずねかえした。

「そのひとは、朝食のときになんかランチに乗ってこなかったわ」と、オリヴァ夫人が答えた。「ヨットが来たのよ。でも、それじゃ話がちがうわね、朝食のとき来たのは手紙なのよ」

「なんですって? ヨットですか、それとも手紙?」ブランドがいらいらしながらたずねた。

「スタッブス夫人に手紙が来たのよ。ヨットに乗っている従兄からね。なんだか、夫人はおびえていたようだったわ」

「おびえていた? いったいなににです?」

「その従兄のことだと思うわ。みんなに、それがわかったはずよ。夫人は、そのひとのことをとてもこわがっていたの、訪ねてきてもらいたくなかったんだわ。それで、夫人は姿を隠しているんだと、あたし思うの」

「姿を隠している?」と警部。

「そうよ、夫人はどこにもいないわ。みんなで彼女を捜しているのよ。夫人は、従兄がこわくて会いたくないものだから、それで隠れているんだと、あたしはにらんでいるのよ」

「その従兄というのは?」警部がたずねた。

「ムッシュー・ポアロにおききになった方がいいわ。だって、ポアロさんがその従兄と喋っていたのだし、あたしはひと言も話していないんですもの。従兄の名前はね、エスタバン、ええとそうじゃなかった、これはあたしの小説に出てくる登場人物だっけ。ド・スーザ、そうだわ、エティエンヌ・ド・スーザよ、その人の名前」

だが、警部が目をみはったのは、もうひとつの方の名前だった。

「ええと、いまなんと言われましたかね? ムッシュー・ポアロですって?」

「ええ、エルキュール・ポアロですわ。あの子の死体を見つけたとき、ポアロさんもあたしと一緒だったの」

「エルキュール・ポアロ……これは驚いた、まさか同名異人ではないでしょうな、ベルギー人で、小男の、大きな口髭をはやしている」

「ものすごく大きな髭よ、警部さん、ご存じなの?」

「お会いしてから、もうずいぶんたちますよ。なにしろ私が巡査部長の時代だったのですから」

「殺人事件でお知り合いになったの？」

「ええ、そうです。また、あの人はなにしにこちらへ見えたのです？」

「その、あの人が犯人探しの正解者に賞品を渡すことになっていましたのよ」

オリヴァ夫人は、こう答えるまえにちょっと言いよどんだのだが、警部はそれに気がつかなかった。

「それで、ポアロさんがあなたと一緒に死体を発見されたわけなのですね、そうですか、ぜひ、ポアロさんにお会いしてみたいですな」

「じゃ、お連れするわね」警部の返事も聞かないうちに、もう夫人はうきうきしながら、深紫色のドレスのすそをたぐって立ちあがった。

「ええと、もうなにかおっしゃることはないのですか、マダム？　私たちの捜査の足しになるようなものですが」

「もうなにもないわ。だって、あたし、なんにも知らないんですもの。そりゃあ、想像すればきりがないけど――」

警部はあわてて手で制した。もう、夫人のご高説はたくさんだ。とにかくもりだくさんすぎる。

「いや、ありがとうございました、マダム」警部はきっぱり言った、「それではと、ポアロさんにこちらへ来ていただけるようにお話し願えればうれしいのですが」

　オリヴァ夫人は部屋から出ていった。ホスキンズ巡査が好奇心をありありとさせながらたずねた。

「そのムッシュー・ポアロというのは、どういう方なのですか」

「まあきみだったら、おかしくてたまらないだろうな」とブランド警部が言った。「ベルギー人なのだがね、一見、フランスあたりのミュージック・ホールに出てくるボードビリアンに似ているよ。とにかく滑稽な人物なのだが、すごい天才なのだ。きっともういい年だよ」

「ド・スーザというのは何者なのでしょうね、なにかありそうじゃありませんか」

　ブランド警部の耳には、巡査の言葉がはいらなかった。彼はあるひとつのことに心をとらわれていたのだ、もう何回も耳にしてはいたのだが、いまになって気がかりになってきたのである。

　はじめに聞いたのは、不安げにいらだっていたジョージ卿からだった。「妻はいま、どこにいるのか、わからないのですよ。ぜんぜん姿を見かけないんですからな」それから、ミス・ブルイスが吐きだすように言ったじゃないか、「あの、スタッブス夫人はどこにいらっしゃるのか、あたし、存じませんの。お祭りにすっかりあきあきしてしまって、どこかをぶらついていらっしゃるんですわ」そしていま、オリヴァ夫人が、夫人の雲隠れをいかにもいわくありげにまくしたてていたな。

「え？　いまなにか言ったかね？」警部は上の空で、巡査にききかえした。

ホスキンズ巡査がおもむろに咳払いした。

「ド・スーザという人物の件で、どうお考えになっているか、おたずねしたのです。いったいこの男は何者でしょうか」

いまや、雲をつかむような外国人のハイカーどもとちがって、ひとりの外国人がこの事件に登場してきたので、ホスキンズ巡査はすっかりご満悦の体なのである。だが、ブランド警部の心は、ほかのことでいっぱいだった。

「スタッブス夫人にどうしても会いたいのだ」と、警部はそっけなく言った。「ここへ連れてきてくれ、もしいなかったら捜すのだ」

ホスキンズ巡査は狐につままれたような顔をしたが、おとなしく書斎から出ていった。戸口のところでちょっと立ちどまり、はいってくるエルキュール・ポアロを通すために、うしろにさがった。それから、ものめずらしそうにポアロをふりかえって見ると、おもむろにドアをしめた。

「もうご記憶にないと思いますが、ムッシュー・ポアロ」ブランドは椅子から立ちあがると、手を差しだした。

「とんでもない、ええと、いや、ちょっとお待ちください、若き巡査部長、そうです、ブランド巡査部長には十四年前にお目にかかりましたな、いやいや、十五年前でした」

「おそれ入りました。すばらしい記憶力ですな！」

「いやいや、あなたがおぼえておいでなのに、このわたしがなんで忘れましょう」

そうだ、お世辞をぬきにしても、このエルキュール・ポアロにひと目会ったら忘れられるものではない、とブランド警部は胸のなかでつぶやいた。

「で、こんどもまた、殺人事件でおいでになったのですね」と警部が言った。

「そのとおりです。お手伝いによばれたのですよ」と、ポアロ。

「お手伝いにですって？」ブランド警部は腑に落ちないといった表情を見せた。

ポアロはあわてて、「いや、犯人探しの正解者に、賞品を授与する役目をおおせつかったのです」

「ああ、オリヴァ夫人から、そのお話は聞きました」

「夫人は、べつになにもお話ししなかったでしょうな？」ごくさりげない口調で、ポアロがたずねた。オリヴァ夫人がわざわざ、このデヴォンシャーまで自分をよびよせたほんとの動機を、ブランド警部にもらしているものかどうか、それが知りたかったからだ。

「あの人がなにも話さなかったと言われるのですか？　とんでもない、まるでとどまるところを知らずですよ。こんどの殺人の動機を、ピンからキリまであらいざらいまくしたてましてね、おかげで私の頭はグラグラしてしまいました。いやはや、じつにたくましい想像力です」

「その想像力のおかげで、あの人は食べているのですからな、モナミ」ポアロはケロッとした顔で答えた。

「夫人はド・スーザとかいう男のことを言ってましたが、これも想像力の産物でしょうか」

「いや、それはまぎれもない事実ですよ」

「なんですか、朝食のときに手紙が来て、ヨットとかランチで河をのぼってきたという話ですが。どうもチンプンカンプンで」

　ポアロは、そのいきさつの説明を買ってでた。朝食の様子から手紙のこと、それからスタッブス夫人の頭痛のことまで話してきかせた。

「オリヴァ夫人の話ですと、スタッブス夫人はとてもおびえていたようですが。あなたもそうお思いになりましたか」

「わたしも、そんな感じを受けましたね」

「従兄におびえるなんて、いったい、またなぜでしょう？」

ポアロは肩をすくめてみせた。

「わかりませんな。その従兄というのがとても悪い人間だと、夫人はわたしに言ってましたがね、それだけですよ。夫人は、ご存じのようにちょっと足りないのです。おつむがね」

「ここでは、もっぱら、そのような評判らしいですな。で、夫人は、従兄をこわがっているわけをあなたに話さなかったのですね？」

「そうです」

「ほんとに夫人がこわがっているとお思いですか」

「ま、それが嘘だとしたら、夫人は名女優だということになりますな」ポアロは、なんのためらいもなく言ってのけた。

「どうも、この事件については、とんでもない考えばかり浮かんできますよ」ブランド警部は椅子から立ちあがると、落ちつきなく、行ったりきたりしはじめた。「きっとこれは、あのひとのせいですな」

「オリヴァ夫人のことですか？」

「そうですよ、おかげさまでメロドラマじみた考えばかり浮かんでくる始末です」

「だけど、ほんとかもしれないぞと、あなたは思っているのではないのですか」

「いや、そんなことはありませんよ、それでも、一つか二つはあながち笑いとばすわけにはいきませんけど。ま、問題は……」と、そのときドアがあいて、ホスキンズ巡査がもどってきた。

「どうも、夫人が見つかりそうもありません、どこにもいないのです」とホスキンズが報告した。

「いないことはわかっているのだよ、だから捜してくれと私は言ったのだ」ブランド警部はいらいらしながら言った。

「はあ、ファレル巡査部長とロリマー巡査が庭中を目下捜して歩いております。屋敷のなかにはおりませんでした」

「夫人がおもてへ出ていったかどうか、受付の男から聞きだしてくれたまえ、出ていったとしたら、徒歩か車かもね」

「はい」

ホスキンズ巡査は出ていった。

「おい、夫人をいちばん最後に見た時間と場所も、たしかめてくれたまえ」ブランドが後ろから叫んだ。

「なかなかよく気がつくではありませんか」とポアロが言った。

「いや、そんなことはありませんよ。ただ、この屋敷にいなければならない人がいないことに気がついただけです。ええと、そのド・スーザとかいう男のことで、もっとお話をうかがいたいのですが」

ポアロは、舟着場から道をあがってきた青年と会ったときの模様を話してきかせた。

「彼はまだ、このお祭りを見ているはずですよ。あなたがその青年と会いたがっていると、わたしからジョージ卿に話してみましょうか」

「いや、いまのところは結構です。そのまえに、二、三知っておきたいことがあるのです。あなたがスタッブス夫人に最後に会われたのは何時ごろですか?」

ポアロは、じっと考えこんでいたが、なかなか正確なところが思いだせなかった。ただ、芝生のところでお喋りをしたり行ったりきたりしているシクラメン色の服に、つばの垂れさがった黒い帽子の背の高い夫人の姿をちらりと見かけたことや、お祭りのざわめきにいりまじって、ときおり聞こえてくる彼女特有のあの笑い声を思いだすだけだった。

「そうですね、四時にはなっていなかったと思いますが」ポアロの返事はあいまいだった。

「で、そのとき、夫人はどこにおりました？　そのそばに誰かいましたか？」

「屋敷の近くで、たくさんの人に囲まれていましたね」

「ド・スーザがついたときは夫人はいたのですか？」

「さあ、おぼえていませんな。そうですね、そのときは、もう彼女の姿を見ませんでしたよ。ジョージ卿もド・スーザに、夫人がどこにいるかわからないというようなことを言っていましたからね。そういえば、卿は、夫人が子供の仮装大会の審判をしているとばかり思っていたのに、そこにいなかったものですから、びっくりしていたようでしたよ」

「ド・スーザがここに来たのは何時ごろでしたか？」

「四時半にはなっていましたな。時計を見なかったから、はっきりしたことは言えませんが」

「では、スタッブス夫人は、その男が着くまえに見えなくなってしまったわけですな」

「そうらしいですね」

「じゃ、従兄に会いたくないので、どこかへ行ってしまったのかもしれない」と警部がほのめかした。

「ありうることですな」とポアロも相槌をうった。

「そうだとしたら、彼女はまだ遠くまで行ってないはずです。すぐ見つけられますよ、そしたら……」警部はそこまで言って、口をとじた。

「では、あなた、もし見つからなかったら？」ポアロが、言葉に変な抑揚をつけてききかえした。

「そんな馬鹿なことはありません」警部は頭から否定した。「どうしてそんなことをおたずねになるのです？　夫人の身にいったいなにが起こったというのですか」

ポアロは肩をすくめた。

「いやいや！　そんなことは神ならぬ身にはわかるはずがありませんな。ただわかっていることは——夫人の姿が見えなくなったということだけです」

「やめてください、ムッシュー・ポアロ、不吉じゃありませんか」

「そうです、不吉な感じですよ」

「われわれが捜査しているのは、マーリン・タッカーの殺人事件です」警部はきびしい口調で言った。

「むろんです、では、なぜド・スーザのことに関心をお持ちになる？　この男がマーリン・タッカーを殺したとでも言うのですか」

ブランド警部は、筋ちがいのことを言いだした。

「それは、あの夫人のせいです！」

ポアロはかすかに微笑を浮かべた。

「オリヴァ夫人のせいだというのですね」

「そうです、考えてもくださいよ、ムッシュー・ポアロ、マーリン・タッカーの事件は、まるっきり意味をなさないじゃありませんか、そうですとも、低能に近い女の子の絞殺死体が発見されたというのに、殺人の動機がさっぱりわからないのですからね」

「そこへ、オリヴァ夫人がヒントをあなたにあたえてくれたというのですか」

「ええ、すくなくとも一ダースのヒントをね。一、あの子は誰かの情事を嗅ぎつけていたかもしれない、一、あの子は誰かが殺される現場を目撃していたかもしれない、一、あの子は宝物の埋蔵場所を知っていた、一、あの子はボート倉庫の窓から、ランチに乗って河をのぼってきたド・スーザのある行為を見ていたかもしれない……」

「なるほど、それで、そのなかのどれがあなたのヒントになったのです？　モン・シェール」

「わかりませんな、しかし、ちょっと考えざるをえないじゃありませんか、ムッシュー・ポアロ。ね、どうか思いだしてください、朝食のときのスタッブス夫人の印象から、夫の耳にいれたくない彼女の秘密を従兄が知っているために、夫人は彼が来るのを恐れていたのか、それとも、従兄自身におびえていたのか、どちらなのです?」

ポアロは、なんのためらいもしなかった。

「それはね、従兄という人間におびえていましたよ」

「そうですか、よし、その男がまだここにいるなら、ひとつ会ってみた方がよさそうだ」と警部。

第九章

1

ホスキンズ巡査みたいに、外国人に対して根強い偏見を持っていたわけではなかったが、ブランド警部はエティエンヌ・ド・スーザをひと目見て、嫌悪の情にかられた。洗練された優美な物腰、一分の隙もないような着こなし、ポマードをつけた髪からただよってくるかぐわしい香り、これらがいっしょくたになって、吐き気をもよおさせるほど、ブランド警部をいらだたせた。

ド・スーザは、いかにも自信ありげな態度で、のほほんとした顔をしていた。いかにも上品にかまえて、あきらかに高見の見物としゃれこんでいるのだ。

「たしかに人生は、思いがけないことばかりですな、休暇をヨット乗りで愉しんで当地へまいったのですが、ええ、美しい風光をめで、もう何年も会わなかったかわいい従妹と午後をすごしにたちよったのですよ、それがどうでしょう？　射的玉がぼくの頭の上にビュウビュウとんでくるようなお祭り騒ぎのなかにまきこまれたかと思ったら、喜劇から悲劇へ一足とび、ぼくは殺人事件なんかのまきぞえをくってしまったのですからね」

彼は煙草に火をつけると、深く吸いこんだ。

「でも、とにかくぼくは、殺人事件なんかになんのかかわりもないんですからね。どうしてあなたがぼくに会いたいとおっしゃるのか、とんと、わかりかねるのですが」

「ま、あなたは外国人として、当地に来られたわけですな、ド・スーザさん」

ド・スーザがさえぎった。

「外国人はつねに疑わしいとおっしゃるわけですね」

「いやいや、そういう意味で言ったのではないのです。誤解されては困りますな。たしか、あなたのヨットはヘルマスに繋留《けいりゅう》してあるというお話ですが」

「そのとおりです」

「今日の午後、この河をモーター・ランチでのぼってきたのですね」

「ええ、そうです」

「河をのぼってくるときに、右手にあるかやぶきのちいさなボート倉庫と舟着場にお気づきになりましたか」

ド・スーザは、美しい黒髪の頭を後ろにそらすと、眉をひそめた。

「ええと、小川とちいさな灰色のタイル張りの家がありましたけど」

「いや、それよりもずっと河上の、木立ちのなかですよ、ド・スーザさん」

「ああ、やっと思いだしました。じつにすばらしい景色でした。この家のボート倉庫だとは気がつきませんでしたね。もしそうと知ったら、そこにボートを繋いであがりましたよ。ぼくが方角をたずねたら、渡し場まで行くように教えられたものですから、その舟着場からあがったのですよ」

「なるほど、で、そのとおりになさったわけですね？」

「ええ、そうです」

「じゃ、ボート倉庫には、いや、その近くにはあがらなかったのですな？」

ド・スーザは頭をふった。

「あなたが河をのぼってゆくとき、ボート倉庫に誰かいるのを見ませんでしたか」

「誰かをですって？　いいえ、ぼくは見ませんでしたよ、いったいまたなぜです？」

「いや、そういうことがひょっとしたらあったかと思いましてね。ド・スーザさん、なにしろ、あの殺された女の子は、今日の午後、あのボート倉庫のなかにいたんですからね。あの子はそこで殺されたのです。しかも、ちょうどあなたがランチで通りかかった前後に、やられたのにちがいないのです」

ド・スーザは、また眉をつりあげた。

「すると、このぼくが、殺人の現場を目撃したのにちがいないとあなたは思っているのですね？」

「いや、殺人はボート倉庫のなかで行なわれたのですよ。しかし、あなたがその娘の姿を見ていてくださったらなあ、ひょっとしたらその子が倉庫の窓から顔を出していたかもしれないし、バルコニイに出ていたかもしれないからです。かりにあなたがあの子の姿を見ていたら、死亡時刻はもっと正確になったところなのです。ま、あなたがランチで通りかかったとき、あの子がまだ生きていたとしたら——」

「なるほど、よくわかりました。しかし、なぜぼくにだけそんなことをおたずねになるのです。だって、ヘルマスから上下するボートは無数にあるのですからねえ。それに遊覧船まであるじゃありませんか。舟は一日中通っているのですよ、どうしてその連中におたずねにならないのです？」

「むろん、あとで調べてみます。それではと、ボート倉庫には、べつにこれといったものをおみとめにならなかったわけですな」

「ええ、なにも。人影もありませんでしたよ。むろん、とりわけ注意して見ていたわけではありませんが、それに、すぐ前を通ったというわけでもないのです。あなたがおっしゃったように、誰かが窓から顔を出していたとしても、はっきり見きわめることはできなかったでしょうね」

それから丁重に、「お力になることができず、ほんとに残念です」

「とんでもない」警部は親しげに言った、「たいして望みはかけていなかったのです。それから、もうすこしおたずねしたいことがあるのですが、ド・スーザさん」

「どんなことです?」

「このヨット旅行に、あなたおひとりでいらっしゃったのですか、それとも誰かお友だちとでも?」

「ごく最近まで、二、三人の仲間がいましたけど、この三日間はまったくの一人旅です、むろん船員は例外ですが」

「ヨットの名前は?」

「エスペランス号です」

「たしかスタッブス夫人は、あなたの従妹にあたる方ですね?」

ド・スーザは肩をすぼめてみせた。

「また従妹なのです。そんなに近いつながりはないんですよ。おわかりでしょうけど、故郷の島では血縁結婚がじつにさかんなのです。ですから、みんな従兄妹みたいなものですよ。ハティはまた従妹か、そのまた従妹にあたるわけです。彼女がまだほんの子供の時分、そうですね、十四か十五のとき別れたきりです」

「それで、今日突然訪ねてきて、夫人をびっくりさせてやろうとなさったのですな？」

「いいえ、不意の訪問とは言えませんね、手紙を出しておいたのですから」

「ええ、今朝、あなたから夫人に手紙が来たことはわれわれも知っています。でも、あなたがイギリスに来ているということは、夫人には一驚に価いしますよ」

「それはちがいますよ、警部さん、ぼくは従妹に手紙を出したのは、そうですね、もう三週間もまえですよ。イギリスにくる寸前ですよ、フランスから出したのです」

警部はびっくりした。

「じゃあなたは、こんどの来訪の意を、フランスから伝えたというのですか」

「そうです、手紙の内容は、ぼくがヨット旅行に出ていること、今日あたりにトーキイかヘルマスに着くだろうということ、それから正確な到着日は、追ってあとから知らせるというようなことです」

ブランド警部は、穴のあくほどド・スーザの顔を見つめていた。いまの言葉は、今朝の朝食のときに夫人がド・スーザの手紙を受けとったという話とは、あまりにも食いちがいすぎる。それに、スタッブス夫人がその手紙を読んで、すっかり取り乱し、おびえきっていたと証言したものは、ひとりにとどまらないのである。ド・スーザは落ちつきはらって、警部の顔を見返した。そして微笑を浮かべると、自分のひざについていたちりを払いのけた。

「スタッブス夫人は、あなたの最初の手紙に返事をくださいましたか」警部がたずねた。

ド・スーザはしばらくためらっていたが、やがて、

「そうですね、はっきりとはよくおぼえていないのですが、返事は来なかったようです。それに、その必要もなかったのですよ。なにしろ、行先がたえず変わる旅行中でしたからね。おまけにあのハティときたら、手紙もろくろく書けないような人ですから。なにしろハティは、頭がいい方ではありませんからね、すばらしい美人になったとは思いますけど」

「まだお会いになっていなかったのですね」警部は質問の形で念を押した。ド・スーザは口をほころばせて微笑してみせた。

「どうやら行方不明になったようではありませんか、きっと、このお祭り騒ぎに音《ね》をあげたのですよ」

警部は、一語一語に気をくばりながらたずねた。

「ド・スーザさん、ひょっとしたら夫人はあなたのことを避けようとなさっている、なにかそんなことで思いあたる節はありませんか」

「ハティがぼくのことを避けたいと思っているんですって？　これはまた、いったいなぜなんです？　彼女にどんなわけがあるというのですか」

「それをいま、私はあなたにおたずねしているのですよ、ド・スーザさん」

「じゃ、彼女がぼくと会いたくないために、このお祭りから姿をくらましてしまったのだと思っていらっしゃるのですか、こいつは驚いた」

「すると、夫人には、あなたの知っているかぎりでは、あなたを、その、なんと言ったらいいのかな、こわがる理由なんかひとつもないとおっしゃるのですな」

「こわがる、このぼくを？」ド・スーザの、この信じられないといった口吻のなかには、どこか面白がっているところがあった。「冗談じゃない、警部さん、じつに奇想天外ですね」

「それでは、おふたりのあいだは、ずっと仲がよかったのですな」

「いまもお話ししたように、もう何年もぼくたちは会っていないのですよ。彼女が十四のときからです」

「では、あなたはイギリスに来るときに、夫人のことをお調べになったのですか」

「ええ、お国の社交界の新聞で、ハティのことを読んだのです。それには結婚前の名前が出ていて、お金持ちの英国人と結婚したことが書いてありました。そこでひとつ、彼女がどんなになったか会ってみなくちゃと思いましてね、おつむの調子が昔よりよくなったかどうかも気にかかりましてね」そこでまた、彼は肩をすくめてみせた。「ま、いわば従兄妹同士のエチケットみたいなものですよ、つまり親切な好奇心というやつで、他意はないのです」

ふたたび、警部はまるで食いいるようにド・スーザの顔を見つめた。いったい、こいつの人を小馬鹿にしたような仮面の下には、どんなことが隠されているのだろうか。警部はまえよりもいっそううちとけた態度を見せながら、

「どうでしょうね、もうすこし、あなたの従妹さんのことをお聞きしたいのですけど、つまり、夫人の性格だとか反応の仕方などのことですが」

ド・スーザは、上品に驚いてみせた。

「いったいそのことが、ボート倉庫の殺人となんの関係があるのでしょう？　あなたにとっては、殺人事件の方が重大だと思いますがね」

「いや、関係があるかもしれないのです」とブランド警部が言った。

ド・スーザは、しばらくのあいだ黙ったまま、しげしげと警部の顔を見つめていた。

それから、肩をかるくすくめると、

「ぼくは従妹のことなんか、なにひとつ知ってはいませんよ。彼女は大家族の一員にすぎないのだし、ぼくはとりたてて彼女に興味を持っていませんでしたからね。しかし、あえてご質問に答えさせていただくとするなら、ぼくの知っているかぎりでは、たしかに知能は低いにちがいないけど、人殺しの素質だけは持っていませんね」

「誤解なさらないでください、ド・スーザさん、私はそんなことを言っているのではないのです」

「そうですかね、あなたのご質問の理由には、そのことだけしかないと思いますけど。あのハティがよほど昔と変わっていないかぎり、人殺しなんかできませんよ」彼は椅子から立ちあがった。「もうこれで、ぼくにおたずねになりたいことはないと思いますけど、警部さん、犯人逮捕のご成功をお祈りしていますよ」

「ド・スーザさん、まさか、一両日中にヘルマスから出発されるようなことはないでしょうね」

「お言葉はたいへん丁寧ですけど、それはご命令ですか」

「とんでもない、お願いですよ」

「そうですか。二日間、ヘルマスに滞在することにします。ジョージ卿がとてもご親切に、ご当家に泊まるようにすすめてくれましたけど、エスペランス号に泊まった方が気が楽ですからね。なにか、もっとおたずねになりたいことがありましたら、ぼくはエスペランス号におりますから」

　彼は丁寧に頭をさげた。

　ホスキンズ巡査がド・スーザのためにドアをあけた。彼は部屋から出ていった。

「のっぺりした野郎だ」警部が吐きだすように言った。

「まったくですよ」ホスキンズ巡査がわが意を得たとばかりに同調した。

「かりに夫人が殺したとしてもだ、あんなたわいない女の子を殺す理由がどこにある。ぜんぜん意味をなさん」警部は、ひとり言をつづけた。

「ですけど、頭のいかれた人間は、とんでもないことをしでかすものですよ」とホスキンズが口を出した。

「問題は、夫人の頭がどの程度、異常かということだよ」

　ホスキンズ巡査はしたり顔をして頭をふった。

「きっと知能指数が低いのですよ」

　警部はいかにもうんざりした表情で、ホスキンズを見た。

「まるで鸚鵡《おうむ》の口まねみたいに、新造語などつかわないでくれ。夫人の知能指数が高かろうが低かろうが、そんなことはどうだっていいのだ。私が問題にしているのは、夫人がどのタイプの女かということなんだよ。つまり、少女の頸に紐をまきつけて殺すのが面白かったのか、それとも本能的にか、あるいはなにか必要に迫られてか？　それにしても夫人はどこにいるのだろう？　巡査部長の方はどうなっているか、見てきてくれたまえ」

ホスキンズは命令一下、外にとびだしていったが、ものの二、三分もたたないうちに、コットリル巡査部長と一緒にもどってきた。この巡査部長はなかなか元気のいい青年で、ずけずけものを言うところから、上官にいつも煙たがられていたものだ。ブランド警部も、フランク・コットリルの都会ずれした知らぬものなしといった態度よりも、ホスキンズ巡査の田舎くさい頭の方がずっと好きだった。

「目下、邸内をくまなく捜査中であります」とコットリルが報告した。「夫人は正門から外へは出ておりません。これについては充分確信があります。庭師の下働きが、門のところで受付をしておりまして入場料をとっていたのですが、この男が宣誓するでしょう」

「正門のほかにも、いろいろと出口はあるのじゃないかね？」

「はあ、あります。舟着場へおりる道ですが、その舟着場にいるマーデルという老人の話によりますと、夫人は、その道からも出ていかなかったと明言しております。もう百歳ちかい老人ですが、充分に信頼はできると思います。それから、ひとりの外国人がランチで乗りつけ、お屋敷への道をたずねたときの模様をとてもはっきりと説明してくれました。老人はその外国人に、その道をのぼってゆけば正門に出るから、そこで入場料を払いなさいと言ってやったそうですが、お祭りがあることなど、その男はてんで知らないらしく、親戚のものだとか言っておったようであります。それで老人は、森を通って舟着場からあがっていく小道を教えてやったそうです。マーデルは、今日は午後のあいだ、ずっと埠頭のあたりをうろついていたらしく、夫人がもし道をおりてくるようなことがあったら、見逃しっこないとも言っておりました。それからもうひとつの出口は、野原を通ってフッダウン公園へつづく裏門ですが、そこはユース・ホステルの連中がはいりこんでくるというので、針金でふさいでしまいましたから、そこから出ていくわけにはいかないのであります。ですから夫人は、この広い邸内のどこかにいるように考えられるのですが、いかがでしょうか」

「ま、そうかもしれんな」と警部は言った。「しかしだね、柵をくぐって出ていこうと思えば、それもできないことはないのだからね。たしかジョージ卿も、おとなりのユース・ホステルの連中が、そうやってはいりこんでくると言って、しきりにこぼしていたからな。外からもぐりこんでこられるのなら、おなじように内からも脱けだすことはできるじゃないか」

「はあ、それはたしかにおっしゃるとおりなのですが、私が夫人の女中から聞きだしたところによりますと、夫人はそのシクラメン色の――」ここまで言って、コットリル巡査部長は、にぎりしめていた紙片に目をやった。「ええと、薄地の絹クレープのドレスに大きな黒い帽子、それにかかとの高さが四インチもある黒のハイヒールといういでたちであります。こういう服装では、とても越境ができるものではありません」

「夫人が着がえるようなことはなかったのだね？」

「はい、女中と一緒に、夫人の部屋まで行ってみたのですが、なにひとつなくなっているものはありませんでした。スーツケースとかそういったものも、部屋に残っております。いちいち数をあたってみたのですが」

ブランド警部は眉をひそめた。なにか不吉な暗雲が、彼の胸中にひろがってきたのだ。彼はぶっきらぼうな口調で、

「もう一度、秘書の、なんといったかな、ブルイスとかいう女をよんできたまえ」

2

ミス・ブルイスはいつもに似合わず、あたふたと部屋にはいってきた。ハアハア息をきらしている。

「あの、およびですの？　もし急用でなければ、ジョージ卿が大騒ぎしているものですから——」

「いったい、どうしたというのです？」

「いいえ、それがスタッブス夫人の姿がどこにも見えないからというだけのことなんですよ。あたし、きっと森のなかでも散歩していらっしゃるのですわ、と卿に申しあげたのですけど、卿は、夫人の身になにか起きたのにちがいないと、すっかり思いこんでいるのですよ、ばかばかしいったら、ありゃあしない」

「いや、馬鹿げたことではないかもしれませんよ、ミス・ブルイス。事実、今日の午後、ここで殺人があったばかりじゃありませんか」

「まさかスタッブス夫人までがそんなことになったとはお考えじゃないでしょうね。それこそ馬鹿げた話ですわ。なんといったって、スタッブス夫人はもう子供ではないんですからね」

「さあ、そうでしょうか？」

「むろん、自分のことぐらい気をつけられますわ。夫人は立派な大人じゃありませんか」

「しかしみなさんのお話をうかがってもわかるように、夫人はとてもたよりない人ですよ」

「とんでもない、夫人はなんにもしたくなくなると、まるで低能児みたいに見せかけるのがおはこなんですわ。そうやってジョージ卿の目をくらますことができたって、このあたしはだまされませんからね！」

「あなたは夫人のことを、あまりよく思っていないようですな、ミス・ブルイス？」ブランドの口調には、ひかえ目だったが好奇心が動いていた。

ミス・ブルイスは一文字に唇をとじた。

「好きだろうが嫌いだろうが、そんなこと、あたしの知ったことではございません」

そのとき、ドアがパッとあくと、ジョージ卿がとびこんできた。

「おい、きみ」卿の勢いは、たいへんなものだった、「なんとかしてくれなくちゃ、こまるじゃないか。ハティはどこだ？　さ、ハティを見つけてきたまえ。ああ、なにがなんだかわしにはさっぱりわからん。このいまいましい祭りときたら、凶暴な殺人狂がなに食わぬ顔をしたまま半クラウン払ってはいりこんできているのだ、えものをあさりながら、この午後を歩きまわっているのだぞ、ああ、わしの目には、こんなふうにしか見えん」

「それはあんまり大げさすぎますな、ジョージ卿」

「いや、諸君がテーブルに座って、書きものをしているのはおおいに結構、だが、わしのほしいものは妻だ」

「ですから邸内をくまなく捜しているところですよ、ジョージ卿」

「なぜ、妻がいなくなったことを、わしに教えてくれんのです？　いなくなってから、もう二時間になるというじゃないですか。子供の仮装大会の審判に、妻が立ちあわなかったので、変だなと思っておったが、誰ひとり、妻の行方がわからなくなったことを、わしに言ってくれなかった」

「いや、誰も知らなかったのですよ」と警部が言った。

「そんなはずはない、ひとりぐらい、気がついてもよかったのだ、だいいち、気をくばっていなければならんはずだ」

　卿は、ミス・ブルイスの方にむきなおった。

「きみが気がつかなかったですむと思うか、アマンダ、いったい、どこに目をつけているんだ」

「あたくし、からだはひとつしかございませんわ」いまにも泣きだしそうな声だった、「それに、お仕事は山ほどあるんですもの。奥さまがふらりとお出かけになったとしても――」

「なに、ふらりと出かけた？　なんだって、妻がふらりと出かける用があるのだ？　あるとすれば、あのわけのわからん外国人に会いたくなかったからじゃないか」

ブランド警部は、そのチャンスをのがさなかった。

「ちょっとおたずねしたいことがあるのですが。奥さまは三週間ばかりまえに、ド・スーザ氏から、こんど英国に来られるという手紙をお受けとりになったでしょうか」

ジョージ卿は、びっくりしたようだった。

「いや、そんなことはありません」

「たしかですね」

「むろん、そうですとも。そんなことがあったら、ハティはとっくにわしに言ってますからな。今朝、その男から手紙が来て、ハティがとびあがるほどびっくりしたのを見てもわかる。とにかく、あの手紙は、妻にはショックでしたよ、午前中というもの、あれは頭痛で寝込んでしまったのだから」

「従兄さんがおいでになるという件について、夫人はあなただけになにかおっしゃっていませんでしたか？　どうして夫人は、彼に会うのをおそれていたのでしょう？」

ジョージ卿も、いささか困惑の体だった。

「それは、わしの方で知りたいくらいですよ。ただ、あの男は悪人だと、妻は言っとるだけで」

「悪人？　どんな悪人なのですか？」

「妻はそれだけしか言いませんでしたよ。まるで子供が言うみたいに、彼は悪人だ、彼は悪人だと言いつづけるだけで。たちが悪いというような意味じゃないですかな、どうか来なければいいがとも、妻は言っておりましたよ。なにか、たちのよくないことをしたらしいですな」

「たちのよくないことをした？　いつのことです？」

「もう昔のことでしょう。ま、これはわしの想像だが、従兄のエティエンヌ・ド・スーザという男は、一族の鼻つまみ者で、ハティはちいさいときから、よくわからないままに彼のかげ口を聞かされていたものだから、一種の恐怖心をうえつけられてしまったのではないかと思うのですよ。子供のときからの考えがしみこんでしまっているのですな。妻は、まるで子供みたいになるときがよくありますからね。ただ好きとか嫌いとか言うだけで、理由を言わんのだから」

「では、奥さまは、従兄さんのことについてもくわしくはおっしゃらなかったのですね、ジョージ卿」

ジョージ卿は不安そうな顔をして、

「その、妻の言葉に、あなた方が支配されるようなことがあってはならないと思いましてな」

「じゃ、夫人はなにかおっしゃったのですね？」

「では、お話ししましょう、こうなのです、その言葉を、そうです、何回となくくりかえしていました——〝あの男は人殺しをするのよ〟」

第十章

1

「あの男は人殺しをする」ブランド警部がそのままくりかえして言った。

「いや、そんなことを、あまりまじめにおとりになることはないと思いますな」とジョージ卿が言った。「妻は、〝あの男は人殺しをするのよ〟とくりかえして言うだけで、いったい誰を殺したのか、いつ、なんのために殺したのか、そういったことはてんで説明できんのですからな。思うに、子供じみた雲をつかむような記憶とでも言いましょうか、ちいさいときの土着民との争いかなにかが、まだ頭にのこっているせいではないでしょうか」

「奥さまは、はっきりしたことをおっしゃれなかったと言われましたね、ジョージ卿、しかし、おっしゃろうとしなかったのではないでしょうか」

「いや、そんなことはないと思うが……」と卿は言葉を切った、「わしにもよくわからん、おかげで、わしの頭はこんがらがってしまったぞ。ま、いまも言ったように、わしは妻の言葉をさして気にしなかったのです。ただ、あの男が子供のとき、妻をいじめたかなにかしたぐらいのことしか、わしは考えませんでしたよ。とにかく、あなたは妻に会っていないのだから、どうも説明しにくいのです。わしは妻を深く愛しとりますが、だが、あれの喋ることにはほとんど耳をかさんのですよ、なにしろ、なにを言っているのかわけがわからんのだから。ま、それはともかくとして、ド・スーザという男がこの事件になにか関係があるなどということは、ありえないことだ。ヨットからおりて森を通りぬけ、あのボート倉庫のなかにいた女の子を絞め殺すなんて！　なぜ、あの男がそんな真似をしなければならないかね」

「いや、私も、そんなことがあったなどとは言っておりません」と警部が言った、「しかしですね、ジョージ卿、マーリン・タッカー殺しの下手人の捜査範囲が、はじめに考えられていたよりも、ずっとせばめられてきたということは、おわかりでしょうな」

「せばめられてきた？」ジョージ卿は、相手の顔をじっと見つめて、「では、あのばかばかしい祭りのなかから、犯人を捜しだしたとでもおっしゃるのか？　二百人、いや三百人のお客のなかからですぞ、そのなかに犯人がいることだけはたしかかもしれませんが」

「そうです、はじめのうちは、私もそう思っておりました。しかし、現在までに調べたところでは、そういうことは考えられなくなってきたのです。ボート倉庫のドアには、エール錠がかけてありました。ですから、合鍵なしでは、誰ひとりとして、外からはいってゆくことはできないのです」

「だが、その鍵は、三つもあるのですぞ」

「そのとおりです。そのうちの一つは、〝犯人探し〟という催物の、最後の手がかりになっていました。この鍵は、お庭の上手のほうの紫陽花の小道に、まだ隠されているまでです。二つ目の鍵は、この催物の発案者であるオリヴァ夫人が持っております。で、三つ目の鍵は、どこにありますか、ジョージ卿？」

「いま、あなたが座っているその机の引き出しのなかにはいっているはずです。その右側の、土地台帳がたくさんはいっている引き出しですよ」

　卿は机のところまでやってくると、引き出しのなかをかきまわした。

「ほら、これですよ」

「すると、どういうことになりますかね」とブランド警部が言った、「はじめの鍵で、あのボート倉庫にはいってこられるものはただひとりです。つまり、〝犯人探し〟の正解者で、最後の手がかりを発見したものです（われわれの知っているかぎりでは、そこまでたどりついたものはひとりもいなかったのですが）。二つ目の鍵は、オリヴァ夫人か、さもなければ、夫人がその鍵を貸したかもしれない、このお屋敷関係のどなたかの手にありました。そして、第三の鍵はここにあります。すると、マーリン自身が、あの倉庫のドアをあけてやって、何者かをなかに入れたということになりますな」

「しかし、そうなると、捜査範囲がせまくなるどころか、あらゆる人間があてはまることになる」

「いや、そんなことは断じてありません。私が聞いたお話によりますと、この〝犯人探し〟のとりきめでは、あの女の子は、戸口のところで足音がしたとたんに、床に横たわって被害者の役を演じ、最後の手がかり、つまり倉庫の鍵ですね、これを発見してきた人に見つけてもらうように待機することになっていたそうではありませんか。ですから、あなたにもおわかりになったと思いますが、あの子がなかからドアをあけていれてやった人は、おもてから彼女に声をかけていれてもらった人、つまり、この犯人探しの催物に実際に参画していた人にかぎられるわけです。このお屋敷の居住者といいますか、あなたとスタッブス夫人、ミス・ブルイス、オリヴァ夫人、それに、今朝、その女の子も顔を見ているはずのエルキュール・ポアロ氏というところですが、ほかにもまだいますな、ジョージ卿？」

ジョージ卿は、しばらく考えていた。

「それにレッグ夫妻がいますな。アレックとサリイの二人です。夫妻は、この催物にははじめから加わっていましたよ。それからマイケル・ウエイマン、テニスコートの観覧席を設計するために、うちに滞在している建築家です。それにワーバートンと、マスタートン家の連中、そうだ、フォリアット夫人を忘れるところだった」

「もうほかにはおりませんか、どなたも？」

「たいへんな数だ」

「しかしですね、ジョージ卿、これならそうひろい範囲とは申せませんよ」

ジョージ卿の顔が紅潮してきた。

「いったい、あんたはなにをおっしゃる！　馬鹿な！　なにを言ってるつもりなんだ！」

「いや、われわれには、まだまだわかっていないことがふんだんにあると申しているまでのことです」と、ブランド警部が言った、「たとえばですね、あのマーリンが、なにかの理由でボート倉庫から出かけたということだってありうることです。あの子は、どこかほかのところで絞殺されて、倉庫のなかにまた運びこまれ、いかにもそこで殺されたかのように仕組まれたのかもわかりません、そういうことだって考えられるじゃありませんか。しかしですね、たとえそうであったとしても、その犯人は、この犯人探しの催物について、ごくこまかなことにまで通暁《つうぎょう》している人物だということになるのです。われわれの推理は、いつもこの問題にたちかえってくるのです」ここで、警部は語調をちょっと変えて、「ジョージ卿、目下われわれは全力をあげて、スタッブス夫人を探しているところなのです。どうかご安心なさってください。ま、そのあいだに、レッグ夫妻とマイケル・ウエイマン氏とにお会いしてみたいのですが」

「アマンダ」と卿。

「かしこまりました、警部さん」と、ミス・ブルイスは答えた。「レッグ夫人は、まだあのテントのなかで、運勢を占っていると思いますわ。五時から入場料が半額になったものですから、たくさんお客さんがはいってきておりますの、ですから売店やなにかが忙しいさかりですわ。でも、ご主人のレッグさんかウエイマンさんならすぐお連れできると思いますの、どちらとはじめにお会いになりまして?」

「どちらでもかまいませんよ」とブランド警部が答えた。

ミス・ブルイスは、うなずくと部屋から出ていった。ジョージ卿もつづいて出ていったが、まるで哀願するような卿の声が聞こえた。

「おいきみ、ねえアマンダ、どうかお願いだから妻を……」

あのジョージ卿が、有能な秘書のアマンダになにからなにまでおんぶしていることが、ブランド警部にもわかった。事実、いまの卿の哀願の声を聞くと、このお屋敷の主人たるものが、まるでおねだりをしている子供のような気がしてくる。

待っているあいだに、ブランド警部は電話をヘルマス警察につながせると、ヨットのエスペランス号の件で、ある打ち合わせをした。

「もう言わないでもわかっただろうが」と、勘のにぶいことでは決してひけをとらないホスキンズ巡査に言った、「この手をやかせる夫人の隠れ場所といったら、まあド・スーザのヨットのなかぐらいのものだよ」

「どうして、それがおわかりになったのです？」

「なあに、夫人はどの出口からも出ていくところを見られていないのだ。それにあの服装では、森や野原から越境しそうにもないしな。だが、ボート倉庫の舟着場でド・スーザとおちあって、やつのランチでヨットまで連れていってもらって、やつがあとからお祭りにひきかえしてくるということは考えられるよ」

「でも、あの男がどうしてそんな真似を？」とホスキンズがキョトンとした顔でたずねた。

「そんなことは私にもわからんよ」と警部が言った、「まず、あの男がするとはちょっと思えない。しかし、可能性があるじゃないか。もし夫人がヨットに乗っているようだったら、人目につかないように、そっとおろしてやるのだね」

「しかしですねえ、あーりほど、あの男と会うちゅうのをおっかながっていたら——」

ホスキンズ巡査は、土地の訛りをまるだしにしてしまった。

「われわれが知っていることといったら、夫人が自分でそう言っていたということだけなんだよ。嘘多きもの、汝の名は女なり。よくおぼえておおき、ホスキンズ」

「なーる」ホスキンズ巡査はすっかり感服の体。

2

そのとき、ドアがあいて、背の高い、あいまいな表情をした青年が部屋のなかにはいってきたので、二人の会話もおしまいになった。彼はこざっぱりとした灰色のフランネルのスーツを着てはいるものの、ワイシャツのカラーはねじれ、ネクタイはひんまがり、髪の毛ときたら、バサバサになったままおったたっていた。

「アレック・レッグさんですか」警部が顔をあげながらたずねた。

「いや、ぼく、マイケル・ウエイマンです。なにか用があるそうですが」

「そのとおりです、椅子におかけになりませんか」テーブルのむかい側にある椅子を、警部は指さした。

「どうも腰かけるというやつは苦手でね、いっそ立ったままぶらぶらしていた方がいい。いったい、なんだって警察がここへやってきたんです？　なにがあったんです？」

ブランド警部はあっけにとられて、相手の顔を眺めた。

「ジョージ卿からお聞きにならなかったですか」

「誰もぼくなんかに話してくれませんよ、なにひとつね。それに、一日中、ジョージ卿のそばにつきっきりでいるわけでもないし、いったい、どうしたんです？」

「たしか、あなたはこのお屋敷に滞在していらっしゃるのですね」

「ええ、泊まってますよ。それと、いったいどんな関係があるんです？」

「いや、このお屋敷に泊まっている方なら、もういままでに、今日の事件をお聞きになっているかと思ったからです」

「事件？　いったい、どんな事件なんです？」

「犯人探しの催物で、被害者の役をやっていた少女が殺害されたのです」

「なんですって！」マイケル・ウエイマンは、びっくり仰天したらしかった、「ほんとに殺された？　こけおどしじゃなくて？」

「なんです、そのこけおどし《フェイカリー・ポーカリー》というのは？　あの子が殺されたのです」

「いったいどんなふうに？」

「紐で絞殺されたのです」

マイケル・ウエイマンは、ピュッと口笛をならした。

「それじゃ、まったく筋書きどおりですね？　そうか、そうか、それでわかったぞ」彼は大股で窓のところまでゆくと、パッとひきかえしてきた。「だからぼくらに嫌疑がかかったのですね？　それとも、この土地の青年にですか？」

「いや、われわれには、あなたの言われることがわかりませんな、どうして、この土地の青年がくさいのです？」と警部。

「いえべつに、ところでね、警部さん、ぼくの友人たちときたら、ぼくのことを気ちがいだなんて言うんですけど、ぼくは気ちがいなんかじゃありませんよ。それにまだお尻の青いような女の子を絞め殺すのに、こんな田舎を、ぼくはうろつきませんからね」

「私が聞いたところでは、ジョージ卿の注文で、テニスコートの観覧席を設計しに、こちらへご滞在だそうですな」

「刑事上の言葉を用うるならば、なんら罪なき居住とでも申しますかな。建築学的には、なんと言ったらいいかわからないけど。もっとも完成の暁は、良俗に反する罪を構成するかもしれませんがね、もっとも、そんなことは、あなたには興味がないでしょうけど。警部さん、どんなことがおたずねになりたいのです？」

「ウエイマンさん、今日の四時十五分から五時までのあいだに、どこにあなたがおいでになったか、それが正確に知りたいのです」

「いったい、どうやって、そんな時間を割りだすんです？　医学的な証拠からですか」

「いや、そうじゃありませんよ、ある証人が、その女の子が四時十五分まで生きているのを見ているのです」

「その証人というのは、いったい誰です？　そんなこと、きいちゃ悪いのかもしれないけど」

「ミス・ブルイスです。スタッブス夫人が、あの女の子にお菓子とフルーツ・ジュースをとどけてやるように、彼女に言いつけたのです」

「あのハティがブルイスに言いつけたんですって？　へえ、これは驚き」

「どうしてです、ウエイマンさん！」

「ハティらしくもない。あのひとは、そんな思いやりのあるような女じゃありませんからね。スタッブスの奥さまは、自分のことしか考えていないんだから」

「ウエイマンさん、あなたのご返事をさっきからお待ちしているのですよ」

「四時十五分から五時までのぼくのアリバイですか？　ええと、そんなに急に言われたって、ぼくはぶらついていたんですよ」

「ぶらついていたって、どこです？」

「あっちこっちですよ。芝生のところに行ってみたり、田舎の人たちが愉しそうに遊んでいるのを眺めたり、映画女優とちょっと喋ってみたり。それから、うんざりしてきたので、テニスコートをぶらぶら歩きながら観覧席のデザインのことを考えていたんですよ。それから、犯人探しのはじめの手がかりの写真が、テニスのネットの一部だと、いったいどのくらいで見破られるかなんて思ったりしたんですよ」

「で、その写真は見破られたんですか？」

「ええ、それで、誰かがテニスコートへやってきましたよ、でも、そのときは、ぼくはほかのことを考えていたものだから。観覧席のあたらしいアイデアが浮かんできたのです。つまり、世俗的な利害と芸術的な良心を一致させる方法を見出したんですよ、ジョージ卿の要求とぼく自身の要求の一致とでもいいますか」

「それからどうしました？」

「それからですって？　ええと、またぶらぶらと歩きまわって、屋敷に帰ってきましたよ。そうだ、舟着場までおりていって、マーデル老人と馬鹿話をしてから帰ってきたんだ。時間なんかはっきり言えませんよ。はじめに言ったように、ぼくはぶらついていたんです、それだけですよ」

「そうですか、ウエイマンさん、いずれあなたのおっしゃったことは、確証できると思います」警部はハキハキした口調で言った。

「マーデル老人にきけば、ぼくが舟着場のところでおしゃべりしていたことがわかりますよ。でも、あなたのおたずねになりたい時間よりおそいかもしれないな、なにしろ、舟着場へおりていったのは、もう五時をすぎていたのにちがいありませんからね。どうもご期待にそえなくて残念ですな、警部さん」

「どういたしまして、これでまた、捜査範囲がせまくなったと思います」

警部の口調はいかにも愛想にみちたものだったが、そのなかには、この若い芸術家にコツンとくるようなひびきがこもっていた。彼は椅子の肘掛けのところに腰をおろした。

「ですけどね、誰があんな小娘なんかを殺そうと思うでしょうね？」

「あなたに心あたりはありませんか、ウエイマンさん？」

「わかりました、深紫色のドレスを着ている、あの多作の女性探偵作家ですよ。あのものすごい深紫色のドレスを見ましたか？　彼女は自分の才能がしぼんだものだから、ほんものの死体がころがっていたら、あの犯人探しがもっと成功するにちがいないと思ったからですよ。どうです、こういうのは？」

「まじめになってください、ウエイマンさん」

「いや、そういうこともありうることじゃないですか」

「もうひとつ、あなたにおたずねしたいことがあるのですが。この午後、あなたが歩いているとき、スタッブス夫人を見かけなかったでしょうか」

「ええ、見かけましたとも。ひと目見たら、すぐわかりますからね。ジャック・ファットかクリスチャン・ディオールのマネキンみたいな服装をしているんだもの」

「いちばん最後に見かけたのは、何時でした？」

「いちばん最後にですか？　さあ、わからないな。まるっきり気どって芝生をのしあるいていたのが三時半、いや四時十五分まえだったかな」

「それからは、お見かけにならなかったですか」

「ええ、でもなぜです？」

「じつに不思議なんですよ、四時以後というもの、夫人の姿を見かけたものがひとりもいないのですから。スタッブス夫人は、その――消えてしまったのですよ、ウエイマンさん」

「消えてしまった！　あのハティが？」

「初耳なんですか」

「ええ、驚きましたね、いったい、どうしたというんだろ」

「スタッブス夫人のことは、よくご存じなのですか、ウエイマンさん？」

「いや、四、五日まえに、ぼくがここへ来るまで、彼女とは会ったこともありませんよ」

「なにか、夫人から得られた印象は？」

「あのひとはね、パンのどちら側にたっぷりバターがついているか、いつもよく知っているような女ですよ」とマイケル・ウエイマンがドライな口調で言った。「とにかく装飾品の好きな女でね、しかもちゃんと板についていますよ」

「しかし、知能の方はいかがです？　正常なのですか」

「知能というのが、どの程度の意味を持つのかわからないけど、そうですね、知的な女性だとはちょっと言えないな。しかしですよ、あなたが夫人のことを、馬鹿か低能みたいにお考えだったら、たいへんなまちがいだ」ウエイマンの口調は辛辣になってきた、「あんなに抜け目のない女はいませんよ、ほかにはね」

警部は、眉をつりあげた。

「みんなの評判とちがいますね」

「どういうわけだか、薄馬鹿に見せかけるのがあのひとは好きでね、ぼくにも、その理由はわからないけれど。でも、いまも言ったようにすごく抜け目のない女だというのが、ぼくの意見ですよ」

一瞬、警部は、ウエイマンの顔を穴のあくほど見つめた。やがて、

「ええと、私がさっきおたずねしました時間のあいだに、あなたのおいでになった場所と時刻を、もうすこしはっきりさせていただけませんかな」

「残念だけど、駄目ですね」ウエイマンは、からだをガタガタさせながら言った。「とにかくぼくの記憶力ときたらひどいものなんです、おまけに時間というやつは苦手でね」それからつけ加えた、「もういいですか」

警部がうなずくや、彼はとっとと部屋から出ていった。

「うん、こいつがつかみたいものだ、いまの男とスタッブス夫人のあいだになにがあるか」警部はなかば自分に、なかばホスキンズに話しかけるような口調でつぶやいた。

「あの男が夫人に言いよったか、夫人にひじ鉄をくらったか、さもなくば、なにかひともめあったのだ」それからホスキンズに、「ジョージ卿と夫人の評判はどうなんだね？」

「夫人は馬鹿です」とホスキンズ巡査。

「きみがそう思っていることはわかっているよ、で、それが定評なのかね？」

「そうです」

「ジョージ卿の評判は？」

「たいへん好感を持たれております。卿はなかなかのスポーツマンですし、農業にも関心を持っておりますからね、それに老夫人の面倒なども、よくみています」

「なんだね、その老夫人というのは？」

「ここの番小屋に住んでいる、フォリアット夫人のことですよ」

「ああそうか、ここは以前、フォリアット家の持ちものだったのだね」

「はあ、ジョージ卿とスタッブス夫人とが、ここでみんなに親しくしてもらえるようになったのも、フォリアット夫人のおかげですよ。夫人は、上流社会には顔がききますからね」

「世話をしてやって金は貰ってるのか？」

「いえいえ、フォリアット夫人はそんなことはしません」と、びっくりしたようにホスキンズが言った。「たしか、フォリアット夫人は、スタッブス夫人を結婚するまえから知っていたようですよ、それに、この家をジョージ卿に買うようにすすめたのも、夫人です」

「フォリアット夫人と会ってみたいが」

「なかなか抜け目のない婆さんで、どんなことでも、みんなよく知っております」

「ぜひ会ってみたいな、いま、どこにいるだろう」と、警部。

第十一章

1

ちょうどこのとき、フォリアット夫人は、大きな客間でエルキュール・ポアロにつかまっていた。ポアロは、部屋のすみで椅子の背にもたれていた夫人を見つけたのだ。彼がはいってくると、夫人はギョッとして身をすくめた。それから、椅子に身を沈めると、つぶやくように言った。

「まあ、あなたでしたのね、ポアロさん」

「これは失礼しました、マダム、お邪魔ですか」

「どういたしまして、いま、ちょっと休んでおりましたの。昔とちがって、もう年寄りですもの。なんといっても、ショックが大きすぎますわ、わたしにはね」

「ほんとにそうでしょうね、よくわかります」

ちいさな手にハンカチをにぎりしめているフォリアット夫人は、天井を見つめた。それから、息もつまりそうな声で言った。「ほんとに、考えただけで身も裂けるような気がしますわ、あの可哀相な女の子、ほんとに、ほんとに――」

「ごもっともです」とポアロが言った。「ほんのまだ子供だというのに、人生がはじまったばかりだというのに、ああ、ほんとに考えただけでわたしは――」

ポアロは、夫人の様子をじっと見つめた。夫人は、お祭りのはじまったばかり、優雅な女主人としてお客たちに挨拶をふりまいていたころにくらべて、もう十年も年をとってしまったように見える、とポアロは、心のなかでこうつぶやいた。いまは、頬もげっそりとこけ、しわがくっきりときざまれている。

「あなたがわたしにおっしゃっていたのは、つい昨日のことだったですね、マダム、ほんとに腐りきった世の中だと」

「おや、そんなことを申しましたかしら」フォリアット夫人は驚いた様子だった。「ほんとにそうですわ、いま、やっと実感で、そう思うようになりましたの」それからささやくような口調で言った、「ですけどね、まさかこのような事件が起こるなどと、夢にも思いませんでしたよ」

ポアロは、また、夫人の顔に視線をそそいだ。

「では、どんなことが起こると思っていらっしゃったのです?」

「おや、わたしはそういうつもりで申したのではありませんよ」

ポアロは食いさがった。

「しかし、あなたはきっとなにかが起こると思っていらっしゃったのです、尋常でないことがね」

「まあ、それは誤解ですわ、ポアロさん、まさかお祭りの最中にあんなことが起こるなんて、誰にも予想できないことだと、わたしは言ったまででございますよ」

「スタッブス夫人も、今朝、邪悪ということにふれていましたよ」

「まあ、あのハティが? あのひとのことなんか、おっしゃらないで——おっしゃらないでくださいな、わたし、彼女のことは考えたくないんですの」夫人は、一、二分というもの、黙っていた。それから、「ハティがどんなことを言ったのです、その邪悪ということについてですけど?」

「従兄のことを話していたのです。エティエンヌ・ド・スーザという男のことです。その男がとてもたちの悪い人間だというのです。それから、あの男がこわいなどと言っておりましたよ」

ただけだった。

ポアロは、夫人の表情の動きを見まもっていた。しかし、ただ疑わしそうに頭をふっ

「エティエンヌ・ド・スーザ、いったい誰ですの？」

「ああ、あなたは朝食のときいらっしゃいませんでしたね、うっかりしていました、フォリアット夫人。スタッブス夫人に、その従兄というのから手紙が来たのです。夫人が十四のときからずっと会っていないそうですが。その手紙には、今日の午後こちらに立ちよってみるからと、書いてあったのです」

「それで、そのひとは来たんですの？」

「ええ、四時半ごろ見えましたよ」

「それでは、あの、舟着場の道をのぼってきた、髪の毛の黒いハンサムな青年じゃないかしら？」

「そうですよ、マダム、それがド・スーザ氏です」

フォリアット夫人が熱っぽい口調で言った。

「わたしがあなただったら、あんな女の言うことなんか、なんで気にとめるものですか」ポアロがびっくりして夫人の顔を見ると、すっかり紅潮していた。「あのひとはまるっきり、子供ですもの。つまりね、子供みたいな言い方しかしないんですよ、ただ、

いいとか悪いとか、そのことだけ。微妙な意味のちがいなんかないのです。ですから、ハティがあなたに言ったというド・スーザのことなんか、わたしは頭から問題になんかいたしませんわ」

ポアロはまた腑に落ちないといった表情で、ゆっくりとたずねた。

「フォリアット夫人、あなたはスタッブス夫人のことを、とてもよくご存じなのでしょうに？」

「まあ、人さまとおなじくらいには、存じておりますわ。そうね、たぶんジョージ卿よりは知っているでしょうね、で、もしそうなら？」

「スタッブス夫人という方は、いったい、どういうひとなんです、マダム？」

「ずいぶん妙な質問なんですのね、ポアロさん」

「ご存じじゃないのですか、マダム、夫人の行方がわからないのですよ」

夫人の答えは、またまたポアロを面食らわせた。彼女はべつに驚きもしなかったし、あまり関心も示さなかったのだ。

「おやそう、どこへ行ってしまいましたの」

「ごくあたりまえのことだと、お思いなのですか」

「ごくあたりまえ？　さあ、わたしにはわかりませんわね。なにしろ、ハティのすることときたら、わけのわからないことばかりですもの」

「なにか気がとがめるところでもあって、彼女が姿をくらましたとお思いになりますか」

「どういう意味ですの、ポアロさん？」

「この午後、あの従兄という人が、彼女のことについて話してくれましたがね。彼女の知能はちいさいときから普通以下だったともらしていましたが、知能がおくれている人間は、自分の行動に責任があるとはかぎらないということを、あなただったら知っていらっしゃるにちがいないと思うのですがね、マダム」

「どういうことがおっしゃりたいのですの、ポアロさん？」

「つまりですね、知能のおくれているような人間は、まるで子供みたいにとても単純です。ですから、カッとなって人を殺しかねないのじゃありませんか」

突然、怒気をあらわすと、フォリアット夫人はクルッとポアロの方に顔をむけた。

「ハティにかぎって、そんなことはありませんでしたよ！　なんて失礼な！　あのひとは、心のやさしいひとでしたからね、たとえ、そうですわ、子供みたいな単純な心を持っていたとしてもね、あのハティに、人さまを殺すような真似は、金輪際できなかったでしょうね」

夫人は、ハアハア息をはずませながら、怒気を満面にあらわしたままポアロをにらみつけていた。

ポアロはすっかりどぎもをぬかれてしまった。

2

と、そこへ割ってはいってきたかのように、ホスキンズ巡査が姿をあらわした。

彼は恐縮した物腰で、

「いま、あなたをお探ししていたところです、奥さま」と言った。

「まあ、こんばんは、ホスキンズ」フォリアット夫人は、また、この屋敷の女主人といった態度をとりもどしていた。「ご用はなあに?」

「警部がご挨拶したいと申しておりますが、それから、ちょっとお話ができればなによりと、申しております。その、もしご気分がよろしいようでしたら」ホスキンズは、あわてて言いたした。

「ええ、大丈夫ですとも」フォリアット夫人は椅子から立ちあがると、ホスキンズのあとについて、部屋から出ていった。ポアロも腰をあげたが、また椅子にもどると、眉をひそめたまま天井をじっと食いいるように見つめていた。

フォリアット夫人が書斎にはいってくると、警部は立ちあがり、巡査は夫人に椅子をすすめた。

「わざわざおいでいただきまして恐縮です、フォリアット夫人」とブランドが言った。「あなたでしたら、この近くの人たちのことはよくご存じですし、われわれの捜査にお力ぞえいただけるものと思いまして」

フォリアット夫人は、かすかに微笑を浮かべた。「わたしが知っていると申しましても、みなさんのご存じのことばかりですわ。どんなことがおたずねになりたいんですの、警部さん」

「タッカーさんの一家をご存じですか、家族と、殺されたあの子のことですが」

「それはもう、なにしろ、あの人たちはずっと借地人なのですから。タッカーのおかみさんは、あの一族のいちばん下の妹でしてね、長兄というのは、ここの庭師頭をつとめておりました。彼女はお百姓さんのタッカーと結婚したのです。そのご亭主というのは、ただ人がいいというだけの男で、頭がすこしたりないんですよ。そこへゆくとおかみさんは、抜け目のない方でね。まあ、いいおかみさんですよ、とにかくきれい好きだしね、なにしろ、ご亭主ときたら、泥だらけの靴じゃ、洗い場から先は歩かせてもらえないんですもの。ま、万事がこうですよ。おかみさんは子供の顔を見ると小言ばかり。でも、もういまでは子供たちの大半は結婚したり、働きに行ってるんですよ。あの可哀相な子マーリンと、下の三人の子供が家にいるだけですわ。男の子が二人、女の子が一人、まだ学校ですよ」

「これで家族のことはわかりましたが、いかがでしょう、フォリアット夫人、マーリンが殺された理由について、なにか思いあたる節はございませんか」

「ええ、さっぱり、まさかこんなことになろうとは、夢にも思いませんもの。おわかりになってくださいますわね、わたしの気持ちを、警部さん。ボーイフレンドのような者もいなかったのですし、とにかく、そういう噂も耳にしませんでしたわ」

「それでは、犯人探しの催物にたずさわった方々について、お話をうかがいたいのですが」

「わたし、オリヴァ夫人とは、こんどのことではじめてお目にかかったのです。わたしが想像していた探偵作家というものとは、ずいぶんかけはなれた方ですわ。こんどの事件で、おかしくなるくらい取り乱してしまって、ま、それはあたりまえでしょうけど」

「ほかの人たちについてはいかがです、たとえばワーバートン大尉のことなど？」

「マーリン・タッカーを殺すような人だとはとても思えませんわ、あなたのおたずねがそういう意味でしたらね」フォリアット夫人は落ちつきはらって答えた。「わたしは、あの人を好もしく思っておりませんの。とにかく、狐みたいにずるがしこい男ですよ。でも、あの人は政治的なかけひきにはうってつけだと思いますわ、たとえば政治屋さんのような仕事にはね。たしかに精力的だし、このお祭りの準備でも、大働きでしたわ。ま、いずれにせよ、あの人が犯人だとは考えられませんね、今日の午後中、あの人は芝生にずっといどおしだったんですもの」

警部はうなずいた。

「レッグ夫妻はいかがでしょう？」

「そうですわね、とてもいい若夫婦だと、みんなから思われておりますわ。ですけどご主人の方は、わたしに言わせれば、怒りっぽいところがありますの。あのひとのことについてはよく存じません。奥さんの方の旧姓は、カーステアでした。わたしは、彼女の親戚をよく知っておりますの。あの夫婦は、水車小屋のそばのコテイジを二カ月間借りたのですけど、あの人たちがここで休暇を愉しくおくられたらと、つくづく思っていますよ。わたしたちは、とても仲よくなったのですもの」

「なかなか魅力のある女性ですな」

「ええ、そうですとも」

「この魅力ある女性に、卿は気があったとはお思いになりませんか」

フォリアット夫人はびっくりしたようだった。

「まあ、そんなことがあるはずがありませんわ。ジョージ卿は自分のお仕事にとても熱心ですし、それに夫人をとても愛していますもの。女の子にいちゃつくような人ではありませんよ」

「じゃ、スタッブス夫人とレッグ氏とのあいだにも、なにもないとおっしゃるでしょうな？」

フォリアット夫人はまた頭をふってみせた。

「ええ、絶対に」

警部はなおも食いさがった。

「では、ジョージ卿と夫人のあいだには、べつにトラブルみたいなものはありませんね、あなたの知っているかぎり？」

「ええ、うけあいますとも、それに、もしそんなことがあったら、すぐわたしにわかりますもの」と夫人は強調した。

「では、夫婦の不和が原因で、スタッブス夫人が行方をくらましたということはないわけですな？」

「ええ、そうですとも、きっとあの子は従兄に会いたくなかったからですよ、子供じみた恐怖症なのです。ですからまるで、子供みたいな姿のくらまし方じゃありませんか」

「ま、それがあなたのお考えなのですね、もうほかに、ございませんか」

「ええべつに。あのひと、じきにもどってまいりますよ。きっと、自分でも面映ゆい気持ちなんでしょうよ」それから気軽な口調でたずねた。「ところで、その従兄というひとはどうしているんですの？　まだ、この家にいるんですか」

「ヨットにかえったと聞きましたが」

「ヘルマスでしたわね？」

「そうです、ヘルマスに繋留してあるのです」

「まあ、そう、それはお気の毒ですわね、ハティが子供じみた真似をするものだから。従兄というひとが一日か二日ここに滞在しているようなら、あの子に、ちゃんと礼儀よくしなければならないことを教えてやれたのに」

そいつはどうかな、と警部は腹のなかで思ったが、口には出さなかった。

「きっと、私がおたずねしていることは、みんな事件の中心からはずれているようにお考えでしょうけど、フォリアット夫人、私たちがひろい範囲にわたってあたってみなければならないことはわかっていただけると思うのです。そこで、ミス・ブルイスのことを、こんどはおたずねしたいのですが」

「わかりました、あのひとはとても有能な秘書なんですよ。いいえ、秘書ばかりか、家庭内のきりまわしをいっさいしておりますわ。事実、このひとがいなかったらどうしようもないでしょうね」

「卿が結婚されるまえから、彼女は卿の秘書なのですか」

「そうだと思いますよ。たしかなことは知りませんけどね。あのひとが、みなさんと一緒にこちらへ引っ越してきてから、わたしは知っただけですから」

「彼女はスタッブス夫人に好感を持っていませんね」

「ええ、わたしもそうだと思っていますのよ。ま、やり手の秘書というものは、奥さんを無視しがちなものですからね、自然そうなるのでしょうけど」

「ボート倉庫のあの娘に、お菓子とジュースを持ってゆくように、ミス・ブルイスに言いつけられたのは、あなたですか、スタッブス夫人ですか」

フォリアット夫人は、ちょっとびっくりしたようだった。

「ミス・ブルイスがお菓子や飲みものをお盆にのせて、これからマーリンのところへ持ってゆくと言ってたのは、わたしもおぼえていますよ。ですけど、誰がそれを彼女に言いつけたのか、わたしにはわかりませんわ。このわたしでないことはたしかですよ」

「そうですか。あなたは四時からお茶のテントにおいでになったそうですな。たしかレッグ夫人も、そのころお茶を飲んでいたと思いましたが」

「レッグ夫人が？　そんなことはないと思いますよ。すくなくとも、あのひとの姿をそこで見たおぼえはありませんもの。そうですとも、たしかにあのひとはいませんでしたよ、トーキイからバスでお客さまがどっとお見えになったものですから、わたし、テントをひとわたり見わたして、これはみんな夏の観光客なんだわと思ったことをおぼえていますの。みんな、知らない人ばかりでしたもの。きっとレッグ夫人は、もっとあとになってお茶を飲みにくるんだわ、とわたし、思ったのです」

「ああそうですか、いや、べつになんでもないのです」警部はさりげなく言った。「これでもう結構です。どうもありがとうございました。ご親切にいろいろと。スタッブス夫人が一刻も早くおかえりになるように、私たちはそれだけをお祈りしています」

「それは、わたしもですよ」とフォリアット夫人が言った、「ほんとにあの無鉄砲なハティときたら、わたしたちに心配ばかりかけるんですもの」夫人の口調は、いかにも元気そうだったが、また、いかにもわざとらしかった。「あの子は無事ですとも、ええ、きっと無事ですわ」

そのときドアがあいて、顔にそばかすのある赤毛の魅力にあふれた若い女性がはいってきた。

「なにか、おたずねになることがあるそうですけど？」

「レッグ夫人ですよ、警部さん」とフォリアット夫人が紹介した。「ねえ、サリイ、あなたもご存じなの、おそろしい事件？」

「ええ、身の毛もよだつわね」彼女は、吐きだすように、大きく息をついた。それからフォリアット夫人が部屋を出ていくと、椅子に身を沈めた。

「ほんとに、こんどの事件については、どう申しあげていいか、あたしにはさっぱりわかりませんわ。まるで夢みたい。それにあたし、お力ぞえができるとは思えませんの。なにしろ、今日の午後はずっと運勢占いをしていたのですから、外でなにがどうなっているのやら、なにもわからなかったのですもの」

「それはよくわかっておりますよ、レッグ夫人。しかし、私たちは、みなさんひとりのこらずに、きまって同じことをおたずねしなければならないのです。一例をあげますと、四時十五分から五時までのあいだ、あなたはどこにいらっしゃいましたか、まあ、こうですが？」

「はい、あたし、四時にお茶を飲みに出かけましたわ」

「お茶のテントのなかにですか」

「はい」

「とても混んでいたでしょうな？」

「ええ、ものすごい混み方」

「どなたか、知っている人と会いましたか？」

「そう、二、三人のご老人たちとね、でも、お話はしませんでしたわ。だって、お茶がとっても飲みたかったんですもの！　いま、言いましたとおり、四時でしたわ。それから四時半に、また運勢占いのテントにもどって、仕事にかかりました。どんなことをあたしが女性たちに予言したか、それこそ神のみぞ知るだわ！　夫は百万長者、あなたはハリウッドのスターになれる」

「あなたが留守にしていたテントの方はどんな様子でした？　つまり、あなたに運勢を見てもらおうと思って、お客さんが待っていたでしょうに？」

「ええ、テントの外に〈四時半まで休憩〉というはり紙を出しておきましたわ」

警部は、帳面に書きいれた。

「スタッブス夫人の姿を最後に見かけたのは何時です？」

「ハティですの？　さあ、わからないな、あたし、お茶を飲みにいこうと思ってテントを出たら、あのひと、つい目と鼻の先にいましたの。でも、ひと言も口をきかなかったわ。そのあとで、あのひとを見かけたかどうか、あたし、よくおぼえていませんの。あの人、どこかへ行ってしまったといま誰かが言ってましたけど、ほんとですの？」

「そうなんです」

「あ、わかった」サリイ・レッグが元気よく言った、「あのひと、ちょっと頭がおかしいという噂じゃありませんか。だから、殺人なんかあったものだから、すっかり驚いてしまったのよ」

「いや、ありがとうございました、レッグ夫人」

レッグ夫人は足早にひきさがった。彼女が出ていくと、いれかわりにエルキュール・ポアロが戸口からはいってきた。

3

天井に目をむけたまま、警部は喋った。

「レッグ夫人の話ですと、四時から四時半まで彼女はお茶のテントのなかにいたというのです。ところが、フォリアット夫人は、四時からそこで接待をしていたけど、レッグ夫人の姿など見かけなかったと言っているのです」そこで言葉を切ってから、「また、ミス・ブルイスは、スタッブス夫人から、マーリン・タッカーのところへお菓子とジュースを持ってゆくようにたのまれたと言ってます。が、マイケル・ウエイマンに言わせると、あのスタッブス夫人にかぎって、そんなことを言いつける道理がないと言っているのです、つまり、スタッブス夫人らしからぬ態度だと言うのですよ」

「なるほど」とポアロは言った、「一致せざる証言というわけですな！　いや、そんなものですよ」

「いやあ、じつに厄介ですなあ、そいつをいちいち解決するなんて！　それにときによっては重要なこともありますが、まず十中八、九までは、骨折り損のくたびれ儲けですからね。といって、こいつにとりかからぬわけにはいかん」

「で、現在のところ、どういうお考えなのです、モン・シェール？　この事件についてですが」

「そうですな」警部は重々しい口調で言った、「あのマーリン・タッカーは、自分でも思いがけないものを、なにか見てしまったのじゃないかと思うのです。つまりですね、彼女は、あることを見たおかげで殺されてしまったのだと思いますな」

「なるほど、問題は、あの子がなにを見たかということですね？」

「おそらく殺人の現場を見たのかもしれない。あるいは、その犯人の顔を見たのかもわかりませんよ」

「殺人？　いったい誰のです？」ポアロがたずねた。

「どうお考えです、ポアロさん、スタッブス夫人は生きているでしょうか、死んでいるでしょうか？」

一瞬、ポアロは黙りこくった。やがて、

「わたしはこう思いますね、モナミ、スタッブス夫人は死んでいますよ。どうしてわたしがそう考えたか、それはですね、フォリアット夫人がそう思いこんでいるからなのです。彼女が口でなにを言おうと、また、逆のことを考えているようによそおっていようと、あのひとは、ハティ・スタッブスの死を信じているのですよ。フォリアット夫人というひとはね」ポアロはつけ加えた、「わたしたちが知らないようなことを、じつにたくさん知っているのですよ」

第十二章

その翌朝、エルキュール・ポアロは、もうがらあきになっている朝食のテーブルにおりてきた。昨日のショックでまだ起きあがれないオリヴァ夫人は、自分のベッドで朝食を食べていた。マイケル・ウエイマンはコーヒー一杯飲んだだけで、早くから出かけてしまった。ただジョージ卿と忠実な秘書のミス・ブルイスだけが、テーブルについていた。ジョージ卿ときたら、朝食がてんで喉をとおらず、いやでも彼の精神状態を如実に示さなければならなかった。彼のまえにある皿には、ほとんど手がついていなかった。ミス・ブルイスが開封して卿のまえにおいた手紙の束を、彼はおしのけた。そしてただ機械的にコーヒーをすすった。

「やあ、おはよう、ムッシュー・ポアロ」卿は口先だけで挨拶すると、また茫然自失の状態にはいってしまった。そして、ときどき思いだしたように、卿の唇からつぶやきがもれた。

「さっぱりわけがわからん、いったい、どうしたというのだ？　あれはどこにいるんだ？」

「この木曜日に検屍審問がございますわ、警察から電話がかかってまいりましたの」とミス・ブルイスが言った。

卿は、意味がよくのみこめないといった表情で、秘書の顔を見返した。

「検屍審問？　ああ、そう」さっぱり反応がなかった。それからコーヒーをすこしすすると、「女というものは、なにをしでかすかわけがわからん。いったい、あれはどういうつもりなんだろ？」

ミス・ブルイスは唇をすぼめた。ポアロは、彼女の神経がビリビリするほどとぎすまされているのを、いちはやく見てとった。

「今朝、ホジスンが卿にお目にかかりにまいりましたわ。なんですか、農場の搾乳小屋の電力のことで。また十二時に――」

ミス・ブルイスが言いかけると、ジョージ卿がさえぎった。

「わしは誰にも会わん。みんな、追いかえせ！　男が妻のことで頭がいっぱいだというのに、仕事のことなんかにかまっていられるか」

「お言葉ですが、ジョージ卿」ミス・ブルイスはまるで弁護士のような口調で、「ご主人たるものが、そのようなことでは」彼女がすっかりむくれているのは、あきらかだった。

「女というやつは、なにを考えているのか、皆目わからん、どんな馬鹿なこともしかねんやつらだ、そうでしょうが、え？」卿はポアロに矛先をむけた。

「ご婦人ですか？　そうですね、まったく予想のつけがたい存在ですな」ポアロは、いかにもフランス人らしい熱心さで、手と眉をあげてみせた。ミス・ブルイスは、プイと顔を横にそむけて鼻をかんだ。

「妻はいつもとかわりがなかった。あたらしい指輪をあんなによろこんでいたくせに。お祭りだというので、うきうきしながら服装をこらしていたのだ。そうだ、ちっともかわりはなかったのだ。われわれのあいだで、争いごとなどあったわけではないし、それなのに、ひと言も言わずにどこかへ行ってしまった」

「お手紙が来ておりますけど、ジョージ卿」ミス・ブルイスが口をひらいた。

「手紙なんか、くそくらえだ！」ジョージ卿はそう言うと、コーヒーカップをおしのけた。

彼は手紙の束をつかみあげると、秘書に投げつけた。

「きみの好きなように、返事を出せばいいんだ！　わしの知ったことか」それから卿は、いらいらした声で、なにやら自分につぶやきかけた。「わしはどうすれば、いいんだ……あの警察のやつなんかあてにしていていいのか、あんな猫なで声を出しおって」

「警察の方は、とても有能な方たちだと思いますわ」とミス・ブルイスが言った。「それに、あのひとたちは行方不明になった人のありかを捜すのに、たいした設備を持っておりますもの」

「行方不明のあわれな子供が、藁のなかから死体で出てくるのをつきとめるのに、二、三日もかかることがあるのだからな」とジョージ卿。

「まさか、スタッブス夫人が藁のなかに隠されているなんて、ジョージ卿」

「そうだ、新聞に広告を出す以外に手はないぞ、アマンダ、書きとめてくれ」ジョージ卿は、しばらく考えこんでいた。「ハティ、スグ帰レ、心配ス、ジョージ、これを新聞という新聞に全部出すのだ、アマンダ」

ミス・ブルイスが吐きだすように言った。

「スタッブス夫人は、新聞なんぞめったにごらんにはなりませんわ、ジョージ卿。だいいち、世の中の動きなんかに、あの方は見むきもなさいませんもの」それからいかにも意地の悪そうに彼女は言いたしたが、ジョージ卿は、それがピンとくるどころの騒ぎではなかった。「広告をお出しになるのでしたら、ファッション雑誌の《ヴォーグ》あたりがおあつらえむきですわ。それだったら夫人の目にとまるかもしれませんもの」

ジョージ卿はあっさり言った。

「どこにでもかまわないから、とにかく載せてくれたまえ」

卿は椅子から立ちあがると、ドアの方へ歩いていった。それからドアのノブに手をかけたまましばらく立ちどまっていたが、二、三歩ひきかえすと、じかにポアロに話しかけた。

「おききするが、ポアロさん、うちのが死んだとは思わんでしょうな？」

ポアロは、コーヒーカップに目をそそいだまま答えた。

「いや、まだそんなことを考えるのは早すぎますな。そう思いこむ根拠は、まだひとつもないのですから」

「そうですか」ジョージ卿は重々しく言った。「よし」それから、反抗的な語勢で、「わしは絶対に不吉なことは信じないぞ！　妻は無事なんだ」ますます挑戦的になって、卿はなんどもうなずいてみせると、ドアをバタンとひびかせて出ていった。

ポアロは、考えこみながらトーストにバターをぬっていた。妻が殺された疑いのあるような場合には、ポアロはまずその夫を疑ってみたものだ（同様に、夫が死亡した場合は、その妻を)。しかし、こんどの場合は、ジョージ卿がスタッブス夫人を殺したとは、疑ってもみなかった。夫妻の様子をひと目見ただけで、ジョージ卿が妻を熱愛していることを、ポアロは確信していたからだ。そのうえ、ポアロのすばらしい記憶力がものを言うかぎり(事実、それはおおいに彼に役立った)、ジョージ卿は、昨日の午後いっぱい、それもポアロとオリヴァ夫人とが、あの倉庫で娘の死体を発見するはめになったあの時刻まで、芝生のところにいたのだ。そして、二人が事件を知らせにひっかえしてきたときも、卿はまだそこにいたではないか。だから、ジョージ卿はハティの死の原因とはなりえないのだ。ま、かりにハティが死んでいる場合の話だが。そうだ、なにも夫人が死んでいるなんて、信じこむいわれはまだないのだ。彼がジョージ卿に答えた言葉は、嘘いつわりのないところだ。しかし、彼の心底にある確信は、すこしもゆるがなかった。この事件は、二重殺人の様相を呈していると、ポアロは胸のなかでつぶやいた。

このとき、ミス・ブルイスがいまにも泣きだしそうな声で毒舌をあびせかけてきたものだから、ポアロの思考は中絶してしまった。

「男って、ほんとに馬鹿だわ。大馬鹿もいいところよ! 万事抜け目がないくせに、よりによってとんでもない女と結婚するんですからね」

相手をできるだけ喋らせるようにしむけるのが、ポアロの定石だった。彼に喋る人間が多ければ多いほど、好都合なのだ。この、こやしにもならないおしゃべりのなかに、たいてい貴重な手がかりが隠されているのだ。

「では、不幸な結婚だとあなたは思っているのですね？」とポアロはたずねた。

「不幸どころか、惨憺《さんたん》たるものですわ」

「それは、卿にとっても夫人にとってもということでしょうか？」

「夫人はね、あらゆる面で卿をふしあわせにしているんですわ」

「これは驚きましたな、その、ふしあわせにしているというのは、具体的に言いますとどういうことなのです？」

「卿をあごの先で使ったり、目のとびでるような高級なプレゼントをさせたり――とてもひとりの女が身につけるとは思えないほど、宝石類がごろごろしていますのよ。それに毛皮。ミンクのコートを二着、ロシア産の貂《テン》の毛皮を一着せしめたんですよ。いったい、どうしてミンクが二着もいるのか、教えていただきたいくらいだわ」

ポアロは頭をふった。

「わたしにも、想像がつきませんな」

「ずるいひとよ、とんだ食わせものだわ！　馬鹿をいつもよそおっていて――とくに、人がそばにいるときにはね。きっと、そうしていれば卿のお気に入りになると、あのひと、考えたからですわ」

「で、卿は馬鹿みたいな彼女がお気に入りだったのですか」

「ほんとに男ときたら！」ミス・ブルイスの声は、まさにヒステリックにならんばかりにうちふるえた。「そうですとも、男ときたら、女性の有能さ、献身的なふるまい、忠実さ、そういったもののありがたみがぜんぜんわからないのよ。ジョージ卿は、聡明でちゃんとした奥さまをお持ちにならなくちゃいけないわ」

「奥さまなら、いらっしゃるじゃありませんか」

「そうよ、卿でしたら、地方行政の重要なポストにつくことだってできますもの。議員にだって立候補できますわ。あのつまらないマスタートン氏より、ずっとすぐれた人物ですもの。あなたがマスタートン氏の演説をお聞きになったことがあるかどうか知らないけど、とにかくお話にならないわ、つっかえてばかりいて、いいきの悪いこと。でも、あれで議員なんかしていられるのは、みんな奥さんのおかげなんですよ。ご主人のかげで、ほんとうに権力をにぎっているのは、マスタートン夫人なのですからね。夫人は気力から政治的な洞察力、それに進取の気性まで、みんなそなえているんですよ」

ポアロは、マスタートン夫人のような女性と結婚することを考えただけで、思わず心のなかで身ぶるいがしたが、ミス・ブルイスの言葉には、いかにもごもっともといった表情で相槌をうった。

「なるほど、たいしたものですな」それから、つぶやくように言った、「恐るべきご婦人ですなあ」

「ジョージ卿に野心があるようには、見受けられませんわ。ここの生活にすっかり満足していらっしゃるようですし、くだらないことに憂身をやつしたり、郷士を気どったりしているだけで、あとはときたま重役をしている会社に首を出すのに、ロンドンへいらっしゃるだけですものね。あの方だったら、もっとご自分の能力が発揮できますわ。卿は、じつにすばらしい方なのですよ、ポアロさん。あのひとには、卿の真価がわかるものじゃありませんわ。あのひとの目には、毛皮のコートや宝石や高価なドレスを吐きだす機械にしか、卿のことがうつらないんですよ。あの方の値打ちがちゃんとわかるようなひとと、卿が結婚なさっていたら……」そこで、彼女は言葉を切った。その声はかすかにふるえていた。

ポアロは、心からあわれみの情をいだきながら、彼女の顔を見つめた。ミス・ブルイスは、卿に恋をしているのだ。彼女は、卿に忠実に情熱をこめて身をつくしたのだ、だがおそらく、卿はそれにはぜんぜん気づいてもいないだろうし、関心もいだいていなかったのにちがいないのだ。ジョージ卿にとって、このアマンダ・ブルイスは、彼の双肩から日々の生活の苦役を肩がわりしてくれる有能な機械、つまり電話の応対から手紙の代筆、奉公人をやとったり、食事をいいつけたり、卿の日常生活をスムーズにはこばせる機械にすぎないのだ。そういえば、彼女のことを、ポアロ自身、一個の女性として考えたことがいままでに一度でもあっただろうか、彼は心のなかでそう思った。こいつはあぶないぞと、彼は思った。女というものは、自分が身も心もささげていた男から無視されたりすると、我を忘れて逆上してしまうからだ。

「ずるくって、腹黒い猫ですわ、あのひとは」ミス・ブルイスは、泣き声で言った。

「猫でしたと言わないで、猫ですわと言われましたね？」とポアロは言った。

「そうですとも、だって、あのひとは死んでなんかいませんもの」吐きだすように言った、「男と駆け落ちしたんですよ、きまっているわ、そういうタイプですもの」

「それもありえますな。いや、ありうることです」とポアロが言った。それから、トーストをまた一枚手にとると、マーマレードの瓶を陰気そうな目つきでのぞきこみ、まだほかにジャムの瓶でもあるかと思って、テーブルを眺めまわしたが、なかったのであきらめてバターをまたつけた。

「ま、これはひとつの解釈ですけどね、むろん、卿はそんなこと夢にも思っていらっしゃいませんわ」

たずねた。

「その、夫人はですね、なにかあるのですか、男の人たちと」ポアロは、遠まわりして
「とんでもない、あのひとは、たいへんなお利口さんですもの」

「とおっしゃると、そういったことは、あなたの目につかなかったということですね」

「とにかく用心深いひとですもの、あたしにわかるはずはありませんわ」

「ですけど、なにかあるかもしれないと、あなたは思っているのですね、その、なにか後ろ暗い秘密が」

「あのひと、マイケル・ウエイマンのことをひまさえあればからかってばかりいますわ。この季節だというのに、椿の花壇を見に彼を連れてゆくんですよ！　それに、まるでテニスコートの観覧席の設計にとても興味があるようなふりをしたりして」

「あの青年がこちらに滞在しているのは、仕事のためなんでしょう、それに、ジョージ卿がテニスコートの観覧席をつくらせるのは、もっぱら夫人をよろこばせるためだという話ではないですか」

「だって、あのひとはテニスになんか関心がありませんわ。いいえ、ゲームと名のつくものならみんな駄目でしてよ。ほかの人たちが汗をかきながらスポーツをしているのに、あのひとだけは、涼しいところでお化粧に身をやつしていたい方ですからね。そうよ、

ひまさえあれば、マイケル・ウエイマンのことをからかってばかりいますわ。ウエイマンにほかに目的がなくたって、あのひと、やっぱりからかっていたでしょうね」

「なるほど」ポアロは、トーストの一片に、ほんのちょっぴりマーマレードをつけると、こわごわとひと口食べてみた。「では、マイケル・ウエイマンには、ほかになにか目的があるのですな？」

「ジョージ卿に彼のことを推薦したのは、レッグ夫人ですわ。彼女は結婚するまえからウエイマンを知っていたのです。ロンドンのチェルシーとかいう話ですわ。彼女はもとは絵を描いていたんです」

「あの方は、なかなか魅力的で、知的な感じのする若いご婦人じゃありませんか」とポアロが誘い水をかけた。

「ええ、とても知的なひとですわ。大学教育も受けていますし、結婚をしなかったらきっと偉くなれましてよ」

「結婚してから長いのですか」

「たしか三年ばかりになるという話ですわ。彼女が結婚して幸せになったとは、あたし、思えませんの」

「つまり結婚生活にむかないのですかな？」

「ご主人は、とても変な男ですわ、とても怒りっぽい。ひとりでうわごとみたいなことを言って歩きまわったり、ときどき、奥さんを頭から叱りつけているのを耳にしたことだってありますわ」

「口争いと仲なおり、これは新婚にはつきものですよ。むしろそれがなかったら、生活が味気なくなりますな」

「奥さんは、マイケル・ウエイマンがこちらに来てからというもの、彼と一緒にいるときがとても多いんですよ。彼女がアレック・レッグと結婚するまえに、マイケルは彼女に恋をしていたんじゃないかしら。もっとも彼女の方では、浮気ぐらいにしか考えていないと思いますけどね」

「しかし、レッグ氏にとっては面白くないことでしょうな」

「あの男がどう思っているか、誰にもわかりませんわ、なにしろつかみどころのないひとですもの。でも、まえよりもずっと怒りっぽくなったんじゃないかしら、とくに最近はね」

「レッグ氏は、スタッブス夫人にぞっこん参っていたでしょうな、たぶん？」

「まあ、彼女だったら、そうだと自分でうぬぼれていますわ。指をちょいとあげさえすれば、どんな男でも自分に惚れるものと思っているんですからね」

「とにかく、あなたがおっしゃったように、夫人が男と駆け落ちしたとすれば、相手はウエイマン氏ではありませんね、彼はまだ、このお屋敷にいるのですから」

「相手は、こっそりと密会していた誰かにきまっていますわ。あのひとは、ちょいちょいそっとお屋敷をぬけ出して、ひとりで森のなかにはいってゆくことがありましたもの。そのまえの晩もいなかったんですよ。あくびをしながらおやすみを言って寝室にはいったくせに、その三十分あとで、あのひとがショールを頭にかぶって、こっそりと出てゆくところを、あたしはちゃんと見たんですからね」

ポアロは、自分のまんまえに座っているミス・ブルイスの顔を、思案にふけりながら眺めた。いままで彼女が喋ってくれた話のなかでも、ことスタッブス夫人のくだりに関するかぎり、頭から信頼してもいいものかどうか、ミス・ブルイスの希望的な観測にすぎないのではないかと、ポアロは心のなかでいぶかってみた。フォリアット夫人の考えは、ミス・ブルイスの考えていることとは、あきらかにちがっていた。そしてフォリアット夫人は、ミス・ブルイスよりははるかにハティのことを知っているのだ。もしスタッブス夫人が情人と手をとりあって駆け落ちしたことになれば、これはあきらかにミス・ブルイスの思うつぼなのだ。そうなれば、彼女は、裏切られた夫を慰める立場に立つわけだし、卿のために、てきぱきと離婚手続きを一手に引きうけることにもなるのだ。

しかし、どうもこの話は信じられない、とてもありそうなことだとは思えないのだ。もし、ほんとにハティ・スタッブスが情人と駆け落ちしたのなら、これまた、ずいぶん妙な時機をえらんだことになる、とポアロは思った。彼にとっては、夫人がそんな真似をしたとは、とても信じられなかった。

ミス・ブルイスは鼻をすすりながら、ちらばっているいろいろな手紙をひろいあつめた。

「ジョージ卿が、ほんとに広告をお出しになる気があるのなら、あたし、もっとよく調べた方がいいと思いますわ。ぜんぜん無意味ですし、時間の浪費ですもの。あら、おはようございます、マスタートン夫人」いかめしくドアがあいて、マスタートン夫人がはいってくると、彼女は挨拶をした。

「検屍審問は木曜日にきまったそうね」と、のぶとい声で夫人は言ってから、「おはよう、ムッシュー・ポアロ」

ミス・ブルイスは、手に手紙をいっぱい持ったままためらっていた。

「なにかご用でも、マスタートン夫人？」とミス・ブルイスがたずねた。

「いいえ、いいんですよ。今朝も、あなたにはたっぷりお仕事があるとは思っていたのですけど、昨日のお祭りですっかりあなたに活躍をしていただいたものだから、そのお礼にうかがったのよ。ああいう催物には、ほんとにあなたはなくてはならない方だわ、わたしたち、みんな大よろこび」

「どういたしまして、マスタートン夫人」

「さ、わたしにおかまいなく。ちょっとお邪魔して、ポアロさんとお話がしたいものだから」

「ようこそ、マダム」ポアロは立ちあがると、頭をさげた。

マスタートン夫人は、椅子を引きだすと腰をおろした。ミス・ブルイスは、いつものあのてきぱきした秘書にたちもどって、食堂から出ていった。

「すばらしいひとですよ、あの秘書は」マスタートン夫人が口をひらいた、「あのひとがいなかったら、それこそスタッブス夫人じゃどうしようもありゃあしない。当節では、なにをするのでも家のなかをかけずりまわらなくちゃなりませんもの。あのハティには、とてもできるものじゃないわ。それにしてもたいへんなことになりましたわね、ポアロさん、あなたがどうお考えなのか、それをわたし、おうかがいしたいんですよ」

「ご自身ではどうお考えなのです、マダム?」

「こう申すのはとてもたまらないことなのですけど、この地方には病的な人間がいくらかいるんですよ。ま、この土地の人たちにはいないと思いますけどね。たぶん、精神病院から出てきた人たちですよ、当節では、全治しないうちに患者を出してしまうんですものね。ま、わたしの申したいことは、あのタッカーさんの娘を殺したいなどと思っている者はひとりもいないということですの。異常な人間をのぞいたら、あたりまえの人には動機なんぞ、ないんですからね。犯人が異常な人間なら、これが誰であろうとですよ、おなじように、あのハティ・スタッブスを絞め殺したのじゃないかしら。あのひとは、分別というものがまるっきりありませんものね。一見あたりまえに見える男にでも会って、森のなかにでもなにか見にゆこうとさそわれたら、あのひとは疑うということを知らない人だから、きっと羊のようにおとなしくついてゆきますよ」

「では、夫人の死体が、この領地のどこかにあるとお考えですか」

「ええ、そう思いますわ、ポアロさん。警察の連中がもう一度さがして歩いたら、きっとありますよ。森林地帯は六十五エイカーありますけど、藪《やぶ》のなかにひきずりこまれているか、坂から林のなかに転落しているならば、きっと見つかりますよ。警察犬がなによりいいりますわね」とマスタートン夫人は言ったが、そう言っている当人の方がよっぽど警察犬に似ていた。「そうよ、警察犬ですわ！　わたしが署長に電話をかけて、そう言いましょう」

「なるほど、あなたのおっしゃるとおりかもわかりませんな、マダム」とポアロが言った。マスタートン夫人にあっては、誰だってこう答えるよりしかたがないからだ。

「そうですとも」とマスタートン夫人は言った。「ですけどね、その変な男があたりを徘徊《はいかい》しているかと思うと、わたし、心配でなりませんのよ。わたし、こちらからの帰り道、村中を一軒一軒注意して歩いたんですよ、娘さんのひとり歩きは禁物ですよって、母親たちに言ってきかせたんですわ。この近くに殺人鬼がいるなんて、ほんとにおそろしいですよ、ポアロさん」

「しかしですね、マダム、いったい、見なれない男がどうやってあのボート倉庫にはいりこめたでしょうか？　なにしろ、はいるには鍵がいるのですからな」

「そんなこと説明するのは、わけもありませんわ。あの子が倉庫から出てきたんですよ」

「ボート倉庫から出てきた？」

「そうですよ、きっと退屈でもしてね、女の子ってみんなそうですわ。そこいらをぶらぶら歩いたり、きょろきょろあたりを眺めていたんですよ、おそらくね。そのとき、ハティ・スタッブスが殺されるのを見たんじゃないかと、十中八、九、わたしは思いますね。なにか、もみあっているような物音でも聞きつけてあの子が見にいったら、スタッブス夫人をかたづけた男は、あの子も殺してしまうのがあたりまえですよ。それから、ボート倉庫のなかにあの子の死体を運びこんで床の上になげおろし、それから出てきて、倉庫のドアをしめることなんか、その男にとっちゃわけもないことじゃありませんか。エール錠だから、ドアをしめさえすればかかりますもの」

ポアロはしずかにうなずいただけだった。彼は、マスタートン夫人と議論したり、彼女が見すごしている重要な事実を指摘するつもりはなかったからだ。つまり、マーリン・タッカーがボート倉庫からはなれたところで殺されたのならば、その犯人は、〝犯人探し〟の催物についてその裏の裏まで知っていなければならないはずだ。そうでなければ、その犯人は、〝犯人探し〟の被害者が倒れていることになっていた場所と位置に、殺した娘をちゃんともどしておくことはできないからだ。しかし、ポアロは、そのことにはふれないでしずかに言った。

「ジョージ卿は、夫人がまだ生きているものと、信じておられるのですか」

「ええ、そう言っておりますわ、なんといっても卿にしてみれば、そう信じていたいですもの。ご存じのように卿は、夫人をとても愛していましたからねえ」それから、不意に思いもよらないことをつけ足した。「わたしはね、あんな素姓や家柄などにもかかわらず、卿のことが好きなんですよ。この地方でも、評判がとてもいいんですからね、ま、いちばん悪い点といったら、成り上がり者だなどと人から言われることですけど、社会的な俗物というものはなんの害にもなりませんからね」

ポアロは、いささか皮肉めいた口調で言った。

「たしかに現代では、お金というものは、いい家柄に負けないぐらいにありがたがられていますからな、マダム」

「そうおっしゃいますけどね、あなた、卿が成り上がり者などと言われることはなにもないんですよ、この家を買って、お金をふりまいて、わたしたちがみんなであつまってくるだけのことですもの！　ですけどね、ほんとのところ、卿はみんなから好かれていますわ。なにもお金のせいばかりじゃありませんよ。むろん、エイミイ・フォリアットがあずかって力がありますけどね。あのひとは、卿夫妻の後見人になっているのだし、この地方では勢力がありますもの。なにしろ、フォリアット家は、チューダー王朝時代からこの土地にいるんですからね」

「そうだ、フォリアット家は、このお屋敷にずっと住んでいるのですな」ポアロはつぶやくように言った。

「そうなんですよ」マスタートン夫人は、ホッと溜息をついた。「戦争の犠牲ですわね。息子さんたちは戦死するし、この屋敷を相続したら、誰だって維持していく余裕などありませんもの、とどのつまり売らなければ――」

「しかし、ご自分の家を手ばなしはしたものの、フォリアット夫人は、まだこちらに住んでいらっしゃるのですね」

「ええ、とてもきれいな番小屋がありましたからね。なかにはいってみたことがありまして？」

「いいえ、玄関先まで行っただけです」

「自分の住んでいた家の母屋を人にとられて自分が小屋に住むなんて、誰にとってもたまらないことですわ。ですけど、公平に見て、エイミイ・フォリアットは、すこしもそんなことを苦にしている様子が見えませんわ。ほんとのところ、あの方はなんでもうまく処理してしまいますもの。ハティに、ここに住む気を起こさせたのも、ハティにジョージ卿を納得させたのも、みんな、フォリアット夫人がしたことにちがいありませんよ。だって、この家がユース・ホステルか学校みたいなものになるか建てなおしでもされたら、エイミイ・フォリアットの身にしたら、とてもたまりませんもの」夫人は椅子から立ちあがった。「さ、もう行かなくては、わたしときたら、からだがいくつあってもたりないんですよ」

「そうでしょうとも、警察犬のことを署長にお話ししなければならないし」

マスタートン夫人は、まるで警察犬の遠吠えのような声をたてて笑いだした。「わたしはね、まえに警察犬を飼っていたことがあるんですよ、わたしのことを、警察犬に似ているなんて、みんな言うんですからね」

ポアロは思わず首をちぢめた。夫人はすばやく見てとって、

「あなただってそう思っていらっしゃるのね、ポアロさん」

第十三章

マスタートン夫人が出ていったあと、ポアロも食堂から出て森のなかをぶらぶらと歩いた。彼の神経の働きは、どこか普段とはちがっていた。どうしても藪があると、のぞいてみたくなったり、シャクナゲの茂みがあると、死体の隠し場所にはおあつらえむきではないかと思ってしまう。とうとう阿房宮のところまで出ると、ポアロはなかにはいっていって、いつものように先っちょのとがったエナメルの靴でしめつけられていた足の指を休めるために、石のベンチに腰をおろした。

木々をとおして、木の茂った対岸や河面にうつるかすかな光のきらめきが彼の目にうつった。こんな場所にこういう芸術的な建築物を建てるものじゃないと言っていた、あの若い建築家の意見が、彼にもわかった。森の木をきってすきまをつくったところで、むろん、そんなことでは美しい眺望を得られるものではない。だから、マイケル・ウエイマンが主張していたように、屋敷の近くの草のおい茂った土手の上にこの阿房宮を建てさえしたら、ヘルマスへ流れてゆく河の美しい景色を一望のうちにとらえることができたのだ。と、ポアロの思考は、そこで不意に脇道にそれてしまった。そうだ、ヘルマスといえば、エスペランス号、エティエンヌ・ド・スーザ。事件の全貌をつかむためには、それぞれの材料がぴったりとむすびついて、ひとつの模様をつくらなければならないのだ。だが、ポアロの目には、その模様がくっきりと浮かんでこないのだ。彼の気をそそるような材料が、そこここから顔を出すくせに、それはただばらばらのままで、たがいにむすびつこうとはしないのである。

そのとき、なにかキラッとするものがポアロの目にはいったので、それをひろいあげようと彼は身をこごめた。コンクリートの土台のちいさな割れ目にはいっているのだ。彼は手のひらにそれをのせると、かすかに胸をときめかしながら、それがなんであるかじっと見つめた。ちいさな金色の飛行機のような形をした飾りだった。眉をひそめて考えこんでいるうちに、彼の頭に浮かんできたものがあった。ブレスレットだ。チャラチャラとゆれる飾りがついている金のブレスレット。目をとじると、ポアロは、またあのテントのなかに座っているのだ。サリイ・レッグ扮するところのマダム・ズレイカが、髪の毛の黒い婦人と親しくなるだろう、航海の旅に出るであろう、好運の手紙来るべしなどと、運命を占っている声が聞こえてくる。そうだ、たくさんのちいさな金の飾りが垂れさがっているブレスレットを、彼女ははめていたっけ。こういうブレスレットは最近の流行のひとつだが、ポアロの若いころにもはやっていたものだ。きっと、そんなところからあのブレスレットをおぼえていたのかもしれない。おそらく何日かまえに、レッグ夫人がこの阿房宮にやってきてここに座ったのだ、そのとき、ブレスレットについている飾りのひとつがとれて落ちてしまったのだ。たぶん、彼女は気がつかなかったのだろう。何日ぐらいまえのことだろう、数週間もまえか、あるいは昨日の午後に……

ポアロは後者だとにらんだ。そのとき、阿房宮のおもてに足音が聞こえたので、ポアロはサッと顔をあげた。ひとつの人影が正面の入口に姿をあらわしたが、ポアロの目に出会うと、ギョッとして立ちどまった。ポアロは、痩せほそっている金髪の青年をじっと見つめた。亀の子の模様のアロハを着ている。このアロハに見おぼえがあった。昨日、このアロハを着ていた男が射的場で遊んでいるのを、ポアロは目と鼻の先で見ているのだ。

その男がすっかり狼狽しているのに、ポアロは気がついた。男は外国訛りまるだしに、早口で言った。

「あの、ほんとにすみません、知らなかったです――」

ポアロはしずかな微笑を浮かべたが、とがめるような口調で、

「いけませんね、ひとの地所に無断ではいってきては」

「すみません」

「ユース・ホステルから来たのですか?」

「そうです、ぼく、森をぬけて行けば舟着場に出られると思ったです」

「さ、いま来た道をひきかえしなさい。通りぬけはいけません」

若い男は、ひとりよがりの愛想笑いをしながら、歯をいっぱいむき出すと、また言った。

「すみません、ほんとにすみません」

彼はおじぎをすると、ひきかえしていった。

ポアロは阿房宮から出ると、もどってゆく青年の後ろ姿を見送った。男はつきあたりまで行くと、肩ごしにふりかえって見た。すると、ポアロが監視しているものだから、足を速め、あわてて道の角を曲がって姿を消してしまった。

「待てよ、いまの男が人殺しだろうか?」ポアロはつぶやいてみた。

あの若い男は、昨日、あのお祭りのなかにたしかにいたのだ。ポアロとぶつかったとき、ものすごい形相でにらみつけたではないか。昨日お祭りに来ていたのなら、この森

を通りぬける道からは舟着場へぬけられないということを、ちゃんと知っているにちがいないのだ。もし、ほんとに舟着場へ行く道を探しているのなら、阿房宮に来る道を歩いてこないで、河に近いもっと下の道を来るはずなのだ。おまけに、まるで逢いびきでもするような様子で阿房宮に来たではないか。そして約束の場所に、ぜんぜんちがう相手がいたものだから、あんなにとびあがって驚いたのだ。

「いかにもありそうなことだぞ」と、ポアロはつぶやいた。「あの男は誰かと会いに、ここへやってきたのだ。いったい相手は誰だろう？」それから思いかえすようにつけたした、「どういうわけで？」

ポアロは、道の曲がり角までぶらぶら歩いてくると、林の方へ曲がりくねって走っている道を見渡した。もうそこには、亀の子のアロハを着た若い男の姿は見えなかった。きっと、一目散に姿をかきけすほど、あの男は警戒しているのだ。ポアロは頭をふりながら、いま来た道をひきかえした。

思案に没頭しながら阿房宮の横をしずかにまわってくると、入口のところでこんどはポアロの方がギクッとして立ちどまった。サリイ・レッグが膝をついていて、土台の割れ目に頭をくっつけているのだ。彼女はびっくりしてはね起きた。

「まあ、ポアロさんでしたの。びっくりするじゃありませんか。足音がすこしもしないんですもの」

「なにを探していらっしゃるのです、マダム？」

「あたし、いいえ、べつになにも」

「なにか、お失くしになったのでしょう？」とポアロが言った、「落としものですか、それとも……」茶目っ気たっぷりな口調で言った。「それとも、逢いびきですな、これは。マダム、あなたが会いにこられたのは、遺憾ながらわたくしではないのですな？」

おかげで、彼女はすっかり落ちつきをとりもどした。

「お日さまがカンカン照らしているというのに、逢いびきなどするひとがありまして？」夫人が逆襲した。

「ときによっては、ご自分の都合のつくときに逢いびきもしなければなりませんよ、ご亭主というものは、焼きもちやきですからね」

「さあ、うちの人はどうかしら？」とサリイ・レッグ。

彼女の口吻は、いかにも冗談めかして軽いものだったが、その裏に苦味がこもっているようにポアロには聞こえた。

「夫は自分の仕事に夢中ですもの、そんなひまはありませんわ」

「ご婦人というものは、そろいもそろって、いまみたいなご主人の不平をおっしゃいますな、とりわけこのお国の方はね」

「あなたのような外国人の方は、もっと女に親切ですわ」

「わたしの国の男性は、すくなくとも一週間に一回、まあ三回か四回は、『ぼくはおまえを愛しているよ』と女性に言う必要があることを、よく知っているからですよ。それに、女性に花束をささげたり、お世辞を言ったり、あたらしいドレスや帽子がとてもよく似合うと言ってみたりすることも、賢明なことだとね」

「あなたも、そうですの？」

「マダム、わたしはご亭主ではないのですよ、悲しいかな！」とエルキュール・ポアロ。

「まあ、悲しいかな、などとおっしゃって、あたし、ちゃんと知っていますわよ。誰にも気がねのない独身でいられることを、よろこんでいらっしゃるくせに」

「とんでもない、マダム、結婚をしそこなったのはわたしの最大の不幸ですよ」

「結婚なんかする人は馬鹿だと思いますわ」とサリイ・レッグ。

「チェルシーの画室で、絵を描いて過ごした日々をなつかしがっているのではないのですか？」

「あなたったら、あたしのこと、なんでもご存じなのね、ムッシュー・ポアロ」

「わたしは噂話が好きなのです。人の話ならなんでも聞くのが好きなのですよ」それから、「あなたはほんとうに、結婚なさったことを後悔しているのですか、マダム？」

「まあ、そんなこと、あたしにはわかりませんわ」夫人は、いらいらしながら腰かけに座った。ポアロも、彼女の横に腰をおろした。

彼は、外国人としてなんどか経験している現象に、ここでもまたぶつかったのだ。この魅力のある赤毛の女性は、イギリス人にならなんども考えてからでなければ口外しないようなことも、ベルギー人の彼にはたやすく喋ってしまうのだ。

「あたし、休暇のあいだでも、あらゆることからのがれてここで暮らせば、また、もとのようになるかと思っていたんですけど、でも駄目ですわ」

「駄目？」

「ええ、アレックときたら、やっぱり怒りっぽくって――いったい、どうしたのかしら――自分のことばかりに夢中になっているんですもの。よそから電話がかかってきたり、おかしな手紙がおいてあったり、それなのに、あのひとはなんにも喋ってくれないわ！ あたし、気がちがってしまいそう。夫は、ひと言も喋ってくれないんですもの！ あたし、はじめのうちは、誰か女の人でもいるのかと思ったのですけど、そうだとは思えないんです、ほんとに……」

口ではそう言っているものの、彼女の声には、あきらかに女性をうたぐっているひびきがこもっているのを、ポアロは見逃さなかった。

「昨日の午後のお茶はおいしかったですか、マダム」彼がたずねた。

「昨日のお茶ですって？」彼女は眉をひそめてみせた。なにか、ずっと遠い昔のことでも思いだすかのようだった。それからあわてて、「ええ、それはもう、だってへとへとに疲れきっていたんですもの。あんなベールや衣裳を着たっきりで、テントのなかに座りどおしですからね。息がつまりそうでしたわ」

「お茶のテントも、息がつまるほど混んでいたでしょうね？」

「ええ、たいへんでした。でも、お茶の一杯も出なかったですわ」

「あなたはいま、ここでなにか、探していらっしゃったのではないですか、マダム？ひょっとしたら、これでも？」ポアロは、ちいさな金の飾りを手にのせてさしだした。

「まあ、あたしのですわ、ありがとう、ムッシュー・ポアロ。どこにありましたの？」

「ここですよ、床のあの割れ目に落ちていたのです」

「このまえ来たとき、きっと落としたんですわ」

「昨日ですか？」

「とんでもない、昨日なんかじゃありませんわ、そのまえですわ」

「しかしですね、マダム、あなたがわたしの運勢を占ってくださったとき、この飾りがあなたの手首についていたのを、わたしはちゃんとこの目でおぼえているのですよ」

　まあ、このエルキュール・ポアロぐらいに落ちついて嘘の言えるものは、ほかにはないだろう。それがあまり堂にいったものだったので、思わずサリイ・レッグはまぶたをふせた。

「あたし、よくおぼえていないんです、今朝になってから、なくなっていることに気がついたんですもの」

「あなたにお渡しできて、わたしはうれしいですよ」ポアロはしずかに言った。

　彼女はそわそわしながら、指でそのちいさな飾りをいじくっていた。それから、彼女は立ちあがった。

「ほんとにありがとう、ムッシュー・ポアロ、ひろっていただいて」彼女の息づかいはあらくなり、目は神経質になっていた。

　彼女は、まるで逃げるように、阿房宮から出ていった。ポアロは、腰かけに背をもたせると、ゆっくりとうなずいた。

　そうですよ、と彼は心のなかでつぶやいた。あなたは昨日の午後、お茶のテントには行かなかったのだ。あなたが四時になったかどうかしきりに知りたがっていたのは、お茶を飲みにゆくためではなかったのです。あなたは昨日、ここに来たのだ。この阿房宮にね。ここはボート倉庫へ行く道の途中だ。あなたは、誰かと会うためにここへ来たのです。

するとまた、近づいてくる足音が聞こえてきた。足早に、せかせかした足どりだ。

「さあ、こんどは、レッグ夫人が会いにきていたお相手だぞ」ポアロはニヤニヤしながら予想した。

ところが、アレック・レッグが阿房宮の角を曲がって姿をあらわしたので、ポアロは思わず叫んでしまった。

「おや、またまちがえた」

「え？　なんです？」アレック・レッグはびっくりしたようだった。

「いや、またまちがえたと言ったのですよ、わたしはね、めったにまちがえるようなことはないのですがね、どうも癪《しゃく》にさわる、あなただとは思っていなかった」

「誰だと思ったのです？」

ポアロはとっさに言った。

「若い男、ほら、亀の子の派手な模様のアロハを着た青年だと思ったのですよ」

ポアロは、自分の言葉の効果に目をかがやかした。アレック・レッグは一歩まえに出た。彼はわけのわからないようなことを言いだした。

「いったい、あなたは、どうして知っているのです？　あなたは、その、知ってた、いや、どういう意味なんだ？」

「わたしには神通力があるのですよ」エルキュール・ポアロはそう言うと、目をとじた。

アレック・レッグは、また二歩ばかり近よってきた。烈火のごとく怒っている男が、いま、まえに立っていることを、ポアロは知っていた。

「どういう意味なんだ、それは？」アレック・レッグは叫んだ。

「あなたのお友だちは、ユース・ホステルにかえったと思いますよ。お会いになりたいなら、ユース・ホステルへおいでになった方がいい」とポアロは言った。

アレック・レッグは、口のなかでなにやらつぶやいた。

彼は石のベンチの端に腰をおろした。

「そうか、それであなたは、この家にやってきたんだな？　犯人探しの正解者に賞品を渡すのが目的じゃなかったんだ。ぼくに、そいつがもっとまえからわかっていたらなあ」彼はポアロの方にむきなおった。彼の顔はすっかりやつれはて、みじめだった。

「どうあなたに思われているか、ぼくにはわかっているんだ、どんなふうにとられているか、ぼくは知っているよ。でも、あなたが考えているようなことじゃないんです。ぼくはだまされているんだ。一度あの連中の網にかかったら、やすやすと脱けでるなんてとても駄目なんだ。ぼくはなんとかして、あの連中の手からとびだしたいんです。そこが問題なんだ。ほんとに脱けだしたいんです。死物狂いなんですよ、こうなったらもう手段なんかえらんではいられない、まるで鼠とりの罠にかかったも同然なのですよ、どんなことをしたって駄目だ。ああ、こんなことを話したって、なんの役に立つというんだ！　さ、あなたには、知りたいと思っていることがわかったでしょう。あなたは証拠をにぎったんだ」

彼は、よろよろっとよろめきながら立ちあがると、後ろもふりかえらずに脱兎《だっと》のごとく走っていった。

エルキュール・ポアロは、目を大きく見ひらき、眉をつりあげたままあとにのこっていた。

「これは驚いたぞ」彼はつぶやいた、「いや、じつに興味津々だ。わたしが証拠をにぎった、このわたしが？　いったいなんの証拠だというのだ？　殺人の？」

第十四章

1

ブランド警部は、ヘルマス警察のなかで腰をおろしていた。大柄の、いかにも福々しそうな男である。ボールドウイン警視は、そのテーブルのむこう側に座っていた。二人のあいだにあるテーブルの上には、ぐしょぬれになった黒いかたまりがあった。ブランド警部は、注意しながら人差し指でそのかたまりをつついた。

「たしかに、これは夫人の帽子ですよ。ま、はっきりと断言することはできませんがね、こういう型のものは、夫人の好みだと思いますな。夫人の女中が私にそう言っていました。こういったやつを、一つか二つ、彼女は持っているそうです。薄いピンクのやつと暗褐色のやつですがね、昨日、夫人がかぶっていたのは、黒い帽子です。ええ、これですよ。あなたが河でこれを釣りあげたのですね？　まるで、私の考えていたことを裏書きしてくれるみたいですな」

「いや、そうとばかりは言えないね」とボールドウインは言った。「誰かが、河のなかにこの帽子を投げこむということだって考えられるからね」

「ですから、ボート倉庫から河に投げこむことだって、あるいは、ヨットからだってやれるではありませんか」

「ヨットはわれわれの手で釘づけにしてあるのだから、夫人が乗っているならば、生死はともかくとして、まだそこにいるはずだがね」

「あの男は、今日、上陸していませんね」

「そうだ、ヨットにおるよ。葉巻をくゆらしながら、デッキ・チェアにがんばっているさ」

ブランド警部は、時計をチラッと見た。

「そろそろ、ヨットに乗りこむ時間ですよ」

「夫人が見つかると思うかね？」とボールドウイン警視がたずねた。

「あてにはしていませんがね、なにしろ、あの男は奸智《かんち》にたけているようですからな」

警部は、ちょっとのあいだ帽子をまたつつきながら、なにか思案にふけっていたが、やがて、「いったい、死体はどうなってるでしょうな、かりにあったとしたら？　どうお考えになりますか？」

「そうだね、わたしも今朝、オターウェイトに話したのだが、彼はまえに水上警察にいた男だからね、潮の干満や潮流に関係することは、わたしはこの男に相談することにしているのだ。かりに夫人がヘルマスに来たとして、その来た時間はちょうど干潮だったのだ。いまは満月だから、潮のひき方も速いにちがいない。夫人の死体が海の方へ流されていったと見るならば、潮流は、コーンウォール地方の海岸へその死体を運んでいくことになるよ。ま、どこへうちあげられるか、それに、うちあげられるものかどうかもはっきりしたことは言えないがね。溺死が一、二件、ここにもあったのだが、死体はやっぱり見つからなかったよ。それに、岩にぶつかって、ばらばらになってしまうのだ。あのスタート岬にね。それとも、ま、いつか、海辺にうちあげられるかもしれんが」

「もし死体があがらなかったら、事件はむずかしくなってしまいますな」とブランド警部が言った。

「きみは、夫人が河に出たという確信があるのだろ？」

「そのほかにはちょっと考えられないのです」とブランド警部は憂鬱そうに言った。

「ご存じのように、バスも汽車も調べたのですよ。あそこは行きどまりですからね。夫人は人目につくようなドレスを着ているのですから、他人と見ちがえられるようなことはありません。ですから、夫人があの屋敷から外へ出たとは考えられないのですよ。夫人の死体は海のなかか、あの領地内のどこかに隠されているのです。いま私にほしいものは、動機なのです。むろん、死体も発見したいですが」それから思いかえすようにつけ加えた、「死体が出てこないかぎり、どうしようもありませんからな」

「あの殺された女の子は、どうかね？」

「あの子はなにかを見たのですよ、ま、いまにわかると思いますが、容易なことではありませんね」

ボールドウインは、ふりかえって時計を見ると、

「さ、出発だ」

二人の警察官が、ド・スーザの人あたりのいい態度にむかえられて、エスペランス号に上船した。彼は、お酒をすすめたり（警察官は辞退したが）、彼らの捜査に親切な関心を示したりした。

「あの女の子の捜査は、ずいぶんはかどったことでしょうね？」

「ええ、順調にいっておりますよ」と、ブランド警部が言った。

警視は、率先して、この訪問の目的をたくみに説明した。

「エスペランス号をお調べになりたいとおっしゃるのですね」ド・スーザは、べつにいやな顔もしなかった。いや、むしろ面白そうだった。「でも、どういうわけで？　ぼく

が犯人を匿《かく》まっているのか、あるいは、ぼくが犯人だとでも思っていらっしゃるのですね？」

「ただちょっと必要なのですよ、ド・スーザさん、おわかりになっていただけると思うのですが。捜査令状は……」

ド・スーザが、両手で制した。

「とんでもない、ぼくはあなたがたにぜひともご協力したいと思っているのですよ。お仲間にいれていただきたいくらいなのです。さ、どうぞ、ご遠慮なくぼくのヨットのなかをお調べになってください。ああ、そうだ、もしかしたら、ぼくが従妹を、スタッブス夫人を隠していると思っていらっしゃるのですか？　きっと、彼女が夫のところから逃げだして、ぼくに匿まってもらっていると思っているのですね？　さ、すみからすみまで、捜してください」

捜査はとどこおりなくはかどった。なにひとつ問題になるものはなかった。結局、残念さをできるだけ顔に出さないようにして、二人の警察官はド・スーザ氏にお礼を言った。

「なにも見つかりませんでしたか？　それはがっかりですね。でも、ぼくが言ったじゃありませんか。これで、さっぱりなさったのじゃないですか？」

ド・スーザは、警視たちのランチが横づけになっている舷側まで送ってきた。

「では、ぼくの方はいかがでしょう？　もう出航してよろしいですか？　ここにいるのも、いささか退屈になってしまいましてね、天候はよし、プリマスへ行ってみたいのですよ」

「おそれいりますが、明日の検屍審問まで、ここにいていただけないでしょうか。検屍官が、なにかあなたにおたずねすることがあるかもしれませんから」

「そうですか、わかりました。なんでもしますよ。しかし、それがすんだら？」

「むろん、どこへいらっしゃろうと、あなたの自由です」ボールドウイン警視が無表情な顔で言った。

ランチがヨットから離れたとき、二人の警察官の目にうつったものといったら、上の方から見おろして微笑をたたえているド・スーザの顔だけだった。

2

検屍審問は、おそろしく退屈だった。医学的な証言と身元確認の証言はさておき、傍聴者にとって興味をそそられるようなものは、ほとんどないと言っていいくらいだった。検屍審問の進行ときたら、ほんの形式的なものだった。

しかし、検屍審問の終わったあとは、なかなか型やぶりだった。その午後、ブランド警部は、デヴォン・ベル号というよく知られた観光船で一周をこころみたのだ。三時ごろブリックスウエルを出航して、岬をまわって海岸線にそってすすみ、ヘルマスの河口にはいって河をさかのぼっていった。ブランド警部のほかに、ほぼ二百三十人のお客が乗船していた。彼は船の右舷に腰をおろして、木のおい茂っている河岸にじっと目をそそいでいた。船は、河の曲がり目をまわって、フッダウン公園所有の灰色のタイル張りのボート倉庫のまえをすぎた。ブランド警部は、そっと腕時計を見た。かっきり四時十五分だった。ちょうどナスのボート倉庫のすぐまえだ。ちいさなバルコニーとちっぽけな埠頭がついているその建物は、木立ちのなかにポツンと建っていた。一見、そのボート倉庫のなかには誰もいないように見えた。ところが、ブランド警部には、そのなかに人間のいることがちゃんとわかっていた。命令で、ホスキンズ巡査が待機しているのだ。

ボート倉庫の階段からそうはなれていないところに、ちいさなランチがあった。そのなかに、休暇で遊びにきているらしいひと組の若い男女がいた。なにかばか騒ぎにふけっている。男は女を水中にいまにも落とそうとすると、女はしきりに金切り声をあげていた。と、そのとき、メガフォンから大きな声が流れてきた。

「みなさま、いま、ギッチャムのすばらしい村までまいりました。ここで四十五分間休憩いたします。デヴォンシャー特産の特濃アイスクリームもありますが、蟹や海老でお茶を飲むこともできます。右手に見えますのがナス屋敷の庭園でございます。二、三分でそのお屋敷のまえを通りますが、木立ちをとおしてもよく見えます。昔は、アメリカ大陸へかの有名なフランシス・ドレイク卿とともに航海したガーヴァス・フォリアット卿の館でございましたが、現在では、ジョージ・スタッブス卿の邸宅になっております。左手に見えますのが、グースエイカー岩礁でございます。そこでは、口のうるさい奥さんが、引き潮のときにその岩に置きざりにされて、水が頸のところに満ちてくるまでは許してもらえないという習慣がございました」

デヴォン・ベル号の乗客たちはひとりのこらず、このグースエイカー岩礁を、さも興味ありげに見つめた。冗談がさかんにとばされると、金切り声や笑い声がしきりに起こった。

一方、ボートに乗っている男女は、さかんにからみあって騒いでいたが、とうとう、男の方が女を河のなかにつきおとしてしまった。からだをボートから乗りだして水中の女に手をかしながら、男はさかんに笑って、「さ、お行儀よくするときみが約束するまで、ボートにあげてやらないよ」

ブランド警部以外には、誰もこのちいさな出来事を見ているものはいなかった。みんなは、メガフォンから流れてくる声に耳をかたむけながら、木立ちのあいだから見えてきたナス屋敷を眺めたり、つきぬ興味でグースエイカー岩礁に目を見はらせているのだ。

ボートの男が女から手をはなすと、女は水のなかに沈んでしまったが、しばらくするとボートの反対側に顔を出した。彼女は泳いでくると、いともあざやかに、自分の力でボートにはいあがった。婦人警官のアリス・ジョーンズは、水泳の達人なのだ。

ブランド警部は、ギッチャムに、ほかの二百三十人のお客にまじって上陸すると、デヴォンシャー特産のアイスクリームとスコーンで海老を食べながらお茶を飲んだ。彼は、心のなかでつぶやいた、〝ああいうふうにやったのなら、誰にも気がつかれんぞ！〟

3

ブランド警部がヘルマスで実験をしていたとき、エルキュール・ポアロは、ナス屋敷の芝生でテントの実験をしていた。そのテントというのは、マダム・ズレイカがポアロの運勢を占ったあのテントだった。大天幕や売店のスタンドがとりはらわれていたとき、このテントだけをのこしておいてくれるようにたのんだのだ。

いま、彼はテントのなかにはいると、垂れさがっている入口の幕をしめて、テントの奥のところまで行った。それから巧みに、そこの垂れ幕をゆるめると、外にすべりでた。それから、またもとにもどすと、テントの裏手にあるシャクナゲの生垣に身をしのばせた。そして一対の茂みのあいだをこっそり行くと、丸木造りのあずまやにすぐ出た。ポアロはドアをあけると、なかにはいった。

そこは、とても薄暗かった。昔、このあずまやが建てられたとき、そのまわりに植えつけたシャクナゲの木がすっかり大きくなってしまったので、陽がほんのわずかしかささないのだ。クローケーのボールがはいっている箱と、すっかりふるびて、錆ついている輪があった。それから、折れているホッケーのスティックが一、二本、たくさんのハサミムシとクモと、床の上のほこりには、まるい不規則な形をした痕跡がついていた。ポアロは、しばらくその痕跡を見つめていた。彼は床にひざまずくと、ポケットからちいさな巻尺を出して、その寸法を注意深くはかった。それから、いかにも満足したかのようにうなずいてみせた。

彼は足音をしのばせてしずかにあずまやを出ると、ドアをしめた。それからまた、シャクナゲの茂みを通って、いま来た秘密のコースの先をたどっていった。このコースは丘までつづいていた。それから阿房宮へ出る道に出て、ボート倉庫の方へおりてゆく道につづいていた。

ポアロは、阿房宮にはよらないで、まっすぐにボート倉庫へつづく曲がりくねっている道をおりていった。彼は倉庫の鍵を持っていた。ドアをあけるとなかにはいった。死体と、ジュースのコップとお菓子の皿がのっていたお盆がなくなっているだけで、あとは、彼が記憶しているままだった。警察が、この倉庫にあるものをすべて記録し、写真をとっていったのだ。ポアロは、漫画がおいてあるテーブルにまたかがみこんだ。彼は、パラパラと漫画をめくって見ていたが、その表情はマーリンが死ぬまえに落書きしていた言葉に目をそそいでいたあのブランド警部のそれとそっくりだった。〝ジャッキイ・ブレイクがスーザン・ブラウンと一緒に行く〟〝ピーター、映画館で女の子たちにたかる〟〝ジョージイ・ポーギイは森のなかでハイカーとキスする〟〝ビディ・フォックスは男の子が好き〟〝アルバート、ドリーンと二人連れ〟

おさない未熟さで、センチメンタルに書きつけられている言葉を、ポアロは読んだ。彼は、不器量なにきびだらけのマーリンの顔を思い浮かべた。彼女は夢をやぶられたので、そのかわりに彼女とおなじ年ごろの若い男女の行動を、スパイしたりのぞきこんだりしてスリルを味わっていたのだ。あの子は、スパイしたりこそこそうろつきまわったり、いろんなものを見てきたのだ。あの子が見るつもりもなしにふと見てしまったものは、普通ならさして気にとめるものではなかったのだが、ある場合にかぎってそれがたいへんなことになるようなものではなかったのだろうか？　たとえば、あの女の子にとってはなんでもないことでも、見られた当人にとってはきわめて重大なこと？

だが、これもみんな臆測にすぎない、ポアロは、疑わしげに頭をふった。彼はばらばらになっていた漫画を、きちんとテーブルの上で整理した。乱雑になっているのが、いつでもポアロには我慢がならないのだ。テーブルの上をきちんとかたづけると、突然、ポアロはなにかなくなっているような感じにうたれた。なんだろう？　ここに当然なくてはならないもの……？　それが、いまちょっとのところでどうしても思い出せなかったので、ポアロは頭をふった。

彼は不機嫌でみじめな表情をしたまま、ボート倉庫からのろのろと出てきた。そうだ、このエルキュール・ポアロは、殺人を未然に防ぐためにこの地によばれたのではなかったか、それが防げなかったのだ。殺人が起こってしまったのだ。それにもっと耐えがたいことは、殺人が起こったうえに、いまになってもはっきりとした目安がつかないでいることなのだ。じつに不名誉きわまる！　それに尻尾をまいて、明日はロンドンに帰らなければならないのだ。彼の自尊心はすっかりしぼんでしまった、口髭さえだらりとたれさがっている始末だ。

第十五章

ブランド警部が、だらだらと長いばかりで意にそまない面談を署長としたのは、それから二週間たっていた。

マーロール署長は、いかにも短気そうなもじゃもじゃの眉毛の男で、怒っているテリア犬を思わせた。しかし彼は、自分の部下ひとりのこらずに好感を持たれていて、彼の見識は重んじられていた。

「なるほど、で、われわれになにか手がかりとなるものがあったかね？　とにかく、行動のよるべきところのものが、なにひとつないのだからな。ま、ド・スーザという男にしてもだ、いずれにせよ、あの男と殺された女の子をむすびつけることはできんのだからな。かりにだね、スタッブス夫人の死体が出てきていたら、もっと事情は変わっていただろうが」マーロール署長は鼻のところまで眉をひそめると、ブランドの顔をギョロりと見つめた。「死体があると、きみはにらんでおるんだな？」

「どうお考えになりますか、署長は？」

「むろん、きみの考えとおなじだよ。さもなければ、いままでに彼女を捜しだしておったからな。そうでなかったら、夫人はきわめて緻密な計画をたてておったにちがいないのだ。それに、なんの形跡もつかめんのだからな。夫人は金も持っておらん。その経的な面も、われわれはくまなく調べてきたのだ。ジョージ卿は金を持っておる。卿は、夫人にはひどく気前がよかったが、夫人ときたらほんのわずかの金も持っていなかったのだ。それから夫人に好きな男がいたという形跡もない。こんな田舎にはつきものの噂やゴシップも、いいかね、このことに関してはないのだからな」

署長は床の上を行ったりきたりした。

「つまりだな、はっきりしていることは、われわれがなにも知らんということだよ。われわれは、ド・スーザが、われわれにはわからないある理由から従妹を殺したと考えておる。もっともありそうだと考えられることは、あの男がボート倉庫のところに夫人をよびよせて、ランチに乗せてから、河のなかにつきおとしたというやつだ。そういうことも起こりうるということを、きみはテストしてみたのだね」

「そうなんです、署長！　休暇のあいだなら、河や海岸で、観光船に乗っているお客の目をひとりのこらずごまかすことはできますよ。誰もそんなことは考えませんからね。なにしろ、お客というお客はみんなキャアキャア金切り声をあげて、景色に夢中になっているのですからね。しかし、ド・スーザが計算にいれていなかったのは、ボート倉庫にいたあの女の子がすることもなしに、死ぬほど退屈して、窓から外を眺めていたことですよ」

「ホスキンズがきみの実験を窓から見ていたのだが、きみからは、ホスキンズがわからなかったかね？」

「そうです、バルコニーにでも出てきて姿をあらわさないかぎり、あの倉庫のなかに誰かいるなどとは、ちょっと考えられませんな――」

「それでは、きっとあの子はバルコニーに出てきたのだな。ド・スーザは、自分のしたことを彼女に見られたことに気づいて、岸にあがると彼女にうまく話しかけて、そこで彼女がなにをしていたのかたずねながら、ドアをあけさせてボート倉庫のなかにはいりこんだのだ。彼女は、〝犯人探し〟の自分の役割を嬉々としてド・スーザに喋る、彼は冗談のように紐を女の子の頸にまきつけると、グイッと……」マーロール署長は、両手で真に迫った身ぶりをした。「これでおしまいだ！　ブランド、言ってみればこんな次第だが、しょせん、臆測にすぎん。証拠となるものは、ひとつもないのだ。おまけに死体も見つからん、ド・スーザをこの国に抑留しておこうと思うなら、いろいろと面倒なことが起こるだけだよ。みすみすあの男を見逃さなければならん」

「もう出航したのですか」

「いいや、一週間、あの男はヨットを繋留しているよ。それからあの呪われた島にかえるのだ」

「では、時間がたいしてありませんね」ブランド警部は悲観したような口調で言った。「ほかにも、なにか見込みがあると思うが？」

「はあ、二、三ありますが。私はまだ、犯人探しゲームの参画者のひとりに、あの子が殺されたのにちがいないとにらんでいるのです。そのうち、二人だけは完全に白なのです。ジョージ・スタッブス卿とワーバートン大尉です。二人とも、あの日、芝生のところで余興に立ちあっていましたし、午後中、ずっとお祭りの采配をふっておりましたからね。たくさんの人が証言しています。マスタートン夫人にも、それとおなじことが言えますから、彼女も白の方にいれることができますが」

「それではみんな白じゃないか。マスタートン夫人は、警察犬のことで、なんどもわしのところへ電話をかけてくるのだ。いや、まるで探偵小説に出てくる犯人みたいだぞ」

署長はちょっと考えこむようなかっこうでつけ加えた、「そんな馬鹿なことはない！

コニイ・マスタートンは、ずっと昔からのわしの知り合いだからな。夫人が少女団の女の子たちの頸を絞めてまわったり、エキゾチックな美人を殺したりするとは、どうしてもわしには思えん。ええと、ほかにどんな人間がいるのだね？」

「オリヴァ夫人です。彼女が、犯人探しを企画したのです。ちょっとエキセントリックな女性でしてね、あの日の午後の大部分というもの、彼女は姿を見せなかったのです。それから、アレック・レッグです」

「ピンク色のコテイジを借りて住んでいる男だね？」

「そうです。お祭りがはじまるとすぐどこかへ行ってしまったのです。祭りにはうんざりしたので、コテイジへ歩いてかえったと言っているのですがね。ところが、マーデル老人は、この男は舟着場でボートの番をしたりボートの繫留を手伝ったりしている年寄りですがね、アレック・レッグが五時ごろコテイジに帰ってゆくところに出会ったと言っているのです。五時より早いということはなかったそうです。とにかく、一時間は彼の証言と食いちがっていますからね。で、彼は、マーデル老人には時間の観念なんぞないし、彼に会った時間だってあやふやなものだ、とにかく九十二歳の老人なのだからと言っているのです」

「ちょっと腑に落ちんな、ところで犯行の動機だとかそういったものは、彼にはないのかね？」

「きっとスタッブス夫人とはなにかありそうですな」とブランド警部は疑わしそうに言った、「そしてへたをすると夫人が、彼の細君に言いだしかねないものだから、あの男は夫人を殺したのかもしれない、それを、あの女の子が見ていて――」

「では、あの男は、スタッブス夫人の死体をいったいどこへ隠したというのかね？」

「それがぜんぜんわからないのです。私の部下は、六十五エイカーも捜して歩いたのです。それなのに、土を掘った形跡もないのです。それに、木の根、草の根までわけて、くまなく捜してみたのですが。しかし、あの男がまんまと死体を隠しおおすことができたのなら、まるで馬鹿みたいに、夫人の帽子を河のなかになぞ投げこむでしょうか。それで、マーリン・タッカーに見られたものだから、あの男は彼女を殺してしまった？どうも、そこのところはいつもおなじですな」ブランド警部はそこで言葉を切ったが、やがて、「それから、むろんレッグ夫人がおります――」

「彼女についてはどうかね？」

「夫人は四時から四時半までのあいだ、お茶のテントにいなかったのです、自分ではいたと言っているのですが」ブランド警部はゆっくりと言った、「私は、彼女とフォリアット夫人の話を聞くやいなや、こいつは怪しいぞとにらんだのです。証拠は、フォリアット夫人の言葉を裏づけています。なにしろ、この三十分間はきわめて重要ですからね」ふたたび警部は言葉を切った、「それから、建築家のマイケル・ウェイマン青年がおります。どのみち、この男をしばりつけておくわけにはゆきませんが、殺人者にはもってこいの男ですよ、なにしろうぬぼれが強くて、鉄面皮もいいところですからね。人間ひとり殺したって屁とも思わないようなやつです。とにかくだらしのない男ですよ」

「そこへいくと、きみはちゃんとしているからなあ、ブランド」と署長は言って、「で、その男は自分の行動を、どう説明したんだね？」

「それがじつにあいまいなのです、とりとめがないのですよ」

「いや、それはほんものの建築家だという証拠だよ」署長は同情して言った。つい最近、海岸の近くに彼は家を建てたのだ。「建築家というやつはとりとめのないものだよ、よくあれで生きていかれると思うほどだ」

「いったいどこにいたのか、それが何時だったのか、ぜんぜんおぼえていないのですからな。それに、あの男を見かけたものもいないのです。スタッブス夫人があの男に熱をあげていたというような話がありますがね」

「では、情事にからんだ殺人だと言うのかね」

「いいえ、ただ私に発見できるものを求めているだけです」警部はきっぱりとした口調で言った、「それから、ミス・ブルイスがいます……」彼は言葉を切った、こんどは、かなり長いあいだ黙ったままだった。

「たしか秘書だという話だったね？」

「そうです。きわめて有能な婦人です」

また、警部は口をとじてしまった。署長のマーロールは、部下にするどい視線をそそいだ。

「その女のことで、きみはなにか考えていることがあるのだね？」と署長が言った。

「はい、そうなのです。彼女は、殺人があったと推定されるその時刻にボート倉庫にいたことを、公然とみとめているのです」

「彼女がやったということになったら、どういうことになるかね？」

「彼女の犯行ならいちばんピッタリするのです。よろしいですか、もし彼女が、お菓子とジュースをのせたお盆を持って、倉庫にいる女の子に持っていってやるのだとみんなに話せば、それで言いわけがたちますからね。彼女は倉庫に行ってもどってくる、そして、そのときはまだ、女の子はピンピンしていたと言います。私たちは、彼女の言葉をそのまま信じました。しかしですよ、そこで医師の証言をもう一度、検討していただきたいのです、医師のクック博士の推定によりますと、死亡時間は四時から四時四十五分のあいだということになっているのです。私たちが知っているのは、マーリンが四時十五分まで生きていたというミス・ブルイスの言葉だけなのですからね。それに、彼女の証言について妙な点がひとつ出てきているのです。彼女は、スタッブス夫人の言いつけで、お菓子とジュースをマーリンに持っていってやったと私に言っているのですが、他の証人たちは、あのスタッブス夫人にかぎってそんなことを考えるはずがないと、はっきり言っているのです。私も、この証人たちの言葉の方が正しいと思うのです。いかにもスタッブス夫人らしからぬことですからね。スタッブス夫人というひとは、自分のことか自分の容姿のことにしか頭のまわらないご婦人ですからな。自分のこと以外に食事を言いつけたり、家事の采配をふったり、ひとの身を気づかったりしようとはとても思えませんね。考えれば考えるほど、夫人があの女の子になにか持っていくようミス・ブルイスに言いつけるとは、とても思えなくなってくるのです」

「ブランド、きみはなにか握っているのだね。では、彼女の動機はなんだね、もし彼女の犯行なら？」

「あの女の子を殺す動機はありません、しかしですね、スタッブス夫人を殺すのなら、動機があったはずだと私は思います。署長にもお話ししたポアロ氏の言によりますと、ミス・ブルイスはジョージ卿にすっかり熱をあげているということです。彼女は、森のなかまでスタッブス夫人をつけていって、そこで殺す、ボート倉庫で退屈していたマーリン・タッカーが倉庫から出てきて、ふと、それを目撃する、と考えてみたらいかがでしょうか？　むろん、彼女はマーリンも殺してしまわなければなりません。で、そのつぎになすべきことは？　ボート倉庫に女の子の死体を運んでから、自分は屋敷にとってかえす、それから、お菓子とジュースのお盆を持って、もう一度ボート倉庫へ行くのです。そこで、彼女のアリバイはなりたちますし、私たちは、外見上唯一のたのみになる証言を手にいれることになるのです、つまり、マーリン・タッカーは四時十五分にはまだ生きていたという、彼女の証言をですね」

「なるほど、それでは、彼女が犯人だとしたら、スタッブス夫人の死体はどうしたのかね？」

「森のなかに隠したか、埋めたか、あるいは河のなかにでも落としたかしたのでしょう」

「河のなかはちょっとむずかしいのじゃないかな？」

「それは犯行の場所いかんだと思いますね。彼女は腕力のある方です。ボート倉庫から夫人を運んで、埠頭から投げこむことだってできますからね」

「ヘルム河の観光船のお客が眺めているだろうに？」

「いいえ、ばか騒ぎをしているぐらいにしか、船のお客の目にはうつりませんよ。危険ではありますが、可能性はあります。ですが私は、夫人の死体をどこかに隠しておいて、帽子だけをヘルム河に捨てたとむしろ考えたいですな。なにしろ彼女は、屋敷や庭園をよく知っているのですから、死体の適当な隠し場所ぐらい知っているかもしれない、これは充分考えられることですよ。あとになってから、死体を河のなかに投げこむことだってできるのですからね。誰にわかります、彼女がそうやったところで？」警部は、また思いかえすようにつけ加えた、「しかしですね、どうも私には、まだド・スーザのことが――」

署長のマーロールは咳ばらいをすると、警部の顔を見上げた。

「つまり、こういうことになるな、マーリン・タッカーを殺しえた人間が五人か六人、目星がついた。そのなかの何人かは、ほかの人間より疑いは濃厚だが、それも、われわれの見たかぎりではだ。定石でゆくなら、なぜあの女の子は殺されたか、それを知ることだ。女の子はなにかを見たために殺された、しかし、あの子がなにを見たか、それがはっきりわかるまでは、われわれには誰が彼女を殺したのかわからないのだよ」

「そうおっしゃられると、とてもむずかしいように聞こえるのですが」

「そうだとも、これはむずかしいよ。しかし、解決するさ、いつかはね」

「そのあいだに、あの男は二人も人間を殺しておいて、腹のなかでせせら笑いながら、まんまとイギリスから逃げだしてしまうでしょう」

「きみは、あの男をあくまでもくさいとにらんでいるのだね、ま、わしは、きみがまちがっているとは言わんが、しかし……」

署長はちょっと言葉を切ったが、やがて肩をすくめると、

「ま、犯人が精神異常者であるよりはましだからね。そうだったら、いままでに三人目の殺人事件にぶつかっているところさ」

「二度あることは三度あるという諺がありますよ」警部は陰気な口調で言った。

その翌朝、マーデル老人が、河むこうのギッチャムのなじみの酒場へ行った帰り道、きっといつもよりよけい飲みすぎたのだ、舟着場にあがろうとして河のなかに落ちてしまったという話を警部が耳にしたとき、彼は思わず、「二度あることは三度ある」という言葉をまたくりかえしてしまった。老人の乗っていた舟は、ただよっているところを発見された、そして、老人の死体は、その夕方見つかった。

その検屍審問は、じつにあっさりしたものだった。老人の落ちて死んだ夜はまっくらやみで、マーデル老人はビールを三パイントも飲んでいたのだし、それに年ももう九十二歳だ……

陪審員は、事故死と答申した。

第十六章

1

エルキュール・ポアロは、ロンドンのアパートの正方形の部屋の、四角い暖炉のまえにある、これもまた四角い椅子に腰をおろしていた。彼のまえには、さまざまなものがあったが、それは正方形ではなかった。そのかわり、途方もない曲線をえがいている。そのひとつひとつをよく見ると、いったいなにに使うものか、正気の世界ではちょっと考えられそうもないものばかりだ。人を小馬鹿にするような、意味のないまったくわけのわからない代物にしか見えない。しかし、ほんとのところ、そういう品物ではないのだ。

正確にそれらを評価するならば、ある固有の世界においては、そのひとつひとつが固有の位置をしめているのである。その固有の世界に、そのひとつひとつをあるべき位置に組み合わせるならば、たとえ意味はあらわさなくとも、ひとつの絵ができあがるのだ。

言葉をかえて言うならば、いまエルキュール・ポアロがやっているものは、ジグソー・パズルなのだ。

彼は、またピタリと組み合わせられないですきまだらけの矩形《くけい》に目をそそいでいた。心をしずめるためと愉しみのために、彼はパズルをするのだ。パズルは、混乱を秩序におきかえる。これは、自分の探偵という仕事にそっくりだと、彼は心のなかで思った。事件もまた、さまざまな、信じがたい事実でおおわれていて、一見、なんの脈絡もないように思われるのだが、それにもかかわらずそのばらばらの事実は、全体をピタリと組み合わせるためには、ひとつとして欠くことのできぬ部分なのである。ポアロの指は、巧みに灰色の一片をつまみあげると、青空のなかにピタリとはめこんだ。ポアロにもいまやっとわかったのだが、その灰色の一片は飛行機の一部だったのだ。

「そうだ」ポアロはつぶやいた、「こうならなくてはいけないのだ。なるほど、こいつがここに来て、あっちのやつがこうなるのか、まさかこうなるとは思わなかった。ちゃんと、こう組み合わされるようになっているのだ。さあ、これでできたぞ、ぴったりだ！」

ポアロはやつぎばやに、ちいさな尖塔の形をした断片や、縞模様の天幕に見えるがじつは猫のおしりの断片、それから、風景画で有名なあのウイリアム・ターナー調の、オレンジ色からピンク色に突然変わる日没の色をしている断片を最後にはめこんだ。

自分の求めているものがなんであるか、それがわかっていたら、こんなに簡単なものはないさと、ポアロはつぶやいた。しかしその肝心の求めているものがわからないのだ。だから、とんでもない場所に断片をはめこんでみたり、ぜんぜんちがうものを想定するのだ。ポアロは、いらいらしながら、溜息をついた。眼前のジグソー・パズルから、暖炉のむこう側にある椅子に目を移した。その椅子にブランド警部が座って、お茶を飲み、焼菓子（これも四角かった）を食べながら、すっかり意気消沈して喋ってから三十分もたっていない。警部は、警察の用件でロンドンまで来たのだが、その用件の片がついたのでポアロを訪ねてきたのだった。警部が概略説明したことに、あらゆる点でポアロは賛成だった。ブランド警部は事件をじつに公正に見ていると、ポアロは思った。

ナス屋敷で事件が突発してから一カ月、ほぼ五週間になんなんとしているのだ。それも、停滞と否定の連続なのだ。スタッブス夫人の死体は、まだ見つからなかった。かりに生きているとしても、その足どりをつかむことができなかった。ブランド警部も指摘したように、彼女が生きているという可能性はまずなかった。その点も、ポアロは同感だった。

「むろん、夫人の死体は打ちあげられないかもしれませんがね。いったん水のなかにはいったとすると、その死体についてはなんとも言えないですからね。死体が出てきても、ちょっと識別はむずかしいですな」

「第三の可能性がありますね」とポアロが口をひらいた。

ブランドはうなずいて、

「そうです、私もそのことを考えていました。ええ、いつも頭からはなれなかったのですよ。つまり夫人の死体は、ナス屋敷の、われわれの気のつかないようなどこかに隠されているとおっしゃるのでしょう。たしかにありうることですよ。ああいう古い屋敷に、それにああいった庭園もついているのですから、われわれの頭に浮かんでこないような場所があるはずです」

警部は口をつぐむと、ちょっと考えていたが、やがて、

「いつだったか、たった一度なかにはいったことがある家があるのですよ。戦中に防空壕として建てたものなのです。屋敷寄りの庭のなかにある、ま、素人造りのちゃちなものですがね。そこから屋敷のなかの地下貯蔵室へ通路ができているのです。戦争が終わって、防空壕に用がなくなったものですから、そこに築山みたいなものをきずいたのです。現在、庭を歩いていても、そこがかつての防空壕で、その下に地下壕があるとはちょっと気がつかんですね。はじめから築山として造ったとしか思えないくらいです。そ

れから地下室の酒の貯蔵場の裏手から地下壕に通じている通路があります。つまり、そういうような場所のことを私は言っているのですがね。そういう場所へ通じている通路など、外部の者にはちょっと気がつきませんからな。それから、聖職者の隠れ家のようなものがあるとは思えないのですが」

「その当時じゃありえないでしょうな」

「ウエイマンの話では、あの屋敷は一七九〇年かそのあたりに建てられたものだというのですから、もうその時代なら、聖職者たちが身をひそめるいわれはなにもないわけです。とはいうものの、この建物のなかには、改造したような場所、家族のひとりが知っているような場所があるかもしれませんね。いかがでしょう、ポアロさん?」

「それは考えられますね、たしかに。もし、その可能性があるとするなら、そのつぎは、知っているとしたらそれは誰かということになりますね。あの家にいる人間で、いったい誰でしょう?」

「そうですね、そうなるとド・スーザは除外されるでしょうな」警部は、あまり気のすすまなそうな様子だった。彼はまだ、ド・スーザをまっさきに疑っているのだ。「あなたのおっしゃられたように、奉公人か家族のひとりか、とにかく、あの家に住んでいるものが知っているかもしれませんね。あの家に顔を出すだけのようなひとは、あまり該当しないということになりますな、たとえばレッグ夫妻のような、あの家にただ遊びにくるような人たちは」

「そういうことをほんとうによく知っているような人、あなたにたずねられて返事のできる人といったら、まずフォリアット夫人でしょうね」とポアロが言った。

あのナス屋敷のことなら、なにからなにまで知っているひとといえばフォリアット夫人だと、ポアロは思った。それにフォリアット夫人は、スタッブス夫人が死んだということも、直感的に知っていたのだ。夫人は、マーリンとハティ・スタッブスが死ぬまえから、この世が邪悪にみちていて悪い人間がいることを悟っていたのだ。とにかく、あのフォリアット夫人が、この事件全体の鍵なのだと、ポアロはいらいらしながら考えた。だが、この鍵はなかなか言うことをきかない鍵なのだ、と彼は思いかえした。

「私は何度か、フォリアット夫人に会ってみました」と警部が言った。「とにかくものわかりのいい、あたりのやわらかな方なのですが、われわれの力になれないのをとても苦にしているようでした」

力になれないのか、それとも、力になろうとしないのか？　ポアロは心のなかでつぶやいた。ブランド警部もきっと、おなじようなことを考えているのだ。

「無理に口を割らせることができないタイプの婦人がおりますからな、頭からおどしつけたり、くどいたり、あやしたりするような真似ができないタイプのね」と警部が言った。

いやいや、とポアロは胸のなかで言った、きみがそうできなかったのはフォリアット夫人ではないか。

警部はお茶を飲みおわると、ホッと溜息をついて帰っていった。それからポアロは、つのりつつある鬱憤をまぎらすために、ジグソー・パズルにとりかかったのだ。そうだ、胸のなかがむかむかするほど屈辱感でいっぱいなのだ。オリヴァ夫人は、彼女の言いしれぬ不安をときほぐしてもらおうと思って、彼、エルキュール・ポアロを、わざわざよんだのではなかったか。なにか、あたりまえでない空気、なにかよくないことが起こりつつあるような空気を、彼女は感じていたのだ。彼女は、エルキュール・ポアロが未然にそれを防いでくれるものと、心からあてにしていたのだ。ところが、彼はそれを防止することができなかった。それから、こんどこそは犯人をつきとめてくれるものと彼女は期待していたというのに、それも彼にはできなかった。彼は霧のなかにいるのだ、ときおり、思いがけないところからチラチラとあかりがもれてくる霧のなかに。そして、ときどき、いや、彼にはそう思われただけかもしれないが、そのあかりをたしかに見たのだ。そして、そのたんびに、ポアロはもっと先まで見とどけることができなかった。

ほんの一瞬、やっとさしこんできた光の意味も、彼はつかみそこなってしまったのだ。

ポアロは椅子から立ちあがると、暖炉のむこう側に、もうひとつの椅子、もっと幾何学的な角度を持っている四角い椅子をならべると、そこに腰をおろした。彼は玩具のジグソー・パズルから、殺人事件のジグソー・パズルに移った。ポケットから手帳をとりだすと、ちいさな、きれいな書体で書いた。

〝エティエンヌ・ド・スーザ、アマンダ・ブルイス、アレック・レッグ、サリイ・レッグ、マイケル・ウエイマン〟

ジョージ卿やジム・ワーバートンがマーリン・タッカーを殺すことは、物理的に言って不可能だった。オリヴァ夫人の場合は、物理的に不可能ではなかったので、彼女の名前も、余白に書きくわえた。それに、マスタートン夫人の名前も書いた、あの日の四時から四時四十五分までのあいだに、芝生にずっと彼女がいたかどうか、ポアロははっきりとおぼえていなかったからだ。それから、執事のヘンデンの名前も記入した。ポアロが銅鑼の打ち棒を手にしたこの黒髪の執事を怪しんでいたからだというよりも、オリヴァ夫人が、その〝犯人探し〟のなかで、この男を腹黒い執事に仕立てていたせいだ。それから〝亀の子のアロハの青年〟と書いて、そのあとに疑問符をつけた。そこで、ポアロは微笑を浮かべると、頭をふった、そして、上着の折襟からピンをぬくと、目をとじたまま、手帳の名前につきたてた。こいつがいちばんだ、とポアロは思った。

ピンがいっとうおしまいの名前をつきさしたとき、さすがにポアロも自分に腹を立てた。

「なんというざまだ、あの亀の子のアロハが、この事件になんの関係があるというのだ？」

しかし、リストのなかにこのわけのわからぬ青年をいれたのには、なにかわけがあってのことだと、ポアロは思いかえした。彼は、阿房宮に座っていた日のことを思いだした、そして、そこにいるポアロを見たとたんにびっくりした顔をしたのを。若さにあふれている顔なのに、愉しげなところは、ひとかけらもなかったじゃないか。どこか居丈高の残忍な顔だ。あの男は、なにか目的があってやってきたのだ。そうだ、誰かに会いにきたのだ、そして当然、その相手というのは、会えなかった人物か会いたくなかった人物ということになる。事実、誰にも気づかれてはならない極秘裡の会合だったのだ。後ろ暗い会合、殺人となにか関係のある会合？

ポアロはじっと考えこんでいた。あの青年はユース・ホステルに泊まっていると言っていたが、言いかえるならば、すくなくとも二晩は、あの近所にいたことになる。あの男は、偶然にあのユース・ホステルに泊まりにきたのだろうか、イギリスに遊びに来たたくさんの外国の学生のように？　それともなにか特別の目的があって、ある特定の人物に会うためにやってきたのだろうか？　いや、あのお祭りの日に、偶然誰かに会ったとも考えられる――たぶん、会ったのだ。

わたしにはたくさんの材料がある、とエルキュール・ポアロはつぶやいた。殺人のジグソー・パズルのおびただしい断片を、わたしはにぎっているのだ。わたしには、これがどんな性質の犯罪なのかわかっている。しかし、わたしが正しい方法で考察していないことはたしかだ。

彼は手帳のページを繰ると、そこに書きこんだ。

〝スタッブス夫人は、マーリンのところへお茶を持ってゆくように、ミス・ブルイスに言いつけたか？　もしそうでないのなら、どうしてミス・ブルイスはそんなことを言ったのか？〟

彼は、この問題を考えた。ミス・ブルイスが、あの女の子にお菓子とジュースを持っていってやろうと考えることは、ごく自然なことだ。だが、もしそうなら、なぜ、彼女は簡単にそう言わないのか？　スタッブス夫人に言いつけられたなどと、なぜ嘘をつくのか？　それは、ミス・ブルイスがボート倉庫に行ったとき、マーリンが殺されているのを発見したからではないのだろうか？　もしミス・ブルイスに殺人をしでかしたおぼえでもないかぎり、それはちょっと考えられないことだ。彼女は臆病でもなければ、思いすごしたりするような女でもない。かりに彼女が、あの娘の死体を発見したならば、十中の十まで時をうつさずに急を知らせるはずではないか？

ポアロはしばらくのあいだ、手帳に書きつけた二つの問題をあかずに眺めていた。その問題のどこかに、彼の目からもれていた真実を強力に告げてくれるものがあるように、ポアロには感じられてならなかった。四、五分考えてから、ポアロは手帳にさらに記入した。

〝エティエンヌ・ド・スーザは、彼がナス屋敷につく三週間前に、従妹に手紙を出したときっぱりと言っていたが、その真偽はいかん？〟

ポアロは、嘘だと十中八、九まで思った。彼は、あの朝食の光景を思い浮かべた。でなかったら、いったいどういう理由があって、ジョージ卿やスタッブス夫人が、あの手紙のことでわざわざ驚いたりこわがったりするふりをしてみせる必要があるのだ？　彼には、その目的がのみこめなかった。しかし、かりにエティエンヌ・ド・スーザが嘘をついたとしても、どういうわけがあって彼は嘘をついたのか？　彼の訪問がまえまえから予告され、歓迎を受けていたという印象をあたえるためにか？　そうかもしれない、しかし、ずいぶん薄弱な理由ではないか。それに、あの手紙が書かれ、受けとられたというはっきりとした証拠はないのだ。ド・スーザとしては、この訪問が善意によるもの——ごく自然で、予期されていたような感じをあたえようとしたのではないか？　たしかに、ジョージ卿は、初対面であるにもかかわらず、ド・スーザをあたたかくむかえたのだった。

ポアロはそこまで考えてくるとはたとゆきづまった。ジョージ卿はド・スーザの顔を知らなかった。夫人は、知ってはいたが彼には会わなかった。まてよ、なにかありそうだぞ、あの祭りの日についたエティエンヌ・ド・スーザが、ほんもののド・スーザでなかったなどということは、ありうべきことだろうか？　彼はじっと考えこんだが要領を得なかった。もし彼がド・スーザでないならば、ド・スーザに扮することによって、どんな利益があるというのか？　いずれにせよ、ハティが死んだところで、ド・スーザにはなんの利益もないのだ。警察でも調べたように、夫からお小遣いをもらう以外には、ハティは自分の金など持っていないのだ。

ポアロは、あの日の朝、夫人が彼に言った言葉をはっきりと思いだそうとした。「あのひと、悪いひとよ、悪いことばかりするのよ」そして、ブランドから聞いたところによれば、彼女は夫にこう言ったのだ、「あの男は人殺しをするのよ」

ここにとても重要なところがある。いまやすべての事実を吟味するのだ。あの男は人殺しをする。

エティエンヌ・ド・スーザがナス屋敷にあらわれた日、たしかにひとがひとり殺されたではないか、いや、二人かもしれん。フォリアット夫人も、ハティのメロドラマにでもあるような台詞なんぞ、だれが気にとめるものですか、と言っていたが。そうだ、しきりにそう言っていたっけ、あのフォリアット夫人は……

椅子の肘掛けを手でバンとたたくと、エルキュール・ポアロは顔をしかめた。

「いつもきまって、フォリアット夫人のところにもどってくるのだ。彼女は、事件全体をとく鍵だ。夫人の知っていることがわたしにわかったらなあ……もう、こんな椅子に座って考えてなんかいられないぞ、そうだ、汽車に乗ってデヴォンシャーまで行くのだ、そして、フォリアット夫人に会わなければ」

2

エルキュール・ポアロは、ナス屋敷の大きな鉄の門のまえで、ちょっとたたずんだ。カーブを描いている車道にそって、彼は前方を見渡した。夏は過ぎさっていた。木の葉がひらひらと、木々からしずかに舞いおちていた。すぐそばにある草でおおわれた堤も、ちいさな紅紫色のシクラメンの花の色にそめられていた。ポアロは溜息をもらした。このナス屋敷の美しさに、彼はすっかり魅了されてしまったのだ。彼はけっして野生的な自然の賛美者だとは言えず、なによりも手入れのゆきとどいた小ぎれいなものが好きだったが、しかし、この木々のこんもりとおい茂っているものしずかな自然の美しさには、心をうたれずにはいられなかった。

彼の左手には、ちいさな白い柱廊玄関になっている小屋があった。たぶん、フォリアット夫人は、在宅していまい。園芸用のバスケットを持って、どこかへ出かけているか、近所のお友だちでも訪ねていることだろう。夫人には知り合いがたくさんある。この屋敷は彼女の家だったのだし、それも何十年という長い年月、彼女は住んでいたのだ。舟着場にいるあの老人も言っていたではないか、〝このナス屋敷は、やっぱりフォリアット家のものですわい〟

ポアロは、小屋のドアをしずかにノックした。ほんのしばらくすると、なかで足音のしてくるのがポアロにわかった。ゆっくりと、なにかためらうような足音だった。やがてドアがあくと、その戸口にフォリアット夫人が立っていた。夫人がすっかり老けこんでしまって、弱々しくなっているのを見て、ポアロは驚いてしまった。夫人は、ちょっ

とのあいだ、疑わしげに彼を見つめていたが、やがて、

「まあ、ポアロさん？」

夫人の目のなかに恐怖の色があらわれたように、一瞬、ポアロには感じられたが、たぶん、これは思いすごしだったろう。彼は丁重な口調で言った。

「お邪魔してよろしいでしょうか、マダム？」

「さ、どうぞ」

夫人は落ちつきをとりもどすと、彼を身ぶりで招きいれて、彼女のちいさな居間に案内した。マントルピースの上には、美しいチェルシー焼の胸像がのっていた。それに、きれいな手編みのレースでおおわれた一対の椅子。ちいさなテーブルの上には、ダービー磁器のお茶器が一式おいてあった。フォリアット夫人が口をひらいた。

「ほかのカップを持ってまいりましょうね」

ポアロは軽く手をあげてとめたが、夫人はそれを軽く受けながして、

「お茶を召しあがらなくてはいけませんわ」

夫人は部屋から出ていった。ポアロはもう一度、部屋のなかを見まわした。椅子のシートにする刺繍が一枚、編みかけになったまま、テーブルの上においてあった。壁を背にして本棚があった。壁には、ひとかたまりの小画像と、ピンとはねあがった口髭と貧

弱な顎の、軍服を着た男の色あせた写真が、銀の額におさまってかかっていた。

フォリアット夫人は、カップと小皿を手にして部屋にもどってきた。

「ご主人ですね、マダム？」とポアロがたずねた。

「はあ」

ポアロの視線が、もっと写真でもないかと本棚の上の方をうごいているのに気づくと、夫人は無愛想に言った。

「わたしは、写真というものが好きじゃございません。昔のことばかり思いださせますもの。過去のことなんぞ忘れるようにしなくてはなりませんわ。それに朽ち木のように役に立たなくなったものは遠慮なく切りとられなければね」

ポアロは、はじめてフォリアット夫人に会ったときのことを思いだした、彼女は堤のところで、鋏で灌木をさかんに刈りこんでいたっけ。そのとき、たしか彼女は朽ち木のことをなにか言っていたようだったな。ポアロは、夫人の性格を見きわめようと、彼女の顔をじっと見つめていた。じつに不可解な婦人だ、とポアロは心のなかで思った。彼女は、見かけのおとなしさや弱々しさにかかわらず、残酷さを持っているのだ。この婦人だったら、ほんものの朽ち木を切りはらうばかりでなく、彼女の人生からも朽ち木を……

夫人は、席に腰をおろしてお茶をつぐと、たずねた。「ミルクをおいれしまして？　お砂糖は？」

「三匙いれていただきましょうか、マダム」

彼女はカップを手渡すと、うちとけた口調で、

「わたし、あなたがお見えになったものですから、ほんとに驚きましたわ。こちらの方へ、あなたがまた旅行なさるなどと、夢にも思いませんでしたもの」

「いや、旅行の途中でおよりしたのではないのです」

「とおっしゃいますと？」夫人はかすかに眉をつりあげるとたずねた。

「こちらへうかがったのは、目的があるからなのです」

夫人はまた、いぶかしそうにポアロの顔を見つめた。

「じつは、あなたにもお目にかかりにまいったわけなのです、マダム」

「ほんとですの？」

「まっさきにおたずねしたいことは、スタッブス夫人のことなのですが、なにか情報がございませんか？」

フォリアット夫人は頭をふった。

「このあいだ、コーンウォールの海岸に死体がひとつあがりましたのよ。で、身元をた

しかめに、ジョージがそこへまいったのですけれどねえ、あのひとではありませんでしたわ」それから、夫人は言いたしした、「ほんとに、ジョージが可哀相でなりません、それこそ緊張のしどおしですもの」

「卿は、夫人がまだ生きているかもしれないと信じているのですか？」

こんどはゆっくりと、フォリアット夫人は頭をふった。

「どうやら、あのひともあきらめたようですわ。だってあなた、かりにハティが生きているなら、あらゆる新聞の目をくぐって身を隠しているなんて、とてもあの子にできませんもの、それに、警察が捜しているのですからねえ。たとえ、あの子が記憶喪失かなにかにかかっていたとしても、そうですとも、もういままでには警察が捜しだしているはずじゃありません？」

「たしかにそうですね、警察はまだ捜しておりますか」とポアロ。

「そうだと思いますよ。はっきりしたことはわかりませんけど」

「しかし、ジョージ卿はあきらめてしまいましたね」

「いいえべつに、卿が口でそう言ったわけではありませんのよ。なにしろ、ここのところわたしは卿に会っていないものですから。卿は、ほとんどロンドンに行っているのですよ」

「あの殺された女の子の事件の方はいかがです？　あのままですか」

「ええ、そうらしいですわね。ほんとに馬鹿げた犯罪ですよ、可哀相なあの子――」

「あの子のことをお考えになると、まだ、じっとしてはいられないようなお気持ちになるでしょうな、マダム」

フォリアット夫人は、しばらく答えなかった。やがて、

「年をとりますとね、若いひとの死というものはほんとに胸にこたえるものですよ。わたしのような年寄りには死ぬなんてあたりまえのことですけど、あの子にはまだたっぷり人生が残っていたのですもの」

「そう面白い人生ではないでしょうけどね」

「それはあなた、わたしたちの目から見ればそうかもしれませんけれど、あの子にとっては面白い人生かもわかりませんわ」

「たしかにあなたのおっしゃるように、われわれのような年寄りには、もう死ぬことなどあたりまえのことですがね、しかしそうは言っても、ほんとのところは死にたくはないのですよ、いや、すくなくとも、このわたしは死にたくないですな。人生はわたしにとって、依然として興味津々たるものがありますからね」とポアロが言った。

「わたしは、そうは思いませんですよ」

夫人は、ポアロに言うよりも、むしろ自分につぶやくように言った。彼女の肩は、まえよりもいっそう落ちていた。

「わたしはもう、すっかり疲れてしまいましたよ、ポアロさん。もう覚悟ができているばかりではなく、おいとまするようなときが来たら、ほんとにありがたいくらいですわ」

思わずポアロは、チラッと夫人の顔を見た。こうして椅子に腰をおろして喋っている夫人は病気なのかしら、死期が近づいているのを彼女ははっきりと自覚しているのだろうか、さっき戸口のところでポアロはふとそんな気になったが、いまもこう思わずにはいられなかった。そうでも思わないかぎり、彼女の物腰にあらわれているはげしい疲労感を、どう解釈していいかわからなかった。この疲労感は、彼女の性格にはそぐわないものだ、と彼は思った。エイミイ・フォリアットは、活力と意志にあふれている性格の持ち主ではないか。彼女はあらゆる苦難にうちかって生きてきたのだ、家を失い、富をなくし、息子たちには戦死をされて。しかもなお、彼女は生きのこってきたのだ。彼女は自分で言っていたように、〝朽ち木〟を切りはらってきたのだ。ところがいま、彼女の人生には、彼女にも切りはらうことのできないなにものかが、彼女のために、誰にも切りはらってやれないようななにものかがあるのだ。もしそれが、彼女の肉体的な病気ではないのなら、ポアロにはまったく見当がつかないのだ。まるで、ポアロの胸中が夫人に読めたとでもいうかのように、彼女は突然かすかな微笑を浮かべた。

「ねえポアロさん、わたしの人生もそう長いものではありません。わたしには、お友だちはたくさんありますけれど、親戚というものも家族もないんですからねえ」

「しかし、お宅があるではありませんか」とポアロは反射的に言った。

「ナス屋敷のことですの？　それは——」

「いや、あなたのお宅ですとも、たとえ法的にはジョージ・スタッブス卿の所有であったにしろ、そうではないでしょうか？　ジョージ卿がロンドンに行っているあいだ、いわば、あなたが卿の代理をつとめているわけですからな」

と、またポアロは、夫人の目のなかに恐怖の色がきらめいたのを見てとった。夫人は口をひらいたが、その声には氷のようなするどさがあった。

「あなたのおっしゃっていることが、わたしにはなんのことやらさっぱりわかりませんわ。ジョージ卿が、この番小屋を貸してくださったことを、わたしは、とてもありがたく思っているのですよ、わたしがお借りしているのですからね、ポアロさん。それに、年ぎめでお家賃を払っているのですから、この屋敷のお庭を歩く権利だってございますのよ」

ポアロは、両の手をひろげてみせた。

「いや、失礼しました、マダム、あなたの感情を害するようなつもりはなかったのです」

「いいえ、わたしの誤解ですわ」フォリアット夫人はつめたく言った。

「ここはじつに美しいところですな、美しいお屋敷、美しい庭園、平和そのものですよ、いや、身も心ものんびりしますな」

「そうですとも」夫人の顔はあかるくなった、「わたしたちはいつでもそう感じてまいりましたわ、わたしがはじめてこちらに移ってきたとき、まだほんの子供でしたけどねえ、そう感じたものですよ」

「しかし、いまでも平和でゆったりと落ちついた気持ちになれますか、マダム？」

「またなぜですの？」

「殺人はまだ解決されていないのですよ。無実の血が流されたのです。その暗影がぬぐわれないうちは、ここには平和はもどってこないはずです」それからポアロは言いくわえた、「あなたも、わたしとおなじように思っていらっしゃると思いますが、マダム」

フォリアット夫人は答えなかった。身動きひとつせず、口をひらこうともしなかった。彼女はただ、じっと座ったままだった。いったい夫人がなにを考えているものか、ポア口には見当がつかなかった。彼はまえの方にすこし身をかがめると、また口をひらいた。

「マダム、あなたはたくさんのことを知っていらっしゃるのです——おそらく、あらゆることをね、この殺人事件に関してです。あなたは、誰があの子を殺したかご存じです。そしてその動機も。それから、ハティ・スタッブスを殺した人間もご存じなのだ、たぶん、彼女の死体のありかまでも」

とうとうフォリアット夫人は口をひらいた。その声は大きく、荒々しいと言ってもよかった。

「わたしはなにも存じません、ええ、そうですとも」

「いや、わたしのおたずねの仕方がまちがっていたのかもしれません。たしかにあなたはご存じない、しかしあなたには想像がつくにちがいないのです、マダム、あなたにはきっと想像がつくはずです」

「まあ、あなたは気でも狂ったのではございません？　失礼ですけど」

「いやばかげたことではないのです、きわめて危険なのですよ」

「危険？　いったい、誰がですの？」

「あなたですよ、マダム。あなたが、ご自分の知っていらっしゃることを口外なさらないかぎり、あなたの身に危険は迫っているのです」

「わたしは、あなたに申しあげたはずですよ、なんにも知らないということをね」

「しかし、想像は——」

「いいえ、なにひとつ思いあたりませんわ」

「失礼ですが、それは嘘ですね、マダム」

「たんなるあて推量を口外するなんて、それこそそたちのよくないことですわ、邪悪そのものでしてよ」

ポアロは、さらに身をかがめた、「いまからひと月まえに、それとおなじような邪悪な行為がなされているのです」

夫人は、椅子のなかで身をすくませた。そして、ささやくような声で、

「もう、おっしゃらないで」それから、身をふるわせながら長い溜息をもらした。「とにかく、もう過ぎてしまったことですわ——過ぎさってしまったこと」

「そうでしょうか、マダム？　しかし、わたしの知っていることはこういうことなのです、殺人者は現にいるのですよ」

夫人は頭をふった。

「いいえ、いいえ、もう終わったのです、いまさら、わたしにできることなどもうないのです」

ポアロは椅子から立ちあがった。そして、立ったまま夫人の顔を見おろした。彼女はいらいらした声で、

「警察があきらめてしまったというのに、いまさらどういうわけで、あなたは――?」

ポアロは頭をふった。

「いや、それはちがいますね、マダム。警察は、あきらめませんよ」それから彼は言いたした、「それに、このわたしもあきらめはしないのです、よろしいですか、マダム、エルキュール・ポアロは断じてあきらめないのです」

いや、じつに典型的な退場の台詞だった。

第十七章

ナス屋敷を出てから、タッカー一家が住んでいるコテイジを探して話を聞きだすために、ポアロは村の方へ歩いていった。彼はノックしたが、家のなかでタッカーのおかみさんがさかんにかん高い声でわめいているものだから、その声にノックは消されてしまって、なかなかドアをあけてもらえなかった。

「——そんな汚い靴で、わたしのきれいなリノリウムの床へなんかあがりこんでさ、ジム、いったいどうしたっていうのよ。もう、口がすっぱくなるほど、わたしは言っているんだよ、おまえさん。毎朝、ピカピカに床をみがいているんだからね、ほら、見てごらんよ、こんなによごしてさ」

なにか、ぶつぶつ言っているタッカーのご亭主の声がしたことはしたが、どうやらしきりになだめているような口調だった。「だいいち、おまえさんが忘れるわけはないだろ、ラジオでスポーツ放送ばかり聞いているひまがあったら、靴を脱ぐぐらいのひまだってありそうなものじゃないか。それに、ゲリイ、おまえもね、砂糖菓子を食べるときは気をつけるんだよ。ねばねばした指で、わたしの大事な大事な銀のティーポットをいじったら承知しないからね。ほら、マリリン、ドアのところに誰か来ているよ、行ってごらんな」

ドアがそろそろとあくと、十一、二の女の子が、ポアロの顔をおっかなびっくりのぞいた。お菓子をほおばっているので片方のほっぺがふくれていた。ぽっちゃりした女の子で、ちいさな青い目がついているものだから、かわいい子豚みたいな感じがする。

「母ちゃん、お客さまよ」

タッカーのおかみさんは、のぼせきった顔に髪の毛の房をたらしたまま、ドアのところまでやってきた。

「なんのご用？」とつっけんどんに彼女は言った、「家ではまにあって……」そこまで言いかけると、おや、どこかで見た、という顔になって、言葉をのみこんだ。「ええと、あの日、警察の人たちと一緒のあなたにお目にかかりませんでしたかしら？」

「やっとお気づきになりましたかな、マダム」ポアロはそう言うと、戸口のなかに遠慮なく足をふみいれた。

おかみさんは、にがにがしそうな目つきでポアロの足もとを素早く見つめたが、先のとんがったエナメルの靴は、道のいい公道を歩いてきたばかりだった。おかみさんがピカピカにみがきあげているリノリウムのその床には、どろんこひとつつかなかった。

「さ、どうぞおはいりください」おかみさんはポアロを招きいれると、右手の部屋のドアをあけはなした。

ポアロは、ものすごく整理整頓されているちいさな客間に案内された。ピカピカにみがきあげられた真鍮とオーク材の家具類のにおいがたちこめていた。それにまるいテーブルと二つの鉢植えのゼラニウムの花、凝った真鍮製の灰止め、それにさまざまな陶器の装飾品。

「どうぞ、おかけになってくださいまし。お名前を失念いたしまして。いいえ、まだ、お聞きしていなかったと思いますけど」

「エルキュール・ポアロと申します」と彼は口早に言った、「わたしは、まえにも一度この土地にまいったのですが、おくやみを申しあげに、またこちらへ来たわけです。それに、その後のことをおたずねしたいと思いましてね。犯人はもうつかまったのでしょうな？」

「いいえ、それがぜんぜん」おかみさんは、いくぶんにがにがしそうな口調で言った、

「まったくの恥さらしですわ、ええほんとに。警察なんて、わたしたちみたいなつまらない人間の事件が片がつかなくったって、ちっとも気になんぞかけやしないんですよ。そうですとも、警察の連中が、みんなボブ・ホスキンズみたいなお巡りばっかりだったら、イギリス中が犯罪の巣窟になってしまうでしょうよ。あのホスキンズときたら、公有地に停まっている自動車のなかばっかりのぞきこんでいるんですからね」

ちょうどこのとき、タッカーのおやじさんが靴をぬいで、靴下のまんまの足で歩きながら、姿をあらわした。大柄な赤ら顔の男で、おだやかな表情をしていた。

「お巡りさんは、みんなよくやってくださるよ」と、しわがれた声でおやじさんが言った。「お巡りさんにだって、わしらとおなじように苦労があるのだ。とにかく気ちがいを見つけるんだから、容易じゃねえ」それからポアロにじかに話しかけた、「そうでございましょう、気ちがいだからといって、あなたやわしらとうわべは変わりませんからねえ」

さっき玄関のドアをあけたちいさな女の子が、父親のうしろから顔を出した。それから、八つばかりの男の子が、女の子の肩のあたりから頭をつきだした。二人の子供たちは、好奇心に目を見はらせたまま、ポアロを見つめていた。

「妹さんですね」とポアロがたずねた。

「マリリンですよ、それから、あれは弟のゲリイです。こっちへおはいり、さ、こんにちはを言うんだよ、ゲリイ、お行儀はいいんだね」

ゲリイは、逃げだした。

「あの子は、はずかしがり屋なんですよ」

「マーリンのことをおたずねにおいでになったのですね、どうもあの事件にはすっかりまいりました」と、父親が言った。

「フォリアット夫人にお会いしてきたところなのですよ、夫人も、お宅のお嬢さんのことで、とても心を痛めているようでした」

「あの事件からというもの、奥さまはめっきりお弱りになったようですわね、なにしろもうお年寄りですし、ご自分のお屋敷で起こったのですからたまりませんわね」とおかみさんが言った。

ここでもまた、あのナス屋敷がいかにもまだフォリアット夫人の所有になっているような口調が無意識のうちに人の口から出てきたことに、ポアロは気がついた。

「奥さまに、なにか責任みてえなものを感じさせるようなことになってしまったが、なあに、娘の事件には、奥さまはなんの関係もねえ」とおやじさんが言った。

「マーリンさんに被害者の役をやってもらうことを、実際に言いだした人は、誰なのです？」とポアロがたずねた。

「小説を書く、ロンドンから見えたご婦人ですわ」と、おかみさんがすぐ答えた。

ポアロはやさしく言った。

「しかし、そのひとはいわばお客さまではありませんか、マーリンのことは知らないでしょう」

「娘っ子をかりあつめたのは、マスタートン夫人ですわ。だから、マスタートン夫人がうちのマーリンに、あの役をやるように言ったんじゃないでしょうか。きっとマーリンのことだから、すっかりよろこんでしまったんですよ」

ここでまた、ポアロは大きな壁にぶつかったような感じがした。しかしそれは、オリヴァ夫人がいっとう最初にポアロをここへよびよせたとき感じていたものと、おなじものだということが彼にもわかった。何者かが、闇のなかであやつっていたのだ、何者かが、はた目からははっきりとわかる人間をとおして、おのれの意志どおりにことを運んでいたのだ。いわば何者かのかいらいにされていたのだ。

「お宅のマーリンさんは、その、殺人狂をよく知っていたのでしょうか、奥さん、わたしはずっとそのことを考えているのですが」

「まさか、あの子はそんなやつに顔見知りはないはずですよ」とおかみさんは心外だといわんばかりだ。

「それはそうですが、いまもご主人がおっしゃったように、気ちがいというものはちょっと見分けがつかないものですからね。外見は、その——あなたやわたしとそっくりなのですよ。誰かがお祭りでマーリンさんに話しかけたかもしれないし、あるいは、そのまえからかもしれないのです。とてもおとなしい態度で、彼女とお友だちになったのかもしれませんよ、きっとプレゼントかなにかをあげてね」

「とんでもない、あの子はそんなものはもらっておりませんですよ。マーリンは、よその人からプレゼントなどもらうはずはありませんわ、わたしがやかましくしつけてきたんですもの」

「しかし、お嬢さんは、もらってもべつにさしつかえないと思ったのかもしれませんよ、たとえば、ちゃんとした婦人がプレゼントしてくれる場合だってありますからな」

「つまり、水車小屋のそばのコテイジに住んでいるレッグ夫人のような婦人がとおっしゃるんですか」

「そうです、そういう婦人ですよ」

「まえに一度、あのひとがマーリンに口紅をくれたんですよ。わたし、カンカンになって怒りました、そんないやらしいもの、おまえの顔にぬりたくったら家においてやらないからね、マーリン、とうさんがなんて言うか、考えてもごらんよ、って言ってやったのですよ。そうしたら、あの子、これはローダーさんのコテイジを借りている婦人がくれたんだって、得意になって言うんですよ。きっとマーリンがつけたら似合うだろうって、その女が言ったと言うんですよ、それで、わたしは言ってやったんですよ、いいかい、おまえ、ロンドンのご婦人の言うことなんかきくんじゃないんだよ、そりゃあ、顔におしろいをペタペタぬりたくって、まつ毛を黒くそめているようなロンドンのご婦人にだったら、口紅だってひきたつけどね。おまえはたしなみのある娘なんだからね、もっと大きくなるまで、水と石鹼で顔を洗ってさえいればいいんだよ、そう言ってやったんでございますよ」

「しかし、お嬢さんは、言うことをきかなかったでしょうね」ポアロが微笑を浮かべながら言った。

「わたしはね、本気でものを言いますからね」

と、突然、小豚のようなマリリンが痛快そうにニヤリとした。ポアロは、その子の顔をするどく見てとった。

「レッグ夫人は、そのほかになにかマーリンさんにあげたものがありますか?」

「たしか、スカーフかなにかをくれましたよ、あのひとのおふるですけどね。とても派手なものでしたけど、品質はあまりよくないんですよ。わたしなんか、見ただけで品質はわかるんですからね」そう言って、タッカーのおかみさんは大きくうなずいてみせた。「なにしろ、娘時代にわたしはナスのお屋敷にご奉公していたんですもの。あのころのご婦人は、みなさんちゃんとしたものをお召しになっておりましたよ。けばけばしい色や、ナイロンだとかレーヨンだとか、そんなものはありませんでしたからねえ。極上の絹ばかりでしたわ。なにしろあなた、タフタのドレスには、ひとりで立つぐらいのものがありましたからね」

「女の子というもんはな、きれいなものが好きなんだよ」とおやじさんが寛大に言った、「ま、派手な色ぐらいだったらわしはなんとも思わないがね、あのいやらしい口紅だけはごめんだね」

「小言ばかり、あの子に言っているうちに」タッカーのおかみさんは、突然、目をうるませて、「あんなことになってしまいましてね。あんなに叱るんじゃなかったと、あとで思いましたよ。まるでこのごろときたら、騒ぎとお葬式ばかり、よく世間では、よわり目にたたり目などと言いますけど、ほんとにそうですわ」

「ほかに、どなたかお亡くなりになったのですか」ポアロが丁重にたずねた。

「これのおやじですよ」ご亭主が説明した。「夜おそく、スリー・ドッグズという飲み屋の帰り道、舟で渡しをわたってきましてね、舟着場にあがろうとしたところを、足もとがふらついたかなにかしたんですよ、河に落っこちてしまいましてな。もう、あの年なんだから、家におとなしくしていなくちゃいけなかったんです。もっとも、あのおやじさんは、人の言うことなどききもしねえが。いつもは、舟着場でぶらぶらしていましたよ」

「あのおとっつぁんはね、舟のことにかけちゃたいしたもんだったんですよ、昔はね、フォリアットさまの舟のお世話をしてきたんですからね。もう何年も何年もまえのことですけど」タッカーのおかみさんはあかるく言った。「おとっつぁんのことはね、もうなにも言うことはないんですよ。年は九十もすぎているんですし、いろんなことをやってきたんですからね。年がら年中、罪のない無駄口ばかりたたいていましたもの。もう寿命ですよ、そりゃあ、お葬式はちゃんと出してあげましたけど——二つもお葬式を出すとなると、お金だってたいへんですわ」

お金の話が出たとたんに、ポアロはかすかな記憶をよびさまされた。

「老人——舟着場にいた？　このひとと喋ったような記憶がありますな、お名前は——？」

「マーデルと申しますわ、わたしが嫁にくるまえの名前です」

「たしか、あなたのお父さんという方は、ナス屋敷の庭師頭ではなかったですか」

「いいえ、それは、わたしの一番上の兄ですわ。わたしは十一人兄妹の末子なんです」

それから、ちょっと誇らしげに、「ずっとマーデルの一家は、ナスのお屋敷にご奉公にあがっていたんですよ。もういまでは、みんなてんでんばらばらになってしまいましたがね。あのおとっつぁんが、ご奉公ではいっとう最後ですわ」

ポアロは、ものやわらかい口調で言った。

「このナス屋敷は、やっぱりフォリアット家のものですわい」

「はあ？　なんとおっしゃいまして？」

「いや、あなたのお父さんが、舟着場でわたしに言った言葉をくりかえしてみたのですよ」

「あら、うちのおとっつぁんときたら、わけのわからないことばかり喋っていたんですよ。ですから、ちょいちょい、わたしがやかましく言って、おとっつぁんの口をふさいだもんですけどね」

「それでは、マーリンさんはマーデルさんの孫娘ということになりますな」とポアロは言った、「なるほど、すこしわかってきたぞ」一瞬、彼は黙りこんでいたが、すっかり興奮してきたようだった。「お父さんは河で溺死されたと、言われましたね？」

「はい、お酒を飲みすぎましてね。そんなお金をどこでもらったんでしょうね。そりゃあ、おとっつぁんは、ボートの繋留や駐車などでちょくちょくチップをもらっていますけどね。なにしろちゃっかりしていて、お金をこっそり隠しているんですよ。まえまえから、お酒を飲みすぎちゃいけないと思っていたんです。足もとがふらつくと、ボートから舟着場にあがるときに落っこちるよ、とおとっつぁんに言っていたんですけどね。言わないこっちゃない、河に落っこって溺れ死んでしまいましたよ。死体は、あくる日、ヘルマスにあがったんです。もっとまえにこんなことにならなかったのが不思議なくらいですよ、とにかく九十二だし、もう子供みたいなものですもの」

「もっとまえに、こんなことにならないのが――」

「あら、事故のことですわ、おそかれはやかれ――」

「事故、そうでしょうか」ポアロが考えこむように言った。

彼は椅子から立ちあがった。そしてつぶやくように言った。

「当然、そうにらまなければいけなかった、とっくに、わかっていたはずなのだ。実際、あの子がわたしに話してくれたのに――」

「あの、なんでしょうか？」

「いや、なんでもありません。お宅のお嬢さんとお父さんがお亡くなりになったことを、あらためておくやみ申しあげます」

彼は、二人と握手すると、コテイジから出た。彼は自分に言いきかせた。

「わたしは、なんという馬鹿だ、ほんとに馬鹿だった。あらゆることを、まるっきりまちがって見ていたのだ」

「おじさん」

用心したささやき声がした。ポアロはあたりを見まわした。コロコロと肥ったマリリンが、コテイジの壁のかげに立っていた。その子は、ポアロを招きよせるとささやいた。

「母ちゃん、なんにも知らないのよ。マーリンはね、水車小屋のコテイジに住んでいるおばさんにスカーフをもらったんじゃないわ」

「どこでもらったの？」

「トーキイで買ったのよ。口紅も一緒にね。それから香水も。巴里《パリ》のイモリ、とてもへんてこな名前の香水よ。それから、ファウンデーションのクリームも買ったの、姉ちゃん、広告で見たんですって」マリリンはクスクス笑った。「母ちゃん、知らないのよ。姉ちゃんは引き出しの底の方に隠しておいたの、冬ものの下にね。映画に行くとき、バスの停留所の洗面所にはいって、いつも姉ちゃん、お化粧していたわ」

マリリンはまた、クスクスと笑った。

「母ちゃんには、わかりっこないわ」

「お姉ちゃんが死んだあとでも、お母さんはお化粧の道具を見つけなかったの？」

「そうよ」マリリンは綿毛のような金髪の頭をふった、「あたしが持っているんですももの、あたしの引き出しのなかにあるわ。母ちゃん、知らないわ」

ポアロはじっと、その子の顔を見ていた。

「あんたはお利口さんだね、マリリン」

マリリンははずかしそうに笑った。

「ミス・バードは、あたしが中学校を受けても無駄だと言ってたわ」

「なにも中学校にかぎったことはないんだよ」とポアロは言って、「ね、お姉ちゃんが、お化粧の道具を買うお金を、どうしてつくったか、おじさんに教えてくれない？」

マリリンは、下水管をじっと見ていたが、

「知らないわ」とつぶやいた。

「あんたなら知ってると思うな」とポアロは言った。

ポアロはあからさまにポケットから半クラウン銀貨をとりだすと、それにもう一枚くわえた。

「たしか、〈燃えるキス〉という、あたらしくて、すてきな口紅があるね」

「すごい評判よ」マリリンはそう言うが早いか、五シリングに手を出した。そして、口早にささやいた、「お姉ちゃんはね、よくこそこそとうろついて歩いていたのよ。あれをのぞいて歩いていたの、あれって、なんだかわかるでしょ。お姉ちゃん、誰にも言わないという約束で、その人たちからお金をもらっていたのよ、わかった？」

ポアロは、五シリングの銀貨を渡した。

「わかったよ」

彼はマリリンにうなずいてみせると立ちさった。そして、また、「わかったよ」と口のなかでつぶやいたが、そこにはもっと強い意味がくわわっていた。

多くのものが、その正しい場所をしめしはじめてきたのだ。全部ではない、どうしてもまだはっきりしない部分はあったが――正しい軌道に乗っていることはたしかだった。オリヴァ夫人と最初会ったときかわした言葉、マイケル・ウエイマンのふともらした言葉、舟着場で耳にしたマーデル老人の暗示的な言葉、それから、エティエンヌ・ド・スーザの到着に関するミス・ブルイスのヒントに富んでいる言葉――

村の郵便局のすぐとなりに、公衆電話のボックスが立っていた。ポアロはなかにはいると電話をかけた。一分もしないうちに、彼はブランド警部と話していた。

「ああ、ポアロさんですか、いまどちらです？」

「ナスコームにいるのです」

「でも、昨日の午後は、ロンドンにおいでだったではありませんか？」

「三時間半もあれば、汽車でここへ来られるのですよ。ちょっとおたずねしたいことがあるのですが」

「どうぞ」

「エティエンヌ・ド・スーザのヨットは、どんなヨットでしたか？」

「あなたのお考えになっていることは、私にも見当がつくのですがね、ポアロさん、それは無駄ですよ。密輸船のような構造にはなっていないのです。ものを隠す仕切り壁や、秘密の小部屋みたいなものはひとつもありません。もしあれば、かならず私たちは見つけていますよ。死体が隠せるような場所は、ちょっとありませんな」

「いやいや、そうじゃないのです、わたしがおたずねしていることは、そのヨットがちいさいか大きいか、そんなことなのですよ」

「ああそうですか、とても凝ったヨットでしてね、値段もたいへんなものでしょうな。とびきりスマートな新造船で、附属品なども贅沢なものですよ」

「ぴったりだ」ポアロがあまりうれしそうに言ったものだから、ブランド警部の方がびっくりしてしまった。

「なにか、おわかりになったのですか、ポアロさん？」と警部がたずねた。

「エティエンヌ・ド・スーザは金持ちだったのですよ、これはとても重要なことです、あなた」

「またどうして？」警部がききかえした。

「わたしの現在の考えにぴったりあてはまるのですよ」

「じゃ、はっきりおわかりになったのですか？」

「ええ、すくなくとも考えだけはまとまったのです。いまといういままで、わたしは大馬鹿者でしたよ」

「われわれみんなが馬鹿だったとおっしゃるのですね」

「ちがいますよ、とくにこのわたしがという意味なのです。わたしはね、じつにはっきりとした手がかりを教えてくれる好運にめぐまれていたのですがね」

「では、もうおわかりになったのですか」

「おそらく、まちがいはありませんね」

「ポアロさん、それは――」

しかし、ポアロは電話を切ってしまった。彼はポケットのなかで小銭を探すと、ロンドンのオリヴァ夫人に電話をかけた。

「女史が仕事中でしたら、電話をつながなくても結構ですからね」ポアロは交換手にあわてでつけ加えた。

彼は一度、女史が探偵小説の構想にふけっているところを電話で中断して、やみくもに叱りとばされてひどい目にあったことを思いだしたのだ、そして、あの古風な長袖のウールのチョッキを着て専念している女史の頭から、面白い探偵小説の筋が霧散してしまったことも。しかし、交換手は、彼のためらいなど意にかいさなかった。

「指名通話をお申し込みですか、それとも？」

「ええ、じかに話したいのです」ポアロもとうとう面倒くさくなってしまって、女史の創作上の気質などにかまっていられなくなった。だが、電話口に出たオリヴァ夫人の声を聞いて、彼はホッとした。ポアロの言いわけを、女史はおしとめて、

「まあ、お電話していただいて、ほんとによかったわ。ちょうどいまね、私の創作方法というテーマで講演に出かけようとしていたところなの。秘書に電話して、やむをえない用事ができたからと言ってやりましょう」

「しかし、マダム、あなたのお邪魔して――」

「とんでもない、それどころではないわ」とオリヴァ夫人はうれしそうに言った、「あたし、馬鹿な真似をするところだったのよ。つまりね、私の創作方法だなんて、いった

いどんなことが喋れて？　はじめに、なにか頭に浮かぶわね、それから、考えているうちに、いやでもおうでも机に座って書くよりほかにないんですもの。それだけだわ。三分もあれば、そんなことは説明できちゃうんだし、それで、講演はおしまいなんだし、お客さまはみんなあきれてしまうところよ。どうして作家の職業の秘密なんかにみんな関心があるのか、あたしにはさっぱりわからないわ。作家の仕事は書くことであって、お喋りなんかじゃないと、あたしは思っているのよ」

「ですがね、じつはわたしのおたずねしたいことは、あなたの創作方法なのです」

「ええ、どうぞ、でもお断わりしておきますけど、きっとご満足を得られないと思うわ。だって、机にむかって書く、というよりしようがないんですもの。講演するためにあのばかばかしい帽子なんかかぶるけど、三十秒もしたら脱いでしまうわ。おでこにあとがついてしまいますもの」ちょっと、そこで言葉を切ると、こんどはものやわらかな口調になって、「帽子なんて、当節では象徴にすぎないわね、だって、ちゃんとした理由があって、あんなものをかぶっているんじゃないんですもの。たとえば、頭が寒くないようにだとか、太陽をさけるためにだとか、人に会いたくないために顔を隠すとか、そういった用途がないのよ。あら失礼、いま、なんとおっしゃいましたの」

「いや、感嘆の声をあげたのですよ、じつにすばらしい」ポアロの声には、畏敬の念があふれていた。「あなたは、いつもわたしにヒントをあたえてくれますね。わたしの親友へイスティングズがそうでしたが、もう何年も長いこと会っていないのです。わたしがおたずねしようと思っていた以外のことにも、あなたはヒントをあたえてくださったのです。ま、それはさておき、原子科学者をご存じなのですか、マダム？」

「あたしが原子科学者を？」オリヴァ夫人はびっくりしてききかえした、「知りませんわ、でも、ひょっとしたら知っているかもわからない、つまりね、いろいろな教授とは知り合いがあるのよ、だけど、その人たちの専門がなにか、はっきりしたことは知らないの」

「しかし〝犯人探し〟の容疑者のなかに、原子科学者というのを、あなたはおいれになったではありませんか？」

「ああ、あのこと！　それはね、ただ現代的な感じを出しただけなのよ。昨年のクリスマスにね、うちの甥のプレゼントを買いにいったら、科学小説と成層圏をとぶ超音速飛行機の玩具しかなかったの。それで、〝犯人探し〟にとりかかったとき、〝原子科学者を主要な容疑者にしたら、きっと受けるし、現代的になるわ〟と考えただけなのよ。専門用語が必要になったら、アレック・レッグに教えてもらえましたもの」

「アレック・レッグ——サリイ・レッグの夫でしたね？　あの人は原子科学者なのです

か？」

「ええ、そうよ、ハーウエルじゃなかった、ウエールズかどこかよ、カーディフ、それともブリストルだったかしら。ヘルムに夏のコテイジを借りていたのよ、ああ、そうだわ、あたし、原子科学者を知っていたっけ」

「ではきっと、原子科学者のアイデアがあなたの頭に浮かんだのは、ナスのお屋敷で彼と会ったからじゃないのですか？　でも、細君はユーゴスラビア人ではありませんね」

「ええ、そうですとも、サリイは典型的なイギリス人ですわ、あなたもお気づきになったと思うけど？」

「では、ユーゴスラビア人の妻というのは、どういうところから来たのですか？」

「さあ、どうだったかしら、ええと、亡命者……学生……？　ユース・ホステルに泊まっている外国人の女の子たちが、森から越境してきて片言の英語をつかっていましたわね」

「なるほど……そうか……いろいろなことがわかってきましたよ」

「もうわかってもよさそうですわね」

「なんです？」

「いいえね、事件の真相が、もうあなたにわかってもよさそうなものだと言ったのよ。

今日まで、いったいあなたはなにをしているのか、さっぱりわからないんですもの」オリヴァ夫人の声には、非難の色がみなぎっていた。

「いや、そうなにもかも、いちどきにわかるものではありませんよ」とポアロは弁解して、「警察はすっかり裏をかかれてしまったのです」

「ほんとに警察ときたら……女性がスコットランド・ヤードの総監だったら――」

女史十八番のきまり文句が出てきたので、ポアロはあわててさえぎった、

「いや、事件は複雑なのです、じつにいりくんでいたのですよ。しかし、もういまは、わたしは断言しますが、すっかりわかったのです！」

しかし、オリヴァ夫人はべつに驚きもしなかった。

「ですけどね、ポアロさん、あなたがまごまごしていたあいだに、殺人が二つも起こってしまったのよ」

「三つです」ポアロが訂正した。

「まあ、三つも？　三人目は誰ですの？」

「マーデルという老人ですよ」

「あたし、ぜんぜん知らなかったわ、新聞に出ていましたっけ？」

「いや、まだ事故死だとしか思われていないのですよ」

「で、事故死じゃなかったのね？」

「そのとおりです」

「そう、犯人は誰か教えてよ、それとも電話では駄目？」

「電話では、こういうことはお話ししないものですよ」

「じゃ、電話きるわ、あたし、とても我慢ができませんもの」

「ちょっと待ってください、あなたにおたずねすることがまだあったのです、ええと、なんだっけな……」

「あなたももう年ね、あたしもそうなのよ、すっかりど忘れしてしまうの——」

「その、ほんのちょっとしたものなのです。わたしがボート倉庫にいたとき……」

彼はしきりに思いかえそうとした。漫画……余白にしてあったマーリンの落書き……〝アルバート、ドリーンと二人連れ〟……なにかまだひとつ、あったのだ、オリヴァ夫人にぜひたずねてみようと思っていたものが……

「もしもし、ポアロさん？」オリヴァ夫人がたずねた、ちょうどこのとき、交換手が割増の料金を請求してきた。

ポアロは、言われたように小銭を入れると話しかけた。

「もしもし、マダム？」

「はいはい。おたがいに、もしもしはいはい言ってたら、お金ばかりかかってしまってよ、いったいなあに？」

「とても重要なものなのですよ。犯人探しのことは、まだおぼえていますね？」

「むろん、おぼえていてよ。だからいまお話ししているじゃありません？」

「わたしは大失敗をしたのですよ。犯人探しの筋書きが書いてある、あのリーフレットを読まなかったことです。あれが、こんどの事件の解決に重要な役目を果たすとは思わなかったものですからね。わたしのまちがいでした。あれは重要なのですよ。あなたは非常に敏感な方なのです、マダム。あなたはご自分の環境や気分や、会った人たちの印象から影響を受けやすいのですよ。こうしたものがあなたの仕事に出てくるのです。それも無意識のうちにですけど、そういったものは、あなたの豊富な脳髄から、創作をひきだすインスピレーションなのですよ」

「まあ、とてもお上手ね、でも、いったいどういうことがおっしゃりたいの？」

「つまりですね、この事件について、あなたはご自分で知っていることよりも、もっと多くのことを知っているはずなのです。そこであなたにおたずねしたい質問が二つあります。はじめの質問はとくに重要なのですよ。あなたがあの犯人探しを計画された当初から、被害者の死体がボート倉庫で発見されるようになっていたのですか？」

「いいえ、そうじゃなかったわ」

「では、どこにしようと思っていたのです？」

「それはね、お屋敷のそばのシャクナゲの茂みをはいったところにある、ちっぽけなあずまやにするつもりだったの。おあつらえむきな場所だと、あたし、思ったのよ。そしたら、誰かが——誰だったかよくおぼえていないけれど——死体は、阿房宮のなかにあった方がいいって言いだしたのよ。むろん、とんでもない考えだわ！　だって、偶然に阿房宮のなかにはいる人だっているのだし、手がかりにしたがわなくたって、あそこなら行けますもの。ほんとに馬鹿よ、むろん、あたしは反対しましたけどね」

「で、そのかわりにボート倉庫にしたのですか？」

「ええ、自然にそうなっただけよ。ちいさなあずまやの方がいいとは思っていたけど、でもボート倉庫に反対する理由はべつにありませんもの」

「なるほど、あなたとお会いした最初の日に、あなたがわたしに説明してくださったテクニックの問題ですね。それから、もうひとつおたずねしたいことがあるのです。たしか、いちばん最後の手がかりは、マーリンの退屈しのぎに持たせてやったあの漫画のなかに書いてあると、わたしにお話しになりましたが、おぼえていらっしゃいますか」

「ええ、おぼえているわ」

「たしか、こんな文句だったですな」（ポアロは、倉庫のなかであの落書きの文句を読みながら立っていたときの記憶を、必死になってよびさまそうとした）「ええと、〝アルバート、ドリーンと二人連れ〟〝ジョージイ・ポーギイは森のなかでハイカーとキスする〟〝ピーター、映画館で女の子たちにたかる〟こうでしたね？」

「まあ、とんでもない」ちょっとびっくりしたような声で、オリヴァ夫人が言った、「そんな馬鹿げたことは、なんにも書かなかったわ。あたしの書いた文句はそのものずばりの手がかりよ」夫人は声をひそめると、謎めいた口調で言った。「ハイカーのリュ、リュ、リュ、リュ、リュ、リュックサックのなかを見よ」

「それだ！」ポアロは叫んだ、「それです！　その手がかりの書いてあった漫画は、きっと持ってゆかれたのです。そうだ、誰かにヒントをあたえたにちがいないのだ！」

「そうよ、リュックサックは死体のそばの床の上にあったんだし――」

「いや、わたしの考えていることは、もうひとつ別のリュックサックのことなのです」

「リュックサック、リュックサックって、いったいなんのことよ」オリヴァ夫人がぶつぶつこぼした、「あたしの犯人探しにはね、リュックサックはひとつしか出てきませんよ。いったいあなたは、そのなかになにがはいっていたか、お知りになりたくないの？」

「いいえ、どういたしまして、それはもう、なにをおいてもお聞きしたいのですが、しかし――」ポアロは丁重に言った。

オリヴァ夫人は、ポアロの〝しかし〟など眼中になかった。

「とても巧妙にできていると思うのよ」夫人の声には、著者としての誇りがひびいていた。「マーリンの雑囊《ざつのう》のなかにはね――」

「さあ」ポアロは、この謎ときでも、いつかのようにすっかり霧のなかにまきこまれてしまった。

「それはね、郷士が自分の妻を毒殺した毒薬の瓶がはいっていたのよ。ユーゴスラビア人の女はね、看護婦としてそこで教育を受けていたのよ。で、ブラント大佐が最初の妻をお金のために毒殺したとき、彼女がその家にいたというわけ。で、その毒薬の瓶を手にいれて持ちさった看護婦は、大佐をゆすりにやってきたというわけ。むろん、大佐が彼女を殺したのは、そういうわけなのよ。ピッタリあてはまらない、ムッシュー・ポアロ？」

「いったい、なにがです？」

「あなたのお考えによ」

「いや、ぜんぜん」それから、あわてて言いたした、「しかし、すばらしいものですな。

これでは、ちょっと誰もご褒美にはありつけないですよ、いや、じつに巧妙にできていますね」

「でもね、お客さんはあてたのよ、ずっとおそくなってから、そう、もう七時ごろだったわ。なんだかものすごくねばるお婆さん。ぜんぶの手がかりをパスして、意気揚々とボート倉庫にあらわれたのよ。でもむろん、もうそこには警察がいたわ。そこでお婆さん、殺人があったのを聞いたのよ、お祭りにきたお客さんのなかで事件の話を聞いたのは、あのお婆さんだけだと思うわ。でもとにかく、お婆さんにご褒美をあげたのよ」それから夫人はさも満足そうにつけ加えた、「あたしがお酒をがぶがぶ飲むなんて言ってた、そばかすだらけの若い男ね、あの人は椿の花壇までしか進めなかったわ」

「いつか、このことを、あなたは小説にお書きになるでしょうね、マダム」ポアロが言った。

「ええ、あたし、小説にしようかと、ほんとに考えているところなの。ほんとにもったいないわ」

きっと、三年ばかりあとで、エルキュール・ポアロは、アリアドニ・オリヴァ著『森のなかの婦人』という探偵小説を読むことになると言ってもいいだろう。そして、読んでいるあいだに、小説のなかの登場人物と事件がどこかでお目にかかったことがあるぞ、と彼が頭をひねることも。

第十八章

公式にはミル・コテイジとよばれているが、通称ローダーさんの小川のそばのピンク色のコテイジにポアロがたどりついたときは、陽は沈みつつあった。ノックすると、彼がびっくりしてとびさがったほど、突然、ドアがパッとあいた。額に青筋をたてた若い男が戸口に立ったまま、一瞬、ポアロとわからず彼をにらみつけた。それから短い笑い声を立てると、

「やあ、探偵さんですか、おはいりなさい、ムッシュー・ポアロ。いま、荷造りをしているところですよ」

ポアロは言われるままに、コテイジのなかにはいった。じつにあっさりした造りだったが、どちらかというと、ひどい造作だった。おまけに、アレック・レッグの持ちものが、このひどく均衡を欠いた部屋を占領していた。書物、新聞、それに衣類がめちゃく

ちゃになったまま、あたり一面にまきちらしてあった。それに、口をあけたスーツケースが床の上にあった。

「いよいよ崩壊ですよ。サリイは出ていきました。もう知っているでしょう」とアレック・レッグが言った。

「いや、知りませんな」

アレック・レッグは、短い笑い声をたてた。

「これは驚いた、あなたにも知らないことがあるんですか。彼女はぼくとの結婚生活にあきあきしてしまったのだ。サリイはあのおとなしい建築家と同盟を結ぶというわけです」

「それはお気の毒ですね」

「どうしてそんなことを言うのです、ぼくにはわかりませんな」

「お気の毒です」とポアロはそう言って、二冊の書物とシャツをどけると、ソファーの片隅に座った。

「あの青年と一緒になっても、あなたと暮らすとおなじだけ彼女が幸福になれるとは思えませんからね」

「この六ヵ月というのは、彼女はほんとにふしあわせでしたよ」

「六カ月だけが人生ではありません。長い幸福な結婚生活から見れば、ほんの一瞬にすぎないのです」

「まるで、牧師のお説教ですね」

「たしかにそうかもしれませんな。ねえ、レッグさん、もし奥さんがあなたと暮らして幸福でなかったとしたら、それは奥さんよりも、たぶん、あなたの側に落度があったんじゃないでしょうか」

「彼女もそう考えているでしょうよ。ああ、みんな、ぼくが悪いんだ」

「いや、みんなではありません、あることだけです」

「みんな、ぼくの責任なんだ。ぼくなんか、いっそのこと地獄の河で溺れてしまえばいいんだ、そして、死んでしまえばいいんだ」

ポアロは、じっと彼の顔を見つめていた。

「わたしは、あなたが世の中のことよりも、ご自分の問題で悩んでいらっしゃるのを見て安心しましたよ」

「世界がどうなろうと、ぼくの知ったことか」そうレッグは言うと、吐きだすように言いたした。「まるでぼくは、自分を大馬鹿者に仕立てるために、ありとあらゆることをやってきたようなものだ」

「あなたはご自分の行為を非難するまえに、もっと不幸なことがあなたにあるのではないでしょうか」

アレック・レッグは、びっくりして彼を見つめた。

「いったい、ぼくをさぐるために、誰があなたをやとったんです？　サリイですか」

「また、どうしてそういうふうにお考えになるんです？」

「だって、あなたがこちらに来たはっきりした理由がなにもないじゃありませんか。それできっと、あなたは人目をはばかるような仕事のためにぼくのあとを追って、ここまでやってきたとにらんだんですよ」

「あなたの誤解ですね」とポアロは言った。「あなたを探偵するようなひまは、わたしにはありません。わたしがこちらへ来たとき、あなたがいらっしゃるなどとぜんぜん考えてもいなかったのです」

「じゃどうして、ぼくに不幸なことがあるというようなことを、あなたは知っているのです？」

「それは観察と熟考の賜物ですよ。ここでひとつ、わたしのちょっとした推理をごらんにいれますかな、もしあたっていたら、あたっているとおっしゃってくださるでしょう」

「あなたの好きなだけ、勝手におやりなさい。だけど、そんなばかばかしいお相手はごめんだ」

「わたしはこう思うのですよ」とポアロがはじめた、「いまから数年前、あなたはある政治的な集団に、興味と理解をよせていた。つまり、多くの科学的な傾向を有する若い人たちとおなじようにね。あなたのような仕事に従事していると、政治的な理解や傾向は、当然、疑惑の目で見られるものです。わたしは、あなたがはっきり疑われたとは思いませんが、しかし、圧力が、あなたののぞんでおられなかったような方法で、あなたの政治的立場を強化するようにかかってきたと思うのです。あなたはなんとか手をひこうとした、そして、脅迫にさらされていたのです。あなたは、ある男と密会の約束をした。ま、その若い男の名前さえ、わたしが知っているかどうかはあやしいものです。〝亀の子のアロハの若い男〟わたしがその男につけた名前ですけどね」

突然、アレック・レッグは爆笑した。

「そのシャツは、ほんの冗談だと思ったのですよ、あのときそんなおかしなものを、ぼくは見なかったんです」

エルキュール・ポアロは言葉をつづけた。

「世界の運命に悩んだり、また自分が苦境に追いつめられていたら、あなたは、いや、男というものは、どんな女性と暮らしてもとても幸福になれるものではないと、わたしは思うのですよ。あなたは奥さんを信用しなかった。それがあなたにとって、そもそもの不幸なのです。奥さんはじつに忠実な婦人ですよ、もし、彼女が、あなたの不幸と苦境を理解していたならば、奥さんは全身全霊をささげて、あなたの味方になっていたはずなのです。ところが、奥さんは逆に、昔のお友だちマイケル・ウエイマンとあなたを比較しはじめたのです」

ポアロは立ちあがった。

「あなたに忠告させていただきたいのです、レッグさん、できるだけ早く荷造りをすませて、奥さんのあとを追ってロンドンまで行くのです。そして、許しを乞うのですよ、いままでのことをひとつのこらず話して」

「忠告というのはそれだけですか、で、あなたのご用件は？」

「ありません」とエルキュール・ポアロは言った。そして、ドアをあけると、「しかし、わたしはまちがったことがないのですよ」

一瞬、二人ともおし黙った。アレック・レッグは大きな声で笑いだした。

「ぼくはあなたのご忠告に従うつもりですよ、いいですね？　離婚というやつは、ものすごく高くつきますからな。とにかく、好きな女と一緒になったくせに別れなければならないなんて恥辱ですよ、そうじゃないですか。これから、チェルシーの彼女のアパートまで出かけていって、マイケルのやつがいたら、やつがしめている手編みの三色スミレのネクタイをひっつかまえて息の根をとめてやるぞ。こいつは愉快だ、ものすごく愉快だぞ」

彼の表情は、とても魅力的な微笑を浮かべると、パッとあかるくなった。

「どうも、ぼくは乱暴でいけませんね、すみません、それから、いろいろとありがとう」

彼はポアロの肩をポンとたたいた。おかげで、ポアロはすっかりよろめいてしまった、あやうく倒れるところだった。

アレック・レッグの親愛の情は、彼の憎悪よりもたしかに痛い。

「さてこんどは」痛む足をひきずってコテイジから出てくると、ポアロは暗くなった空を見上げてからつぶやいた、「どこへ行ったらいいものか？」

第十九章

署長とブランド警部は、エルキュール・ポアロが案内されてはいってくると、待ってましたといった表情で彼の顔を見上げた。署長のご機嫌は、とてもいいとは言えなかった。ブランド警部は、持ちまえのひかえ目の頑固さで、その日の晩餐の約束を辞退したところだった。

「そうか、わかったよ、ブランド、ところでね」署長はぷりぷりしていた、「たしかに、あのちっぽけな探偵は鬼才だったかもしれん、しかし、あきらかに彼の時代は過ぎさったね。もう年はいくつだね？」

警部は如才なく、この質問をあっさりと受けながした。どっちみち、彼はポアロの年を知らないのである。それにポアロはいつも、自分の年にふれようとはしなかった。

「問題はですね、彼があそこにいた――つまり、事件の現場に来ているということですね。そして私たちには、さっぱり事件の見とおしがついていないことです。大きな壁にぶつかっているのですね、これが私たちの目下の状況ですよ」

署長はいかにも短気そうに鼻をかんだ。

「わかっとる、それはわかっとるよ、マスタートン夫人の殺人病患者説でも、信じざるをえなくなってきたぞ。もうこうなったら、使いみちさえわかれば、わしは警察犬だって使うぞ」

「警察犬は、水の上まで臭いを追ってゆけませんからね」

「きみがいつも考えていることは、よくわかっとるよ、ブランド。それにわしは、どうもきみの言うこととなると賛成しがちなところがある。しかしだよ、動機がないのだ、ひとかけらの動機だってないのだ」

「動機は、あの島のなかにあるかもしれませんね」

「つまり、あの島にいたド・スーザのことで、ハティ・スタッブスがなにかを知っていたということかね？　ハティ・スタッブスがノーマルな人間なら、たしかにそういう可能性も考えられるよ。しかし、万人の見るところ、彼女はまるで子供みたいなものだからね。もっとも、彼女だったら、いつ自分の知っていることを、相手かまわず言いだすともかぎらん。ま、きみはこう見ているわけだね？」

「ええ、そういうようなことです」

「もしそうなら、わざわざ海を渡ってなにか手を打つまで、長いあいだ、ド・スーザは手をこまねいて待っているかね？」

「それはですね、署長、彼女がどんなふうに成長したか、彼がはっきりと知らなかったということは考えられますよ。ド・スーザ自身も、社交界の新聞でナス屋敷のことやその美しい女主人《シャトレイン》の噂を読んだと言っていました（シャトレインと言えば、私いつも思っているのですが、鎖のついた銀製の品物のことも言いますね、銀や時計といったこまごましたものをつるす鎖で、私たちの祖母のころよく使われていましたが、なかなか名案ですね。近ごろのご婦人ときたら、永久にハンドバッグから離れることはできないでしょうな）。もっとも、婦人のあいだでは、シャトレーヌという言葉はお屋敷の女主人のことを言うらしいですね。ところで、申しましたように、ド・スーザの話は充分信用できそうですよ、彼が新聞を読むまで、夫人がどこにいて誰と結婚したか知らなかったということですが」

「しかし、いったん知ったとなると、彼は夫人を殺すために、大急ぎでヨットでやってきたとは考えられないかね？　いや、ブランド、こいつは無理だね、たいへんなこじつけだ」

「ですけど、考えられないことはありませんよ、署長」

「いったい全体、夫人がなにを知っているというのだ？」

「夫人はジョージ卿にこう言ったではありませんか、〝あの男は人殺しをするのよ〟」

「忘られぬ殺人というわけか？　彼女が十五歳のときから？　それでいて、そのひと言だけか？　これじゃあ、ド・スーザにだって簡単に笑いとばせるはずじゃないかね？」

「私たちは事実を知らないのです」とブランドは頑強に言った。「いやしくも、犯行に及んだ人間がわかれば、その証拠を捜すことも見つけだすこともできるではありませんか」

「フム、われわれはド・スーザを調べたじゃないか——慎重にね——とるべき手段はとってな——そして得たものは皆無だ」

「だからこそ、あの奇妙なベルギー人の探偵がなにかを発見したかもしれないという理由になるのです。彼は、あの屋敷にいました——これは重要なことです。スタッブス夫人が彼と話をしたことがあるのです。そのときに彼女の言葉の断片が、彼の心のなかでひとつのものにつながって、はっきりとした意味があらわれてきたのかもしれません。とにかく、彼は今日一日中と言ってもいいくらいナスコームにいたのですからね」

「それで、彼は、エティエンヌ・ド・スーザのヨットがどんな種類のものか、きみに電話でたずねてきたのだね？」

「はじめの電話はそうでした。二度目のときは、この会合がひらけるようにたのんできたのです」

「そうか」署長は腕時計に目をやった。「あと五分のうちに、彼が来なかったら……」

ちょうどそのとき、エルキュール・ポアロがはいってきたのである。

彼の身だしなみは、いつものようなあの一分の隙もないといったものからほど遠かった。口髭はデヴォンシャーの湿気の多い空気のおかげでグニャリとたれさがり、エナメル靴は泥まみれ、おまけに足をひきずっていたし、髪の毛はクシャクシャになっていた。

「やあ、おいでになりましたね、ムッシュー・ポアロ」署長が握手をした、「われわれはやりきっているところですよ、あなたのお話が拝聴できるというのでね」

この署長の言葉には、いくぶん皮肉めいたものが感じられたが、エルキュール・ポアロは服装や身体こそまいっていたものの、精神的にはいっこうにくじけている様子は見えなかった。

「なぜもっとまえに事件の真相がつかめなかったのか、わたしにはさっぱりわからないのです」

署長は、あまり気のなさそうな態度で受けながした。

「ではいまは、真相がおわかりになったと言われるのですな？」

「そうです、こまかいことはいろいろとありますが、事件の輪郭ははっきりとしました」

「われわれに必要なのは、輪郭以上のものですよ」と署長はそっけなく言った、「証拠がほしいのです。証拠をつかみましたか、ムッシュー・ポアロ？」

「証拠を捜すべき場所ならお教えできますよ」

ブランド警部が口をひらいた、「どのような？」

ポアロは、警部の方にからだをむけると質問をした。

「エティエンヌ・ド・スーザは、もうたしかイギリスを去りましたね？」

「二週間もまえですよ」警部は吐きだすように言った、「よびもどすのはちょっと骨ですな」

「彼は納得するかもしれませんよ」

「納得する？　逃亡犯人引渡し命令で逮捕するには、はっきりとした証拠がないではありませんか？」

「いや、逃亡犯人の逮捕状のことではないのです。もしその事実が彼を悩ませるならば……」

「いったい、その事実というのはなんのことです？」署長はいらだちながら言った、「ムッシュー・ポアロ、あなたが事実、事実とぺらぺら喋っている事実というのは、なんですか？」

「エティエンヌ・ド・スーザが、金に糸目をつけずに整備した豪華なヨットでここへやってきたということは、彼の家族が金持ちであることを示しているという事実、マーデル老人がマーリン・タッカーの祖父であるという事実（このことは、今日までわたしは知らなかったのです）、スタッブス夫人が、苦力風の帽子を愛用していたという事実、手のつけられないような、とてもあてになりそうもない想像力であるにもかかわらず、オリヴァ夫人は、自分でも無意識のうちに人間の性格をきわめて鋭く見抜くという事実、マーリン・タッカーが口紅と香水の瓶を自分の箪笥《たんす》の引き出しの底に隠していたという事実、ミス・ブルイスが、ボート倉庫にいたマーリンに、お菓子とジュースを運ぶように言いつけたのは、スタッブス夫人であると言いはっていたという事実」

「事実？」署長が目を見はった、「あなたはこういうものを事実と言いなさったのか？しかし、なにひとつあたらしいものはないではありませんか」

「あなたは証拠がお好きなのですね――はっきりした証拠――たとえば――スタッブス夫人の死体？」

こんどは、ブランド警部が目を見はった。

「それでは、スタッブス夫人の死体を発見されたのですか？」

「いや、まだ実際には発見しておりません、しかし、どこにそれが隠されているか、わたしは知っているのです。その場所へ行って死体を見つければ、そうです、証拠が手にはいりますよ、あなたがたの必要とするすべての証拠がね。なぜなら、ただひとりの人間が、死体をそこに隠すことができたのですから」

「いったい、誰です？」

エルキュール・ポアロは微笑を浮かべた、あの、ミルクの皿をなめつくした猫のような、みちたりた微笑を。

「その人間はね」ポアロはものやわらかな口調で言った、「よく夫である場合が多いのですよ、ジョージ・スタッブス卿が夫人を殺したのです」

「しかし、それは不可能です、ムッシュー・ポアロ、不可能だということは、私たちにもちゃんとわかっているのです」

「いやいや」ポアロは言った、「不可能なことではぜんぜんないのです！　まあ、お聞きなさい、わたしが説明しますからね」

第二十章

エルキュール・ポアロは、しばらくのあいだ、大きな鉄の門のところにたたずんでいた。木々のまだ残っていた黄金色の木の葉が、ひらひらと舞いおちていた。シクラメンの花も散っていた。

ポアロはホッと溜息をついた。彼は道を横にそれると、こぢんまりとした、白い壁柱のついている小屋のドアを、しずかにこつこつとたたいた。

ほんのしばらくして、家のなかからゆっくりとためらうような足音が聞こえてきた。ドアをあけたのは、フォリアット夫人だった。こんどは、夫人の様子がめっきりと年老いて、どんな弱々しく見えても彼は驚かなかった。

「ポアロさん？　また、おいでになりましたのね？」

「お邪魔してよろしいですか」

「どうぞ」

ポアロは、彼女のあとに従った。

夫人は、お茶をさしあげましょうかと言ってくれたが、辞退した。

「ご用件は？」

「ご想像がつくことと思いますが、マダム」

夫人の言葉は、返事にはならなかった。

「わたし、とても疲れておりますの」

「お察しいたします」そう言って、ポアロはつづけた、「殺人が三つもありましたね、ハティ・スタッブス、マーリン・タッカー、マーデル老人」

夫人はするどい口調で言った。

「マーデル？　あれは事故死ですよ。舟着場から落ちたのです。たいへんな年寄りだったし、それに目だってろくに見えなかったのですもの、おまけに酒場でお酒を飲みすごして」

「事故死ではありません。老人はたくさんのことを知りすぎていたのです」

「いったい、どんな？」

「老人は、顔か歩きぶり、あるいは声、ま、そういったものに気がついたのです。わたしがはじめてこちらに来た日、老人と話したことがありました。老人は、フォリアット家の家庭のことをみんな話してくれました。あなたの養父のこと、ご主人のこと、戦死された息子さんたちのことです。しかし、あなたのご子息は二人とも、ほんとうに戦死されたのでしょうか？　ご子息のひとり、長男のヘンリイさんは、艦とその運命をともにされました。だが次男のジェイムズさんは、戦死されたのではないのです。たぶん、はじめは、〝行方不明につき戦死と推定される〟というような公報がはいったことと思いますが、あとになって、ご子息が戦死したというように、あなたはみんなに話したのです。あなたの言葉を疑ってみるほど世間の人はひまではないのです。そうではないでしょうか？」

ポアロはちょっと言葉を切ってから、またつづけた。

「あなたにわたしが同情をよせていないなどと、どうかおとりにならないでください、マダム。人生が、あなたにとって苛酷なものだったということは、よく存じております。あなたは、次男のご子息に、どのような夢もいだくことはできなかった、しかし、彼はあなたのかけがえのないお子さんです。あなたは彼を愛しました。第二の人生を彼が生きうるように、なにからなにまで、あなたはご子息の面倒をみてやりました。あなたは、若い娘さんの世話をみていました。知能が低かったのですが、とても裕福な娘でした。

そうです、彼女はお金持ちでした。ところがあなたは、その娘の両親が財産を失ったということ、娘が貧しいということ、親子ほどにも年のちがうお金持ちの男と結婚するように、あなたが彼女にすすめたということを世間に言いふらしたのです。誰があなたのお話を疑うでしょう？　いまも言いましたように、世間の人にはそんなひまはないのです。娘の両親と近い親戚は死にました。パリの弁護士事務所のひとつが、サン・ミゲルの弁護士から依頼されて、代行にあたりました。娘は結婚することによって、自分自身の財産の実権を握ることになりました。あなたがまえにおっしゃったように、彼女はとてもすなおな、情の深い、そして暗示にかかりやすい娘でした。夫に言われるままに、なににでもサインをしました。たぶん、有価証券の名義はおびただしく変更され、転売されたことでしょうが、とうとう経済的な野望は達せられました。ジョージ・スタッブス卿、これこそ、あなたのご子息があたらしく仮面をつけて登場した姿ですが、彼は大金持ちとなり、夫人は無一物となったのです。金儲けが目的で称号も詐称しないかぎり、卿をみずから名乗っても、法律には違反しないのです。称号というものは、信用を増す便利なものです——名門の出を暗示するまでいかなくとも、金持ちであるということをたしかに連想させますからね、そこで、年よりもずっと老けてみせ、変装し、顎髭までたくわえたお金持ちのジョージ・スタッブス卿は、ナス屋敷を買って、子供のときから住んでいなかったとはいえ、とにかく自分の家へ引っ越してきたのです。大戦の荒廃のあとでは、彼を見分けられそうなひとはもう誰もいませんでした。しかし、マーデル老人は見分けがついたのです。彼はちゃんと知っていました。しかし、わたしにはまるで冗談のように言ったのです、『このナス屋敷は、やっぱりフォリアット家のものですわい』自分だけにしか通じない冗談ですね。

ところで、すべてが好転しました、すくなくともあなたはそう思いました。わたしは心から信じているのですが、あなたの計画はそこまでだったのです。あなたのご子息は、財産と先祖代々のお屋敷を手にいれました。彼の妻はたとえ知能が低くとも、美しい従順な女性でした。そしてあなたは、ご子息が妻を親切にいたわり、彼女も幸せになるものと、心から願っていたのです」

フォリアット夫人はひくい声で言った。

「そうでしょうとも、わたしはハティの世話はずっとみてあげるつもりでしたもの、まさかこんなことになろうとは夢にも――」

「そうです、あなたは夢にも思わなかった――あなたのご子息は、結婚した当時すでに、妻があったということを、ひたかくしに隠していたのです。そうですとも、わたしたちはその記録を探したのです。ご子息は、トリエステの女性と結婚していたのです。彼女は、ご子息が軍隊から脱走したとき、身を隠していた地下組織の犯罪社会の一員でした。彼女はご子息と別れる気など、ぜんぜんありませんでしたし、ご子息もまた、彼女と手を切ろうなどという意志などありませんでした。彼はお金が目的でハティとの結婚を承諾しましたが、その当初から彼は自分の意図をはっきりと知っていたのです」

「ちがう、ちがいます、そんなことがあるものですか！　わたしには信じられない……それは、あの女です――あの邪悪なけだものですわ」

ポアロは、容赦なくつづけた。

「彼ははじめから殺すつもりだったのです。ハティには親戚はありませんし、友だちもほとんどいませんでした。その最初の夜は、イギリスに帰ってくるとすぐ、彼はハティをこのお屋敷に連れてきました。その最初の夜は、奉公人たちも彼女の姿をほとんど見ることはできませんでした。翌朝、奉公人たちが見た夫人はハティではなかったのです。ご子息のイタリア人の妻がハティになりすまし、頭の弱いハティのようにふるまっていました。ここでまた、なにごともなく一段落ちついたところなのです。偽のハティはほんもののハティになりすましたまま、うまくやっていたことでしょうがね、もっとも、彼女の知能程度は、新治療法というあやしげなものをでっちあげて、そのおかげで突然よくなった、というようなことも、かならず起こってきたことでしょう。秘書のミス・ブルイスは、スタッブス夫人の知能状態になにか不自然なものがあるのを、すでに気がついておりました。

しかし、まったく予期していないようなことが起こったのです。ハティの従兄から、ヨット旅行でイギリスにむかっているという手紙が来たのです。彼はもう長いあいだ、ハティには会っていませんでしたが、まさかにせものにだまされるようなことはないはずです。

いや、おかしなことです」ポアロは、途中で口を休めるとそう言った、「というのは、ド・スーザは、ほんもののド・スーザでないのかもしれないという考えが、わたしの頭に浮かんできたくせに、真実が逆の考え方にひそんでいるということ、つまり、ハティはハティでなかったという考えが浮かんでこなかったという点です」

ポアロはつづけた。

「ド・スーザをむかえる対策としては、いくつかの方法が考えられます。病気を口実に彼と会うのを避けることもできたでしょうが、もし、ド・スーザが長いあいだイギリスに留まっているようだったら、いつまでも会わずにいられるものではなかったでしょう。おまけに、まだひとつ面倒なことがありました。あのマーデル老人は、年寄りのくせにたいへんなお喋りで、いつも孫娘を相手にいろいろなことを喋りちらしていたのです。

たぶん、老人のお喋りになやまされていたのは、あのマーリンただひとりだったことでしょう。それに、あの子は、老人の言うことなど右の耳から左の耳へとほとんど聞きながしていました、あの子は、祖父のことを気ちがいだと思っていたからです。それにもかかわらず、老人の喋った、〝森のなかに婦人の死体〟があるのを見たとか、〝ジョージ・スタッブス卿は、ほんとはジェイムズ旦那なのだよ〟といったような二、三の言葉は、あの女の子に強い印象をあたえたのです。つまり、マーリンは、祖父から聞いたことを、ジョージ卿にあてつけに言って、その反応をためしてみたりしたのです。むろん、そんなあぶない真似をすることは、マーリンを死地に追いこむ結果になりました。ジョージ卿とその妻は、噂になってひろがるようなこの危険きわまりない話を、手をこまねいて黙って見ているはずはなかったのです。おそらくジョージ卿は、マーリンに口止めのお小遣いを渡しておいて、そのあいだに対策を練ったのだと、わたしはにらんでいるのです。

夫妻は、対策をじっくり練ったのです。二人は、ド・スーザがヘルマスに着く日をすでに知っておりました。そして、その日がちょうどお祭りの日にぶつかるようにしたのです。彼らは、ド・スーザに疑惑がむけられるような条件のもとで、マーリンが殺され、スタッブス夫人が失踪するような計画を立てたのでした。ですから、ド・スーザは〝悪い男〟だとか〝あの男は人殺しをするのよ〟などと言われたのです。スタッブス夫人は永久に消えることになっていました（たぶん、都合のよさそうな識別不能の死体が、ある時機に、ジョージ卿によって夫人だと確認されることになっていたのでしょう）、そして、あたらしい人物がスタッブス夫人にとってかわることになっていました。実際のところ、〝ハティ〟は、ただイタリアの婦人にもどりさえすればよかったのです。そうするためには、彼女は二十四時間中、二役を演じさえすればよかったのです。ジョージ卿さえ見て見ぬふりをしてくれれば、これは簡単なことでした。わたしがここについた日、〝スタッブス夫人〟は、お茶の時間になるまで自分の部屋にいたはずでした。ジョージ卿をのぞいては、誰も彼女がその部屋にいるところを見たものはいないのです。ところが実際には、彼女は屋敷からそっと脱けだして、エクセターまでバスか汽車で行って、そこからほかの女子学生と一緒に旅行をしてきたのです（夏休みには、毎日、何人かが旅行しています）、そして、その連れの女子学生に、自分の友だちが、腐った子牛の肉とハムのパイを食べたという話を聞かせるのです。彼女はユース・ホステルに到着すると、一人部屋を予約して、附近の〝探険〟に出かけました。そして、お茶の時間までに、スタッブス夫人は客間にあらわれたのです。晩餐後、夫人ははやばやと寝室に行きました。ところが、彼女がそれからまもなく、屋敷から脱けだしてゆくところをミス

・ブルイスに見られているのです。彼女は、その晩、ユース・ホステルに泊まりました、しかし、翌朝は朝早くから出かけて、そして朝食には、スタッブス夫人としてナスのお屋敷にもどってくる。ここでまた頭痛だといって、彼女は自分の部屋で午前中を過ごします。そしてこのときは、夫人の部屋の窓からジョージ卿に怒鳴られる〝不法侵入者〟の役をまんまとやってのけたのです。卿は、さも部屋のなかに夫人がいるかのように、窓からふりかえって話しかけたりしたのです。衣裳の早替わりは、さしてむずかしいことではありませんでした――スタッブス夫人ご愛用の凝りに凝ったドレスの下に、ショーツと開襟シャツを着ていればいいのですから。彼女の顔を隠すような大きな苦力風の帽子をかぶった厚化粧のスタッブス夫人。派手なスカーフに日焼けした顔の肌、褐色のカールした髪の毛のイタリアの少女。この二人がまさか同一人物だとは、誰にしろ想像がつくものではありません。

そして、いよいよ最後のドラマが演じられました。四時になる寸前に、スタッブス夫人は、マーリンのところへお菓子を持っていくようにミス・ブルイスに言いつけました。つまり、そうしたのは、ミス・ブルイスなら、誰に言われないまでも自分からそうしかねないからであり、もしも、ミス・ブルイスがとんでもない時間にボート倉庫にあらわれでもしようものなら、それこそ身の破滅だからです。それにまた、犯行時間といってもいい時刻にミス・ブルイスを現場にいるようにしむけたことも、おそらく彼女にとっては痛快なことだったでしょう。さて、彼女は時刻を見はからって、サリイ・レッグの留守のあいだに運勢占いのテントにしのびこみました。そして裏から出ると、シャクナゲの茂みに囲まれているあずまやのなかにはいりました。そこに、早替わり用の衣裳がはいっている、ハイカー用のリュックサックを隠しておいたわけです。彼女は森のなかをそっと通って、マーリンに声をかけると倉庫のなかにいれてもらいました、そして、安心しきっている女の子を絞殺したのです。彼女は、大きな苦力帽を河に投げすてると、ハイカーの服装とメイキャップにかかりました。そして、リュックサックのなかへ、シクラメン模様の薄地の絹クレープのドレスとハイヒールをしまいこんだのです。やがてユース・ホステルから来たイタリアの女学生は、芝生の余興場のところでオランダ人の友だちと会うと、計画どおりバスに乗って二人で立ちさったというわけです。彼女がいまどこにいるか、わたしは知りません。おそらくソーホーにいるものと思いますな。そこなら、必要な書類をそろえてくれる、同国人の地下組織の同盟がありますからね。ま、いずれにせよ、警察が血眼になって捜しているのは、イタリア女子学生ではなくて、エキゾチックで知能の低いハティ・スタッブスなのです。

しかし、可哀相なハティ・スタッブスは死にました、あなただけがよくご存じのようにね、マダム。あのお祭りの当日、客間でわたしがあなたとお話ししたとき、あなたは、ご自分が知っているということを知らぬまにもらしていたのです。マーリンの死は、あなたにとってひどいショックでした――そんなことが計画されていたなどと、あなたは夢にも知らなかったからです。しかし、あなたはじつにはっきりと、ハティの死をもらしていたのです。そのときは、それがわからないくらいわたしはぼんやりしていたのですが、話が〝ハティ〟のことになると、あなたは二人のちがった人間のことを話していらっしゃったのです――ひとりの女性については、〝死んだ方がましです〟とまでおっしゃったくらい、あなたは憎んでいました、そして、〝あんな女の言った言葉を信用なさってはいけませんよ〟と、わたしに警告したくらいでした。ところがもうひとりの女性のことになると、あなたはその女性がまるで過去の人のような喋り方をしていたのです。そして、あなたはあたたかい愛情でその女性をかばっていたのです。マダム、あなたは心からあの可哀相なハティ・スタッブスを愛していたのですね……」

長い沈黙だった。

フォリアット夫人は身動きひとつしないで、じっと椅子に座ったままだった。やがて、勇気をふるいおこすと口をひらいた。その声は氷のようだった。

「まるで夢みたいなお話ですわね、ムッシュー・ポアロ、あなたの頭はどうかなさっているのね……なにからなにまで、みんなあなたの妄想ではありませんか、いったいどこに証拠があるというのです」

ポアロは部屋を横切ると、窓をひらいた。

「いかがです、マダム、なにか聞こえますか？」

「わたしは耳がすこし遠いものだから……おや、なんです、あれは？」

「つるはしの音です……阿房宮のコンクリートの土台をこわしているところですよ……死体を埋めるにはもってこいの場所――大木は嵐で根もとから掘りおこされ、土はかきみだされたままになっています。そのあとから、死体を埋めた土の上にコンクリートを流し、コンクリートの上に、阿房宮を建てる……」それからしずかにポアロはつけ加えた、「ジョージ卿のあやまち《フォリィ》……ナス屋敷の所有者の阿房宮《フォリィ》」

身をふるわすような長い溜息が、フォリアット夫人からもれてきた。

「美しいお屋敷です、ただひとつ、邪悪なもの……それは美しいお屋敷のあるじです……」

「そうですわ」夫人の言葉はかすれた、「わたしは、昔から知っていましたよ……あの子は、子供のときでさえ、わたしをはらはらさせてばかりいました……残忍……薄情……良心というものがまるでなかった……でも、あの子はわたしの子供です、わたしはあの子を愛していました……ハティが死んだあとで、わたしはなにもかも隠さずに言うべきでした……でも、あの子はわたしの子供です。どうしてこのわたしに、あの子がつきだせるものですか？　ああ、でも、わたしが黙っていたために――あの哀れな女の子が殺されて……そのあとで、マーデル老人まで……いったい、どこまでつづいたでしょう？」

「殺人者にとっては、終わりというものはないのですよ」とポアロは言った。

夫人は頭を垂れた。しばらくのあいだ、両手で目を覆いながら、彼女はそのままの姿勢でいた。

やがて、ナス屋敷のフォリアット夫人、この勇敢なる人たちの子孫である彼女は、まっすぐ姿勢を起こした。そしてポアロの顔に視線をそそぐと、折り目のただしい口調で言った。

「このたびのことで、わざわざおいでくださいましてありがとうございました、ムッシュー・ポアロ。もうお帰りでいらっしゃいますわね、なにしろ、ひとりだけになって考えなければならないこともあるものですから……」

解説

ミステリ評論家
横井　司

『ひらいたトランプ』（一九三六）に初登場したミステリ作家のアリアドニ・オリヴァ夫人は、五〇年代以降のポアロ・シリーズにおいて、ヘイスティングズに代わるポアロの協力者、あるいは依頼人として、たびたび登場するようになる（一九六〇年に発表されたポアロが登場しない作品『蒼ざめた馬』にも登場している）。オリヴァ夫人はアガサ・クリスティー自身の分身とでもいうべき存在で、その口から語られる作家業の裏事情や創作の舞台裏は、クリスティー自身のそれを想像させて興味深い。

たとえば、「私の創作方法」というテーマで講演を頼まれたオリヴァ夫人は、ポアロに向かって次のように言う。「はじめに、なにか頭に浮かぶわね、それから、考えているうちに、いやでもおうでも机に座って書くよりほかにないんですもの。それだけだわ」。もちろん実際はこの通りでなく、韜晦《とうかい》も含まれているだろうが、クリスティーの机に向かう姿が目に浮かんできて、思わず笑みがこぼれてしまう。

本書『死者のあやまち』（一九五六）は、そのオリヴァ夫人がポアロに電話をかけてくるところから始まる。

オリヴァ夫人はデヴォンシャーはナスコームに建つナス屋敷に滞在していた。屋敷では大規模な園遊会が開催されることになっており、その祭りで行われる犯人探しゲームの演出者として、招かれていたのだ。クリスティーには「マン島の黄金」（一九三〇）という、宝探しイベントのガイドのために書き下ろした短篇があるが、オリヴァ夫人が園遊会のゲームの演出を頼まれるという設定は、その時の経験が背景となっているのかもしれない。

すべての準備が整い、いよいよ明日からというその日になって、オリヴァ夫人は、なんだか腑に落ちないという奇妙な感覚にとらわれる。まるで誰かの意図によって、当初のプロットとは違う計画を立てさせられたかのような感じがする。本物の殺人があっても驚かない、とまで断言するオリヴァ夫人の直感に従って、ポアロは屋敷の人間を観察し始めるが、その甲斐もなく殺人事件が起きてしまった。犯人探しゲームの被害者役の娘が絞殺されたのだ。その上、事件と前後してナス屋敷の当主の妻が失踪してしまう。

こんなふうにして始まる『死者のあやまち』は、クリスティーの小説世界のエッセンスがぎゅっと詰まった秀作だ。そのエッセンスとは、地方に建つ貴族の屋敷であるカントリー・ハウスを舞台として、登場人物の間に横たわる邪悪さが噴出した結果としての殺人を描くという、映像で観てみたいような設定も含まれる（ちなみに、本書は一九八六年にテレビ映画化された。ポアロ役をつとめるのはピーター・ユスチノフ）。だが、それだけではない。

まずオープニング。オリヴァ夫人の直感によって、いまだ起こっていない殺人事件を未然に防ごうという趣向は、それだけでわくわくさせられる。もちろん、多くの読者にとって幸いなことに（被害者にとっては不幸なことに）、ポアロは事件を未然に防ぐことはできない。おそらくはフロイト心理学の普及から考案されたと思われる、こうした漠然とした予感や不安に基づいてポアロが腰を上げるというパターンは、『マギンティ夫人は死んだ』（一九五二）などにも見られたものだ。

初期のクリスティー作品では明々白々とした殺人事件が扱われることが多かった。いわゆる黄金時代の謎ときミステリは、ほとんどがそういう出だしを持っていたといってもいいだろう。そうしたパターン化された出だしも良いものの、英国ミステリのお家芸とでもいいたくなるような本書の出だしも、しっとりとした独特の風情があって良い。

園遊会のような集まりの場で子供が殺されるというのは、『ハロウィーン・パーティ』（一九六九）を連想させる。子供たちが殺される理由は、解説を先に読むという読者の楽しみを削がないために、ここでは伏せておくが、クリスティー自身の倫理観に基づいていると思われるその理由は、クリスティー・スタイルの表れとして、注目しておきたい。

そして真犯人の設定は……これもやっぱりいえないけれど、あの名作、この秀作と、ファンならたちどころにクリスティーの他の作例をあげることができるに違いない。だが、かくいう解説子も、このパターンの作品をかつて読んでおりながら、みごと騙された。ああっ、これかっ！　と読み終えて膝を叩くはめになった次第。読後に最初のページを見直すと、悪魔的といいたくなるような大胆な描写があり、ここまでやるかと唸らされる。

大胆な描写といえば、ポアロと対するある登場人物の、矛盾する態度に隠された手がかりは、もはや脱帽ものの繊細さ。そしてそこから明らかとなる、その登場人物の悲しみに満ちた思いは、妙な話だが、横溝正史の作品（題名はあえて伏す）を連想させるものがある。

最後に判明する真相から、原題に隠された二重三重の意味が明らかとなる。〈死者〉

とは誰だったのか、そしてその〈あやまち〉とは何だったのか。題名で〈あやまち〉と訳されるFollyとは、作中で「阿房宮」と訳される建築物も指している。十八世紀以降に建築されたカントリー・ハウス（地方に建つ貴族の屋敷）に見られる「円柱のたくさんある、白亜の小さな寺院」のような建物を指す言葉でもある。それを知って結末に接すると、クリスティーの題名に対するセンスのよさが分かる次第。

本書の第十六章では、ポアロの探偵活動がジグソー・パズルにたとえられている。「パズルは、混乱を秩序におきかえる。これは、自分の探偵という仕事にそっくりだと、彼は心のなかで思った。事件もまた、さまざまな、信じがたい事実でおおわれていて、一見、なんの脈絡もないように思われるのだが、それにもかかわらずそのバラバラの事実は、全体をピタリと組合わせるためには、ひとつとして欠くことのできぬ部分なのである」。

本格ミステリをジグソー・パズルにたとえる比喩は、使い古されたためか、最近はお目にかからない。本書をここまで読み進めてきたときには、おやっと目を引かれたものだが、これはクリスティー自身の本格ミステリ観と考えて、まず間違いないだろう。本書はこの言葉どおりに、ジグソー・パズルのような本格テイストあふれる作品に仕上がっているのはいうまでもない。

各所にクリスティー・スタイルともいうべき要素が散りばめられている本書は、知名度こそ今ひとつだが、初めての読者にはもちろん、クリスティーなんて読み飽きたという読者にも、さまざまな楽しみを提供してくれること請け合いの一冊といえよう。

訳者略歴　1923年生，1943年明治大学文芸科卒，1998年没，詩人，英米文学翻訳家　訳書『夜明けのヴァンパイア』ライス，『シタフォードの秘密』クリスティー（以上早川書房刊）他

死《し》者《しゃ》のあやまち

〈クリスティー文庫 27〉

二〇〇三年十二月 十五日　発行
二〇二五年 七 月二十五日　九刷
（定価はカバーに表示してあります）

著者　アガサ・クリスティー
訳者　田《た》村《むら》隆《りゅう》一《いち》
発行者　早川浩
発行所　株式会社 早川書房
郵便番号一〇一‐〇〇四六
東京都千代田区神田多町二ノ二
電話　〇三‐三二五二‐三一一一
振替　〇〇一六〇‐三‐四七七九九
https://www.hayakawa-online.co.jp
乱丁・落丁本は小社制作部宛お送り下さい。
送料小社負担にてお取りかえいたします。

印刷・精文堂印刷株式会社　製本・株式会社フォーネット社
Printed and bound in Japan
ISBN978-4-15-130027-1 C0197

本書は活字が大きく読みやすい〈トールサイズ〉です。